삶이라는 우주를 건너는 너에게

일러두기

- 이 책은 『아빠의 수학여행』(2014)의 개정증보판으로, 저자가 2005년 5월 15일부터 2개월에 걸쳐 가족을 떠나 혼자 유럽의 도시로 연구 여행을 떠났을 때 어린 아들 오신에게 보낸 편지를 책으로 엮은 것입니다.

- 이번 개정증보판은 초판의 원고와 도판을 보강했으며, 현재 성인이 된 아들에게 보내는 인생 조언 '어른이 된 오신에게'와 독자에게 보내는 '추신' 등을 더했습니다.

- 초판은 저자가 영문으로 쓴 원고를 우리말로 옮긴 것이며, 개정증보판에 새롭게 수록된 원고는 저자가 우리말로 썼습니다.

- 본문 중 주석은 용어와 배경지식뿐 아니라 편지 속 구체적인 상황에 대한 이해를 돕기 위해 부연 설명한 것입니다.

삶이라는 우주를 건너는 너에게

김민형 지음 | 황근하 옮김

수학자 김민형 교수가
아들에게 보내는 인생 편지

웅진 지식하우스

인생을 잘 살아갈 것이라는 믿음으로

이 책에 담긴 편지들은 약 15년 전 내 아들에게 쓴 것들이다. 세월이 흘러 그 당시 여행했던 영국과 유럽이 이제는 나의 집이 됐고 편지의 수신인은 다 자라 어른이 되어버렸다. 아들 오신은 올해 대학을 졸업하고 인생의 또 다른 길목을 걷고 있다.

이 책은 2014년 펴낸 『아빠의 수학여행』이라는 책의 개정판이다. 개정에 부쳐 변명 몇 마디를 독자들에게 전하는 것도 좋을 것 같다는 생각이 들어서 서두에 넣기로 했다. 그런데 쓰다 보니 어째서인지 인생에 대한 변명이 되어버린 듯하다.

초판이 출간된 이후 여러 해 동안 나는 '수학의 대중화' 활동에 어느 정도 몰입했다. 그러다 보니 배경이 다양한 학생 및

학부모와 접촉할 기회가 점점 많아졌다. 그분들의 진지하고 긍정적인 모습을 대할 때마다 나 자신의 부족함이 항상 느껴졌다. 그 과정에서 수학의 신비를 전하면서도 수학과 관련된 그들의 고민을 들어주고 조금이라도 위안이 되는 말을 해줄 수 있으면 늘 행복했다.

수학에 대한 이야기는 자연스럽게 교육, 특히 자녀 교육에 대한 대화로 이어졌고, 얼토당토않게 내가 남에게 조언을 해야 하는 상황도 생겨났다. 적어도 나에게서 그런 조언을 기대하는 사람들을 요즘도 자주 만난다. 내 인생을 어떻게 살아야 할지도 모르는 처지에 조언을 하기 어려운 것은 두말할 나위 없다. 그런데 그런 무책임한 태도라면 무엇하러 책을 쓰냐는 핀잔을 피하기도 어려워진다. 대체로 내 재미로 쓴다는 솔직한 답을 하지만 나이가 들다 보니 그런 핑계를 석연치 않게 보는 사람이 점점 많아지는 것 같다. 공자는 오십에 하늘의 뜻을 파악하고도 글을 직접 쓴 일이 없는데 당신은 무엇을 하는 것인가 생각하는 눈치다.

많은 질문에 긴 답변을 하려는 것이 이 책을 다시 내기로 한 가장 큰 이유이다. 사실 내가 자녀 교육에 관해서 생각한 바는 대부분 이 책 어딘가에 담겨 있다. 그리고 그 생각의 핵심은 예나 지금이나 크게 다르지 않다. 바로, 교육의 구심점은 항상 '영혼의 풍족하고 균형 잡힌 성장'이어야 한다는 것이다. 그런 원리가 나에게는 길잡이가 되어왔(다고 나름 착각하고 있)고, 재수가 좋으면 다른 사람에게도 도움이 될 가능성이 아예 없지는 않을 것이다.

이 핵심 원리는 또 한편으로는 사서삼경을 읽어야 한다는 수준의 고리타분한 설교, 혹은 착한 사람이 되어야 한다는 당연한 말로 받아들여지기 쉽다. 이번 개정판을 내면서 나 자신의 공부, 그리고 자녀 교육에 대해서 명료하고 구체적으로 표현할 수 있는 바가 있는지 스스로 물어보게 됐고, 그렇게 해서 일어난 이런저런 생각을 책 곳곳에 담았다. 물론 대부분 가당치 않은 소리 혹은 틀린 말이거나 누구에게나 당연한 말 둘 중 하나일 것이다. 그럼에도 나의 좁은 식견이 누군가에게 도움이 되기를 바란다.

2014년 초판 출간 당시 이 책에 대해 나는 '조교의 시범'이라고 표현했다. 지금 돌이켜보아도 현재의 장황한 생각에 비해서 그것이 꽤 정직한 표현이었던 것 같다. 원래 편지들에 담긴 내용은 누구나 다 '교육적'이라고 느낄 만한 것들이었다. 학문과 문화와 예술이 인생에 막연히 도움을 준다는 직관은 많은 사람들이 공감할 것이다. 하지만 그렇다 해도 어떻게 아이들과 그런 좋은 것들을 공유할 것인지, 어떤 식으로 이야기를 해야 그들에게 지겹게 들리지 않는지 판단하기 어렵다. 나 역시 이런 문제를 해결했다는 자신은 전혀 없었고, 지금도 없다. 그래서 '이러이러하게 가르치세요' 하는 지침보다 '나는 좋든 나쁘든 이렇게 해보았다'라는 관점을 중점적으로 표현했던 것이다. 대화의 대상도 독자가 아닌 아들이었고 구체적인 경험을 중심으로 이야기를 펼쳐나갔다.

사실 이런 방법은 수학 교육과도 관계가 깊다. '수학이 어떤 것이냐', '어떻게 해야 수학을 잘하느냐' 등의 질문에 대해서 많은 수학자는 일반적인 답보다 구체적인 예를 이용해서 설명하는 방법을 선호한다. 그래서 자녀 교육론도 결국은 작은 시범이 더 자연스럽게 느껴졌던 것 같다. 물론 그런 것이 얼마나 성공적이었는지 내가 판단할 일은 아니다. 아들 바보인 아빠의 주관적인 의견으로야 내 아이들이 너무 훌륭해 보이고 자랑스럽다. 인생을 잘 살아갈 것이라는 믿음 또한 확고하다. 그런데 그 관점에서 보아도, 자라난 결과가 내 의지와 무슨 관계였는지 알 수가 없다. 어떻든 시간이 많이 지난 지금, 구체적인 예들을 정리해서 약간씩 일반론으로 바꾸어가는 연습도 나쁘지는 않을 것 같았다.

처음 개정판을 계획할 때는 상당히 대대적으로 개정할 목적이었지만 작업을 하다 보니 글의 균형이 전체적으로 흐트러지는 것에 대한 두려움이 계속 찾아와서 결국은 어중간하게 일을 끝낸 것 같다. 다소 오해가 담겼던 문장을 여기저기 고치고, 또 지금의 생각을 약간씩 추가하기만 한 것이 사실이다. 그 과정에서 나 자신의 사고가 성장했다고 주장하고 싶지만 독자에게 그렇게 보일지는 의문이다.

수학자가 이런 글을 쓰는 것이 무리라는 느낌이 들 때도 많다. 그러나 나는 꽤 오랫동안 수학이 인간 문화의 일부라고 주장해왔고, 인간 문화로서의 정체성을 밝히는 과정이 수학의 이해와 교육에도 도움이 된다고 어느 정도 믿는다. 그런 생각이다 보니 자꾸 인문적인 글을 시도해보려는 의무감이 생기기도 했다. 역사와 수학에 대한 강의도 하고 신문 칼럼도 쓰는 등 나에게 어울리지 않는 활동을 감행해온 죄가 많아졌다. 계속하다 보면 나 자신은 항상 많은 공부가 된다는 느낌이지만, 그것이 남에게 도움이 될 가능성이야 별로 없을 것이다.

이 책 역시 독자의 관용을 바라면서 하는 연습의 연장선이라고 솔직히 털어놓고 싶다. 비판적으로 읽으면서 어떻게든 피드백을 주시기 바란다. 만에 하나라도 앞으로 더 좋은 책을 쓰게 된다면, 독자들의 비판이 큰 역할을 할 것이 분명하다.

2022년 1월
스코틀랜드 에든버러에서
김민형

차 례

새로운 것을 발견하는 기쁨을
너와 나누고 싶구나

앞으로도 보고 싶은 마음을 참기 힘들 때마다,
아빠 가슴속의 작은 구멍이 점점 커지는 것 같을 때마다
네게 편지를 쓸 생각이다.

오신에게

아빠는 오늘 막 영국에 도착했다. 네가 얼마나 보고 싶던지 이렇게 편지를 써야겠다고 생각했어. 사실은 앞으로도 보고 싶은 마음을 참기 힘들 때마다, 아빠 가슴속의 작은 구멍이 점점 커지는 것 같을 때마다 네게 편지를 쓸 생각이다.

옛날에 아빠가 공부한다고 한국을 떠나 미국으로 건너왔을 때가 생각나더구나. 처음 미국에 왔을 때는 일 년 내내 가슴속 구멍이 점점 커지는 기분이었단다. 그때는 이메일도 없었기 때문에 매일매일 한국에서 온 편지가 없나 하고 우편함으로

달려가곤 했어. 당시 할아버지가 인생과 교육, 철학, 역사 같은 것에 대한 당신 생각을 빼곡히 적어 긴 편지를 보내주셨거든.

그런 편지를 받았어도 가슴속 구멍이 사라지지는 않았던 것 같아. 그 구멍이 결국 어떻게 되었는지 지금은 기억도 안 난다는 게 웃기지만. 하지만 이제는 새로운 구멍이 생긴 기분이구나. 그때보다 더 크게 말이다.

오늘 아파트에 도착하고 나서 잠깐 동네를 산책했어. 동네라고 해도 거의 다 대학교 건물들이야. 네게 말해주지 않은 것 같은데, 지금 아빠가 와 있는 학교는 케임브리지대학교라는 곳이란다. 세계에서 손꼽히는 전통 있는 학교지. 그만큼 아주 오래된 건물도 많아서 네가 직접 본다면 틀림없이 좋아할 거야. 동네에 중세시대 때 지어진 교회 건물이 있는데, 그곳에서 볼 수 있는 스테인드글라스로 그려진 예수의 모습이 정말 아름다워. 평소 보던 것들보다 더 수수하고 소박하단다. 그 모습이 담긴 엽서를 찾게 되면 네게 보내주마. 물론 그 교회 건물에는 창이 무척 많아서 내가 말한 그 창문이 찍힌 엽서는 찾기 어려울지 모르겠지만.

네가 여기 오면 좋아할 게 또 하나 있어. 바로 대학 건물들 사이를 흐르는 작은 강이란다. 강은 오래된 건물들을 휘감아 돌면서 예쁜 다리 아래로 아주 조용히 흐르지. 강물 위에는 학생들이 많이 타는 '펀트punt'라는 조그만 나룻배들이 떠다니고. 언젠가 우리도 나룻배 한 척 빌려서 강 위를 떠다니며 이 동네

살이라는 우주를 건너는 너에게

중세시대에 지어진 케임브리지 성묘교회는
이곳 사람들의 일상 속에 수수하고 소박하게 빛난다.

케임브리지대학의 오래된 건물들 사이를
휘돌아 흐르는 작은 강에 학생들은 펀트라는
나룻배를 띄우고 여유를 즐긴다.

의 고요한 잔디밭과 정원을 감상할 수 있을지 모르겠구나.

아빠가 사는 플랫(영국에서는 아파트가 아니라 '플랫flat'이라고 부른단다)에는 뒤뜰이 있는데, 잔디가 아주 새파래. 여기는 애리조나보다 비가 훨씬 많이 오니까 풀도 더욱 푸른 모양이다. 이 집은 2층도 있어서 아빠가 자는 방에서는 뒤뜰이 훤히 내려다보여. 난 당연히 우리 가족이 모두 와서 머물게 될 거라 생각하고 빌린 것이어서 집이 더욱 크게 느껴지는구나.

이곳에는 아이작 뉴턴Isaac Newton의 이름을 딴 수학연구소가 있어. 뉴턴이 케임브리지에서 공부할 때(루이 14세 때였던 것 같다.) 만유인력의 법칙을 발견했거든. 이 법칙은 달이 어떻게 지구 주위를 도는지, 지구와 다른 행성들이 어떻게 태양 주위를 도는지 정확하게 설명해준다. 그리고 우주선이 대기권 밖으로 벗어나려면 얼마나 빠른 속도로 날아가야 하는지 같은 것도. 뉴턴이 이런 사실을 발견하는 데 주로 사용한 장치가 미분이라는 건데, 이건 지금도 모든 대학교에서 가르치고 있어. 어떤 사람들은 아이작 뉴턴을 아르키메데스 이후 가장 훌륭한 과학자라고 한단다. (그다음으로 훌륭한 학자는 알베르트 아인슈타인이라고들 하지. 아인슈타인은 뉴턴이 전부 다 옳지는 않다는 걸 밝혀냈거든!)

흠, 아빠 가슴 속에 구멍이 있기는 하지만, 여기서 열심히 연구하면서 지내도록 해보마. 물론 내가 알아내는 것들이 아

삶이라는 우주를 건너는 너에게

르키메데스나 뉴턴의 발견만큼 중요하지는 않겠지만, 그래도 새로운 것들을 발견해낼 때면 다 벗어던지고 '유레카'를 외치고 다니고 싶은 기분이 드는 건 분명해.

동네 산책을 마치고 돌아오는데 막 땅거미가 지기 시작하더라(프랑스의 여름이 해가 얼마나 늦게 지는지 기억나지? 영국도 비슷하단다). 옆으로 작은 묘지가 있는 길을 걸었어. 묘지에도 짙푸른 잔디가 아름답게 덮여 있었지. 길 맞은편으로는 아담한 시골집들이 나란히 늘어서 있는데, 붉은 벽돌집도 있고 갈색 사암 벽돌집들도 있었어. 하나같이 예쁘게 꾸민 작은 정원이 딸려 있더구나. 정원에는 울타리나 낮은 돌담이 둘러쳐져 있고 말이야. 빛과 공기, 하늘이 어찌나 고요한지 너와 함께 외우던 시가 생각났단다.

고요하고 한갓진 아름다운 저녁
수녀처럼 조용한 성스러운 시간
숨 막힐 듯 동경하는, 저 커다란 해가
제 정적 속에서 가라앉고 있다
천국의 부드러움이 바다 위를 덮었구나
오, 들어보게! 전능한 분이 깨어나네
그분 영원한 움직임으로
천둥 같은 소리를 내네―영원토록

아이야, 소녀야, 여기서 나와 함께 걷자꾸나

네가 심각한 철학을 모른다 해도
본성은 더없이 성스럽구나
너는 아브라함의 품 안에 안겨 일 년 내내
사원의 가장 깊은 성소에서 경배하네
우리가 모르더라도 그분이 너와 함께하리

생각해보니 이 시를 쓴 영국 시인 윌리엄 워즈워스^{William} ^{Wordsworth} 역시 이곳 케임브리지를 다녔구나. 정작 자신은 그 사실을 별로 좋아하지는 않았다지만. 그는 철학이란 책이 아니라 나무와 새, 꽃에서 배워야 하는 거라고 생각하는 이른바 '낭만주의자'였거든. 물론 철학은 모든 것에서 배울 수 있다는 게 너와 나의 생각이지.

아빠는 애리조나를 떠난 이후로 서른 시간 넘게 잠을 못 잤단다. 이제 그만 자는 게 좋겠다. 이번에도 꿈에서 만나 한번 더 물싸움 하고 놀까?

나일이 평소보다 더 꼭 안아주고, 이 편지도 보여주렴. 엄마 말 잘 듣고.

아빠가

삶이라는 우주를 건너는 너에게

부모 자신을 위한 편지

2005년 여름에 나는 혼자서 유럽으로 연구 여행을 떠나게 됐다. 몇 달에 걸쳐서 영국 케임브리지대학의 뉴턴연구소, 독일 본의 막스플랑크수학연구소, 그리고 슈바르트발츠 산중에 있는 오버볼파흐연구소를 방문하면서, 다수의 학회에 참석하고 여러 나라의 수학자들과 학문적 교류를 하는 것이 주목적이었다. 그때는 미국 남서부 애리조나에 살고 있었기 때문에 여정이 상당히 먼 거리로 느껴졌다. 원래는 식구가 모두 가려고 했던 터라 마음이 유난히 허전했고, 아이들을 보고 싶은 생각이 비행기 안에서부터 간절했다.

그러던 중 여러 해 전에 읽은 칠레 작가 이사벨 아옌데Isabel Allende의 수기 『파울라』가 생각났다. 혼수상태에 빠져서 입원 중이던 딸 파울라에게 작가가 보내는 편지 형식의 책이다. 자신의 어릴 적 사회상, 특이한 풍속과 집안 전통, 칠레의 복잡한 정치 상황 등에 대한 독특한 관찰로 가득해서 그녀의 후기 소설들보다 훨씬 감동적이었던 것으로 기억한다. 파울라는 결국 포르피린증으로 죽게 되는데 간호하는 과정에서 괴로운 마음을 달랠 길이 글쓰기밖에 없었다는 작가의 서문이 떠올랐다.

단 몇 개월의 이별을 자식의 죽음과 비교하자는 것은 물론 아니다. 하지만 나도 큰아들에게 편지를 쓰면서, 글쓰기의 치유 효과를 경험했다.

'어째서 아이들이 보고 싶을까?' 과학자로서 질문을 던지지 않을 수 없다. (참고로 '왜 자식을 사랑하는가'에 대한 과학적인 답변은 '그렇지 않았더라면 내가 태어나지 못했을 것이기 때문'이다. 그 답의 의미는 진화론적인 관점에서 독자 스스로 생각해보길 권한다.) 두 아들이 많이 자라고 나서는 아이들과 이런 문제를 가지고 토론할 때도 많았다. 큰아들이 고등학생이 되었을 때는 나보다는 친구와 이성에 관심이 많았기 때문에 때로는 생물학적인 관점에서 이 문제를 함께 분석해보곤 했다.

아들은 이미 자신의 생활을 바쁘게 사는 중이고, 나로서는 대체로 지켜보다가 구체적인 지식을 전해줄 기회가 있으면 흐뭇해하거나 같이 음악회라도 가게 되면 큰 행운처럼 느끼곤 한다. 나는 지금도 혼자 여행을 자주 하는 편이고, 한국의 대학교에 방문할 때면 아이들 일정 때문에 한두 달 별수 없이 떨어져 있기도 한다.

혹자는 이 책의 주제를 '자녀 교육'으로 생각할지도 모른다. 물론 나로서도 어느 부모가 미흡한 이 글을 통해서 조금이나마 지식이나 가치관에 대한 고찰을 즐길 기회를 얻는다면 참으로 고마울 것이다. 그러나 이 책을 쓰게 된 진정한 동기를 이야기하라면 교육에 대한 생각을 먼저 이야기하지는 않을 것 같다. 혹은 어떤 이유로든 아이들과 떨어져 살아야 하는 부모들을 위한 책이 아닌가 하는 생각도 든다. 이 편지들 역시 아이들보다도 나 자신을 위해서 쓴 글이기 때문이다.

그렇다면 지혜로운 부모가 되려면 어찌 살아야 할까? 당연히 중요한 질문이다. 나도 한국에 갈 일이 있을 때마다 주위 사람들을 보면서 배우려고 노력하는 편이다. 내가 권장하고 싶은 방법이 하나 있기는 하다. 바로 아이들에게 편지를 쓰는 일이다. 이메일이라도 괜찮다. 종이에 쓸 필요는 없지만 공들여서 쓰는 습관은 중요하다. 어차피 허비하기 쉬운 저녁 시간에 글짓기 연습을 하게 될뿐더러 가련한 마음을 건설적으로 위로하는 데는 이만한 방법이 따로 없기 때문이다. 공부와 자기 반성 그리고 근면한 생활 원리를 낭만적인 세계관과 결합하기 좋아하는 우리 국민성과 어울리는 면도 있다. 그러니 이 책을 어설픈 아빠 조교의 시범으로 생각해도 좋을 것 같다.

이 책을 준비 중이던 해의 봄, 이탈리아 피사의 고등사범대학을 방문할 때는 가족이 함께 갔다. 그동안 몇 번 들러본 도시라, 조금은 느긋하게 산책도 하고 세세한 문화생활을 즐길 수도 있었다. 아이들은 때로 높은 창 사이로 밝은 광장이 내다보이는 내 사무실에 진을 치고 오후 내내 책을 읽기도 했다. 어느 화창한 일요일에는 피사 북쪽으로 약 한 시간 거리에 아직까지 웅장하게 중세 성곽이 둘러싸고 있는 도시 루카로 기차여행을 갔다.

그날의 가장 재미있는 경험은 소매치기 무리와의 만남이었다. 피사역 자동매표소 부근을 얼씬거리면서 몇 사람은 순발력을 발휘할 준비를 하고 있었고, 〈자전거 도둑〉으로 유명한 비토리오 데 시카Vittorio De Sica의 영화에 나올 법한 초라한 흰머리 신사가 표 사는 사람 뒤를 오가며 비밀번호를 훔쳐보려고 애쓰는 것을 아이들이 먼저 알아채서 내게 말해줬다. 그들은 구겨진 양복으로도 야윈 모습을 감추지 못했고, 나이도 중년은 되어 보여서 상당히 측은한 느낌이 들었다. 그런데 아이들한테는 그 도둑 무리가 너무나도 우스꽝스러웠나 보다. 기차에 탈 때까지 웃음을 멈추지 못했고 그 이후로도 한동안 역이나 광장 혹은 시장을 지날 때마다 누가 먼저 소매치기를 발견하는지 게임으로 만들어 작은 재미를 누렸다.

세상을 다니면 무서운 사람보다 친근한 사람과 불쌍한 사람이 훨씬 많다는 것을 자주 느끼면서 산다. 하지만 가여운 우리의 모습 속에도 웃음거리가 숨어 있다는 진실은 주로 아이들에게서 배운다.

두 번째 편지

인간의 역사는
하나의 거대한 이야기란다

> 아마 마음속 구멍을 황금의 땅에서 길어 올린
> 온갖 아름다운 이야기와 그림들로 채울 수는 있을 거야.
> 내가 한 번도 집을 떠난 적이 없다는 사실을,
> 쉽지는 않겠지만 깨달아가면서 말이다.

오신에게

아빠는 어젯밤에 잘 잤다. 몹시 피곤했던 모양이야. 하지만
오늘은 쉽게 잠이 오지 않는구나. 시차 때문이기도 하고, 보통
집을 떠나오면 잠이 잘 안 온단다, 아빠는. 네 생각이 많이 나
서겠지.

오늘은 컴퓨터를 영국 콘센트에 꽂아 쓸 수 있도록 어댑터
를 하나 샀어. 그래서 이제 컴퓨터로 편지를 쓰고 있다. 손으로
쓰는 건 분명 그 특유의 맛이 있지만, 이렇게 컴퓨터로 쓰면 네
가 글자를 알아보기가 더 쉬울 것 같구나.

아빠 방에 깨끗한 나무 책상이 하나 있어서 지금 그 위에 컴퓨터를 놓고 편지를 쓰고 있어. 책상은 조그만 창 쪽으로 놓여있는데, 바깥이 칠흑같이 어두워서 창밖으로는 아무것도 보이지 않는구나. 책상 위에는 수학 관련된 것 몇 가지하고, 집에서 가져온 『서양의 부흥The rise of the west』이라는 책이 놓여 있어. 부제가 '인류 공동체의 역사'라고 되어 있네. 아빠에게는 참 흥미로운 주제란다. 할아버지가 이 책을 주신 게 아빠 십대 때인데, 그때 책을 다 읽긴 했지만 내용을 제대로 이해했던 것 같지는 않아. 그때는 너도 알겠지만 아빠는 여행도 별로 안 해봤고, 전체 인류의 역사를 연구한다는 게 어떤 건지 잘 상상하기도 어려웠어. 사실은 나이가 들고 세계 여행을 많이 한 사람들도 '전체 인류의 역사'라는 바로 그 핵심을 곧잘 놓치곤 한단다.

핵심이란 바로 이런 거지. 인류 역사에는 한국 역사도 있고 미국 역사도 있고 일본, 그리스, 인도 등 많은 역사가 있지만, 제각각 다양하게 갈라진 역사를 한데 모아서 모두의 역사를 하나의 긴 맥락 속에서 이해하는 게 정말 중요하다는 것 말야.

여행할 때 특히 이런 생각을 많이 하기 때문에, 아빠는 외국에 갈 때면 늘 이 책을 갖고 다녀. 덕분에 인류 전체에 영향을 미친 사건들을 더 잘 이해하게 된 것 같기도 하다.

사실 사람들이 싸울 때조차 어찌 됐든 이런 공통의 역사를 만들어낸다는 건 참 재미있는 일이야. 공통의 역사는 아주 먼 훗날 그 후손의 후손의 후손에게까지 이어져서 그들에게 뭔가

삶이라는 우주를 건너는 너에게

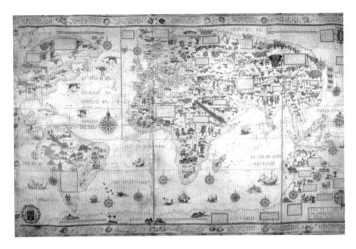

1550년 완성된 세계지도.
르네상스 시대 프랑스인 피에르 데셀리에라는 지도 제작자가 만들었다.

탐구할 거리를 남겨주지. 서로 아주 멀리 떨어진 민족들도 공
유하는 역사를 말이야. 사람들은 알렉산드로스 대왕이 그렇게
많은 땅에서 전쟁을 벌여서 얼마나 많은 사람이 죽게 되었느
냐고 말을 많이 하지만, 그 전쟁으로 훗날 아시아와 유럽의 역
사가 상당 부분 맞물리게 되었다는 것도 인정한단다.

　네 책상에, 우리가 가보진 못했지만 일본에서 열린 전시회
포스터 있잖니? 그 전시에서 보여주려고 한 것도 바로 이거였
어. 알렉산드로스 대왕의 정복으로 그리스 조각상이 인도 북
서부로 옮겨졌고, 다시 불교의 영향과 합쳐지면서 그리스식
착상과 방법이 결국 저 멀리 중국과 한국, 일본에까지 전해졌

일본 나라의 사찰 도다이지의 사천왕상(왼쪽)과
이탈리아 로마 바티칸미술관의 라오콘상(오른쪽).

다는 거지. 그래서 우리가 일본에서 본 사찰 수호신들도(그 포
스터에도 하나 있던 것 같구나) 헤라클레스나 라오콘처럼 아주
근육질인 경우가 많은 거란다.

　네가 가장 좋아하는 로마가 지중해 지역을 정복했을 때도
이런 비슷한 일이 많이 일어났어. 예를 들어, 로마가 일으킨 그
숱한 전쟁으로 결국 주변 지역이 안정되고 평화로워지면서 그
덕에 예수의 가르침이 기원지인 예루살렘을 넘어 아주 멀리까
지도 전파될 수 있었지. 좀 희한한 방식이기는 하지만, 어떤 사
람들이 청동과 쇠로 사람의 육체를 점령했기 때문에 그 이후
에 다른 이들이 철학과 예술로 사람들의 마음을 점령할 수 있
었다고 할까.

　　　　　　　　　　　　　삶이라는 우주를 건너는 너에게

각각 다른 이야기가 서로 연결되어 있다는 걸 알게 될 때는 정말 전율이 일 만큼 재미있지 않니? 이스라엘을 침공한 블레셋인 골리앗이 미케네의 왕 아가멤논의 손자일 수도 있다는 가설을 두고 한바탕 토론했던 것 기억나지? 물론 이게 문자 그대로 사실이라는 말은 아니야. 고대 그리스의 암흑기에, 그러니까 트로이전쟁 이후 몇백 년 동안, 이집트와 시리아, 아나톨리아(현대의 터키)를 비롯한 지중해 지역 전체는 출신을 정확히 알 수 없는 이민족에게 수차례 침략을 당했지. 그들이 항해에 아주 뛰어났고 바다로 침략해 들어온 게 분명했기 때문에 (나중에 유럽 역사에 나타난 바이킹처럼 말이야), 그 민족을 '바닷사람들'이라고 부르기도 하지.

오늘날 어떤 역사가들은 그중 일부가 사실은 집을 잃어버린 미케네문명의 그리스인이었다고 본단다. 주인이 트로이전쟁 같은 긴 전투로 집을 비운 사이 도리스족 노예들이 집을 빼앗은 거야. 그래서 당시 미케네문명의 그리스인들이 집을 떠나 오랫동안 바다 위에서 살다가 결국 떠돌이 전사가 되었다고 가정하는 거지. 그들 중 일부가 지금의 이스라엘 땅에 정착해서 블레셋이라는 민족으로 불렸다는 증거는 분명하게 존재한단다. 이 블레셋 사람들이 앞서 말한 이스라엘 사람들과 치열하게 싸운 바로 그 민족이지. 골리앗이라는 장수 조상을 둔 민족 말이야.

물론 전쟁은 끔찍한 것이고 전쟁 무용담에 너무 매료되어

다윗과 골리앗을 그린
13세기 프랑스 상상화.

미케네에서 발견된 아가멤논 마스크(기원전 1550~1500년).

서 좋을 건 없을 거야. 하지만 다윗의 이야기가 어딘가에서는 아가멤논과 오디세우스, 그리고 네 친구 아킬레우스의 이야기와 맞닿는다고 생각하면 참 멋지지 않니? (그나저나 네 친구는 요새 잘 지내?)✣

아주 오래전에 한국을 떠날 때 아빠 가슴속에 구멍이 생겼다고 했었지? 아마 그 구멍은 영영 없어지지는 않을 것 같다. 다만 그 구멍을 황금의 땅✣✣에서 길어 올린 온갖 아름다운 이야기와 그림으로 채울 수는 있을 거야. 내가 한 번도 집을 떠난 적이 없다는 사실을, 쉽지는 않겠지만 깨달아가면서 말이다. 왜냐하면 결국 이 온 세계가 바로 내 집이고, 네 집이니까. 여느 오래된 거리를 내 집으로 여기는 게 언제나 쉽다는 말은 아니야. 사람들도 다르고 장소도 다르지. 사람들은 다른 언어를 쓰고 다른 옷을 입고 또 수많은 자신만의 신을 모시잖아. 바로 그래서 서로 싸우기도 하고. 지금도 골리앗의 땅에서 살라딘의 민족과 다윗의 민족이 싸우고 있다는 이야기를 너도 가끔 들을 거야. 사실은 모두 아브라함의 자손이라는 걸 잊은 채로 말이다.

언젠가는 우리도 더는 서로 싸울 이유가 남아 있지 않다는

✣　호메로스의 이야기에 나오는 그리스 영웅 아킬레우스는 아들 오신의 어린 시절 상상의 친구였다.

✣✣　황금의 땅은 오신이 어렸을 때 내가 읽어준 존 키츠John Keats의 시 「채프먼의 호메로스를 처음 읽고 나서」에 나오는 구절이다. 그 시는 '나 황금의 땅을 많이도 다녔지, 좋고 좋은 나라와 왕국을 많이도 보았네'로 시작한다.

걸 이해하게 될 거야. 하지만 역사의 긴 흐름에서 보면 이 모든 싸움이 꼭 나쁘다고만은 할 수 없어. 아가멤논 시대에는 농사짓는 게 어려워서 사람들이 힘들게 살았고 늘 먹을 게 충분하지 않았지. 하지만 지금은 사리에 맞게 나누기로 마음만 먹으면 모두가 편안하게 살 수 있어. 그러니 언젠가는 아주 돈이 많은 사람도 너무 많이 갖는 게, 다 먹지도 못할 음식을 무조건 많이만 쌓아두는 게 별 의미가 없다는 걸 알게 될 거야. 이 세상 모든 사람은 후대로 이어지는 긴긴 역사를 함께 써가고 있는 거지. 언젠가는 그 후손의 후손의 후손의 후손들도 알게 될 거야. 모든 게 하나의 거대한 이야기로 연결된다는 걸. 그렇게 다시 또다시 써내려가는 이야기라는 걸.

편지를 쓰다 보니 어젯밤에 어떻게 잠들었는지 기억났다. 침대에 누워서 눈을 감은 다음 나한테 자장가를 몇 개 불러줬어. 네가 잠들 때까지 자주 불러줬던 노래, 로베르트 슈만 Robert Schumann의 〈나폴레옹의 노래〉도 불렀어.✣ 언제나 아빠를 참 평화롭게 만들어주는 노래가 또 하나 있는데, 바로 〈보리수 Linden Tree〉라는 노래란다. 이것도 독일 노래인데 너를 위해 번역해주마.

✣ 〈나폴레옹의 노래〉란 슈만의 〈2인의 척탄병 Die eiden Grenadiere〉이라는 곡을 가리킨다. 오신이 잠들 때까지 자주 불러준 노래다.

성문 앞 우물 곁에
서 있는 보리수
나는 그 그늘 아래
단꿈을 꾸었네

가지에 사랑의 말
새기어 놓고서
기쁘나 슬플 때나
찾아온 나무 밑

오늘도 깊은 밤을
떠돌아다니네
캄캄한 어둠 속에
눈 감아 보았네

가지는 산들 흔들려
내게 말해주는 것 같네
'이리 내 곁으로 오라
안식을 찾으라'고

찬바람 세차게 불어와
얼굴을 매섭게 스치고
모자가 바람에 날려도
나는 꿈쩍도 않았네

그곳을 떠나 오랫동안
이곳저곳 헤매도
아직도 속삭이는 소리는
여기 와서 안식을 찾으라

그러고서 언제 잠든지도 모르게 잠이 들었단다.

아빠가

삶이라는 우주를 건너는 너에게

네가 직접 멋진 답을
찾아보렴

언젠가, 책을 더 많이 읽고
자연에서 풍성한 지혜를 얻는다면
네가 직접 멋진 답을 찾아낼 수도 있겠지!

오신에게

오늘 밤은 그제보다 좀 더 일찍 편지를 쓰기 시작했단다. 너
에게 편지를 쓰고 있으면 언제나 기분이 좋아져. 그러니 이렇
게 편지를 쓰고 있는 오늘 밤도 아빠는 분명 잠을 잘 잘 것 같
구나.

아빠가 왜 편지를 이메일로 보내지 않는지 알고 있니? 설명
하기 그리 쉽지는 않은데, 우선 편지가 이메일보다 여러 면에
서 더 좋은 점이 있기 때문이야. 내 인내심을 연습하고 싶기도
하고! 요즘 세상에서는 다들 뭔가를 빨리빨리 하고 응답도 곧

바로 받는 것에 익숙해져 있지. 이 편지들이 네게 바로 도착해서, 내가 너를 생각하고 있다는 걸 네가 알 수만 있다면 나도 무척 좋을 거야. 그러면 나도 네가 내 맘을 알고 있다는 걸 알 수 있으니까. 하지만 편지가 보발꾼이나 말, 배 같은 걸로 전달되던 옛날 옛적까지는 아니더라도, 이 편지들이 네게 도착하기까지 한 주 이상은 걸리잖니. 그렇게 기다리는 시간이 이 경험을 조금은 더 의미 있게 만들어주지 않을까 싶다.

내가 이 편지를 쓰는 게 무척 즐겁듯이 너도 편지를 읽는 게 즐겁다면 좋겠구나. 즐겁다는 게 꼭 깔깔대거나 발을 구르며 웃는다는 뜻은 아니야. 오히려 오신이에게 편지를 쓸 때 아빠는 '젖은 미소'✤를 짓고 있단다. 편지를 다 쓰고 나면 그 불안하고 참을 수 없을 것 같던 슬픈 감정은 차분하고 따뜻한 감정으로 바뀌어 있지.

내일은 바쁜 날이 될 거야. 그래서 곧 자야 할 것 같다. 우선 오전에 뉴턴연구소에서 수학자들을 대상으로 강의를 하고, 오후에는 존 코츠 John Coates✤✤라는 분을 만나서 비가환 코호몰로지 non-abelian cohomology라는 것에 대해 이야기 나눌 거야. 존 코츠 교수님은 여기 케임브리지에 사시는데, 아빠가 오래전부터 알

✤ 동화『피터팬』결말부에서 피터와 어른이 된 웬디가 만나게 된다. 거기에 반가움과 슬픔이 뒤섞인 감정을 뜻하는 '젖은 미소'라는 표현이 나온다.

✤✤ 존 코츠는 케임브리지대학교 새들러리언 석좌교수로 있다가 지금은 퇴임했다.

고 지내는 분이란다. 교수님이 최근에 아빠가 새로 발견한 것들에 대해서 설명을 듣고 싶다고 하셨어. 이런 게 바로 수학자로 살면서 경험하는, 참 근사한 일 중 하나란다. 아주 멀리 떨어져 있어도 친구들과 지인들이 뭘 하며 지내는지 계속 소식을 주고받을 수도 있고, 그래서 만나면 할 말도 무척이나 많지. 존 교수님과 만난 다음에는 대니얼 데닛Daniel Dennett이라는 분의 강의에 가보려고 해.

데닛 교수는 기계가 결국 스스로 생각할 수 있게 될 것인가를 집중적으로 연구하는 철학자이자 인지과학자야. 아킬레우스와 거북이가 나오는 책을 썼던 더글러스 호프스태터Douglas Hofstadter✧ 교수와 비슷한 맥락이지. 이게 왜 흥미로운 질문인지는 나중에 더 자세하게 설명해주마.

하지만 아빠가 준 계산기를 갖고 조금만 궁리해보면 어떤 뜻인지 어렴풋이 감은 잡을 수 있을 거야. 계산기에 134+135나 13×15, 아니면 13452459×45582985 같은 것을 계산하라고 해보면 순식간에 처리하겠지. 숫자를 입력하자마자 곧바로 답이 나올 거야. (물론 인간의 언어가 아닌 숫자 키라는 계산기의 언어를 사용해야 한다는 단서가 있어.) 그런데 그렇다고 해서 계

✧   더글러스 호프스태터는 『괴델, 에셔, 바흐』라는 책의 저자로, 이 책은 '인공지능Artificial Intelligence(AI)', 즉 기계가 스스로 생각할 수 있는 가능성을 주제로 다루었다. 500쪽 분량의 방대한 이 책에서 아킬레우스와 거북이를 등장시켜 사고를 흥미롭게 이끌어간다.

산기가 아주아주 똑똑하다고 할 수 있을까? 우리는 보통 그렇게 말하지 않지. 대개는 계산기가 '성능이 아주 좋다'거나 '유용하다'고는 하겠지만 '아주 똑똑하다'고는 하지 않을 거야. 왜 그럴까? 보렴, 어린 꼬마가 계산을 그렇게 빨리한다면 우리는 분명 그 아이가 아주 똑똑하다고 말할 거야. 그러니까 이건 계산기가 다른 일은 하지 못한다는 점과 관련이 있어. 계산기는 아이처럼 달릴 수도, 폴짝 뛸 수도, 공놀이를 할 수도 없잖아.

그럼 기계로 된 팔다리가 있어서 뜀도 뛰고 공놀이도 할 수 있는, 게다가 머리에는 계산기를 넣은 로봇을 만들었다고 해 보자. 이런 로봇을 우리는 똑똑하다고 해야 할까, 아니면 그냥 '성능이 좋다'고 해야 할까? 아무리 재주가 많대도 결국 로봇은 시를 쓰거나 아름다운 그림은 그리지 못할 테지. 오신이가 하듯이 말이야! 어쩌면 시 쓰기나 그림 그리기까지 잘하는 로봇도 만들 수는 있을 거야. 그건 절대 불가능하다고 생각하는 사람들도 있지만 말이지. 그런 사람들은 아름다운 시를 쓰는 건 아주 특별한 일이기 때문에 이 일을 제대로 해내는 기계는 아예 만들 수 없다고 봐.

그렇지만 앞일을 누가 알겠니? 그리 오래지 않은 과거만 해도 많은 이들이 기계가 인간만큼 체스를 잘 둘 거라고는 상상도 하지 못했단다. 하지만 기계가 사람과 체스를 두는 일은 벌써 일어났지('딥블루Deep Blue'라는 아주 유명한 컴퓨터인데, 심지어 체스 경기에서 사람과 맞붙는 족족 이기기까지 했어.)✢ 글쎄, 나 역

삶이라는 우주를 건너는 너에게

시 잘은 모르겠다만, 이 질문이 아주 아주 흥미로운 질문이라는 것만은 잘 알겠구나. 결국 이 문제는 기계가 스스로 생각할 수 있는가, 아니면 기계란 사람이 주는 지시만 단순 반복할 수밖에 없는 운명인가 하는 문제란다. 데닛 교수는 결국에는 기계가 사람이 하는 일을 뭐든 기본적으로는 해낼 거라고 보는 쪽이야. 그래서 그가 어떤 새로운 견해를 들려줄지 내일 가서 보려고 해.

그 강의가 끝나면 존 교수님, 그리고 역시 미국에서 온 피터 사낙Peter Sarnak❖❖이라는 분과 함께 저녁을 먹을 거야. 교수님들과 만나기로 한 식당이 아주 오래된 건물이라, 아빠는 분명 네 생각이 날 것 같구나.

식사 후에는 짬을 내서 연극 한 편을 볼지도 모르겠어. 지금 여기서는 크리스토퍼 말로Christopher Marlowe의 〈포스터스 박사Doctor Faustus〉라는 연극이 상연 중이거든. 보고 나면 네게 말할 거리가 생길 것 같아서 그 연극이 보고 싶어졌어. 독일의 파우스트 전설은 워낙 널리 알려진 이야기라 많은 사람들이 자

❖ 이 편지를 쓴 이후 인공지능은 굉장한 속도로 발전했다. 기계학습은 이론이나 응용 면에서 고도화되었고 알파고 같은 인공지능 프로그램이 개발되어 체스보다 훨씬 어렵다고 생각되던 바둑에서도 최정상급 기사들을 이겼다. 그러나 똑똑한 기계를 만든 것이 인간의 지능을 이해하거나 지능이 무엇인지 이해하는 데 크게 도움을 주지는 못했다.

❖❖ 피터 사낙은 프린스턴대학교 수학 교수로, 당시 모델 기념 강의를 위해 케임브리지대학교에 와 있었다.

기만의 버전으로 다시 쓰기도 했단다. 가장 유명한 게 아마 요한 볼프강 폰 괴테Johann Wolfgang von Goethe(마왕에 대한 무시무시한 시를 쓴 사람 말이야.)의 이야기일 거야. 하지만 말로의 '파우스트'(말로는 셰익스피어와 같은 시대에 살았던 영국 작가야.)는 아빠도 본 적이 없더구나. 얼마 전에 만난 뮌스터대학교 수학과 크리스토퍼 데닝거Christopher Deninger 교수라는 분은 자기 이름이 바로 이 크리스토퍼 말로의 이름에서 따온 것이라고 했어. 그분 아버지가 말로가 셰익스피어의 작품 전부를 비밀리에 대신 써주었다고 확신한 것과 연관이 있지 싶다. 아무튼 내일 볼 연극이 말로 작품인 것은 틀림이 없단다.

이 이야기의 골자가 참으로 흥미로워. 포스터스 박사는 철학자인데, 그림 같은 데서 많이 본 것처럼 책상 위에 초와 해골이 있는 아마 중세쯤의 학자지. 그는 욕심이 아주 많았는데, 무엇보다 지식에 대한 욕심이 컸어. 이 연극은 사실 지식에 대한 욕심조차 사악해질 수 있다는 점을 지적하고 있지. 지식욕이 많았던 포스터스 박사는 권태로움을 이기지 못하고 악마와 결탁해서 마법을 배우게 된단다. 그러다가, 너도 짐작하듯이 결국 안 좋은 결말을 맞게 되지. 그렇게 박식한 학자인데도 마술을 하찮은 일에만 사용하게 되거든. 그래서 결국은 별 이유도 없이 악마에게 영혼만 건네준 셈이야. 너라면 어떨까? 마술을 할 줄 안다면 좋은 일에만 쓰겠지?

이야기가 지식에 대한 너나 나의 생각과는 잘 들어맞지 않

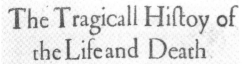

크리스토퍼 말로의 연극
〈포스터스 박사〉 포스터(1620년).

에드거 앨런 포의 시 「애너벨 리」가 실린
『유니온 매거진』 표지(1850년).

는 부분이 있을지 몰라도, 이런 질문을 던지는 시각은 무척 흥미로운 것 같아. 중세에는 철학자들이 아는 게 많아지면 쇠붙이를 황금으로도 만들 수 있다고 생각했다는 사실을 기억한다면 좀 더 이해하기가 쉬울 거야. 이런 신기한 기술에 관심 있었던 사람들을 '연금술사'라고 불렀지. 그들은 온갖 복잡한 화학작용을 고안해내서 금을 만들려고 했단다. 결국 실패로 끝났지만 지금 생각하면 그들의 노력이 화학의 발전에 크게 기여한 것도 사실이야. 성공적인 연구만 학문을 발전시키는 것이 아니란 말이야. 그리고 지식이란 것이 상당히 위험할 수 있다는 것도 사실이야.

역사를 보면 사람들이 기술적 지식을 이용해 무기를 만들어서는 결국 수많은 선량한 사람을 해치는 일도 자주 벌어졌단다. 과학적 지식은 고대에나 지금이나 전쟁에 사용되기도 하지. 대표적으로 20세기에 '상대성이론'이라는 놀라운 발견이 원자폭탄이라는 무서운 기계를 낳기도 했단 말이야. 인간 영혼에 대한 깊은 지식처럼 아주 멋져 보이는 것조차 사람들을 돕기보다는 속이는 데 사용될 수도 있어. 때로는 공감력이 큰 사람이 남을 조종하기도 잘한다는 연구도 있거든.

이런 생각들은 내가 지난번 편지에도 언급했던 '낭만주의'와 연관이 깊어. 진정한 지혜는 책이 아니라 자연을 통해 배울수 있다거나, 특히 자연을 바꿔보려는 노력과 과학은 결국 아무런 소용이 없다고 보는 태도 말이야. 아름다운 저녁에 대한 시를 쓴 워즈워스가 특히 이런 느낌이 강했지. 이런 태도를 지닌 사람들은 아마 스스로 생각할 수 있는 기계를 만드는 건 악마와 거래하는 것과 다름없다고 말할지도 모르겠다. 하지만 지식 그 자체는 좋지도 나쁘지도 않다고 말하는 사람들도 있어. 단지 저마다 다양한 사람들이 지식을 좋은 목적에 쓸지 악한 목적에 쓸지 결정할 뿐이라는 거지.

흠, 넌 아마 알겠지만, 아빠는 모르는 것보다는 아는 게 더 좋다고 생각하는 쪽이란다. 아마 훨씬 더 좋을 거야. 하지만 말로와 낭만주의자들(말로의 뒤를 따른 사람들)도 하고 싶은 말은 해야지. 무엇보다 그들은 감동적인 시를 쓰잖니!

〈포스터스 박사〉 연극에서 문제가 딱 하나 있다면 바로 밤 11시에 시작한다는 거야. 그쯤이면 나는 꽤 지쳐 있을지 모르겠구나. 그래서 어쩌면 약속이 그리 많지 않은 다른 날을 잡을지도 모르겠다.

포스터스 박사 이야기는 「애너벨 리Annabel Lee」를 쓴 에드거 앨런 포Edgar Allan Poe가 분명 무척 좋아했을 것 같아. 포는 어둡고 신기하고 묘한 것에 관심이 많기로 유명했잖아. 하지만 어떤 이유인지 자기만의 포스터스 박사 이야기를 쓰지는 않았더구나. 아마 글 쓸 소재가 많이 있어서 짬이 안 났는지도 모르지. 포의 시를 하나 읽어볼까?

헬렌에게
헬렌, 그대의 아름다움은 내게
저 옛날 니케아의 배와 같지
고요하게, 향기로운 바다 위를 가르며
여행에 지치고 지친 방랑자를
고향 해변으로 데려다주지

절망의 바다 위 익숙해지도록 헤매도
그대 히아신스 같은 머릿결, 그 단정한 얼굴
물의 요정 같은 숨결이 나를 집으로 데려다주네
영광의 그리스로
장엄의 로마로

저기! 저 빛나는 창문 안
조각상처럼 서 있는 그대를 보네
홍옥 등잔을 손에 든 그대를
아, 프시케여,
거룩의 땅에서 온 그대여!

이 시는 사실 조금 슬픈 것 같아(왜일까?). 마냥 밝고 가볍지
만도 않고. 여기 나오는 헬렌은 물론 스파르타의 왕비 헬레네
지만, 포가 실제로 알고 지냈던 여인이었을 수도 있지. 이 시
는 그리스와 로마에 대한 포의 애정을 노래하는 시이기도 해.
넌 분명 진작 눈치챘겠지만 말이야. 그런데 그리스와 로마를

삶이라는 우주를 건너는 너에게

메넬라오스와 재회한 헬레네.
아테네에서 발견된 도기화(기원전 550년경).

그토록 사랑했던 포가 왜 그렇게 줄기차게 어둡고 신비스러
운 것에 대해서만 썼을까? (포가 어느 아름다운 여인에 대해서 쓴
다른 시 역시 약간은 섬뜩한 구석이 있다는 건 너도 동의하리라고
본다.)✣ 문학을 진지하게 공부하는 사람들은 바로 이런 종류
의 질문의 답을 찾는단다. 나중에 할머니나 할아버지께 여쭤
봐도 좋겠구나. 답이 쉽게 나오지는 않을 것 같지만. 어쩌면 언

✣   당시 오신이 에드거 앨런 포의 「애너벨 리」를 즐겨 암송했다.

젠가, 책을 더 많이 읽고 자연에서 풍성한 지혜를 얻는다면 네가 직접 멋진 답을 찾아낼 수도 있겠지!

굿나잇, 미스터 오(O)

아빠가

삶이라는 우주를 건너는 너에게

지적인 성장은
영혼의 성장과 비례할까?

추신

때로 학부모들과 만나면 수학 교육에 대한 질문을 많이 받게 된다. 여기에는 나름의 대답을 할 수 있지만, 수학이 아니라 다른 어떤 학문에 관한 담론에 대해 조금 까다롭고 근본적인 질문에 부닥칠 때도 많다. 예를 들면 지적인 성장과 영혼의 성장의 관계에 대한 것이다. 과연 유식해지는 것이 영혼의 성장에 도움이 된다고 할 수 있을까? 바로 이 질문이 불러일으키는 의심 때문에 종교 시스템은 세속적인 공부를 부정적으로 생각한 경우가 많다.

고대 아테네의 철학자 소크라테스도 유식을 그다지 높이 평가하지 않았다. 플라톤이 남긴 글 곳곳에는 소크라테스가 꾀를 이용해서 남을 속이는 학자들을 비판하는 대목이 나타난다. 그런가 하면 기원전 4세기의 한 철학자는 공부의 목표를 마음의 평온이라고 제시했다. 이 의견에는 나도 상당히 동의하는 편이다. 많은 걱정과 근심에는 실질적인 근거가 있기도 하지만 대부분 사람들이 필요 이상으로 많은 불안을 갖고 사는 것도 사실이다. 그리고 세상에 대한 공부는 그런 불안을 덜어주기도 한다.

지금 시각으로 보면 극단적인 사례들이 고대 문명에서는 제도화되기까지 했다. 바빌로니아부터 중국, 고대 그리스 등은 태양이 어두워지는 일식을 상당히 두려워했다고 한다. 고대 바빌로니아에서는 일식 때 왕이 죽는다는 믿음 때문에 이를 방지하려고 왕과 사형수가 일정 기간 자리를 바꾸는 복잡한 의식이 있었다고 전해진다. (이런 고대 역사는 나도 신문 기사 수준으로밖에 모르기 때문에 너무 믿으면 안 된다.)

현대로 와서, 내가 어릴 때만 해도 '나병(한센병)' 환자에 대한 두려움이 사회에 꽤 뿌리 깊어 어린아이들 사이에서 나병 환자는 공포의 대상이 되곤 했다. 내가 다니던 초등학교는 다행히도 한센병 환자들의 자녀들을 받아들였기 때문에 나는 이 두려움을 일찍 극복할 수 있었다. 꼭 질병이나 사건 때문이 아니어도, 안전한 집 안에서도 밤에 어두워지면 막연한 불안을 느끼는 사람들도 있다. 그런 종류의 불안은 세상이 돌아가는 이치를 잘 이해할수록 해소된다. 물론 두려움이 다 틀렸다는 것은 아니다.

가령 번개가 치면 그에 상응하는 적당한 두려움과 반응이 있다. 조금 복잡한 예로 몇 년 전에 길에서 다른 사람과 부딪힐 뻔한 일이 있었다. 그 사람은 나에게 꽤 심한 말을 한 뒤 갈 길을 갔는데, 한동안 기분이 상당히 나빴다. 생각해보니 그것도 본능적으로 나타나는 두려움 반응이었던 것 같다. 가령 길에서 모르는 사람과의 갈등이 삶과 죽음의 문제로 이어질 수 있던 수렵 사회의 잔재가 유전자에 깃들어 있는 것으로 해석해 볼 수도 있다. 물론 지금의 비교적 질서정연한 문명사회 안에서 대낮에 길에서 실제로 위협적인 싸움이 일어날 확률은 상당히 작다. 내 경우에는 길에서의 마찰로부터 일어나는 불쾌감이 분명하게 정도가 지나쳤던 것 같다. 이런 상황에서도 사회와 본능에 대한 적당한 고찰이 상당히 불안을 덜어줄 수 있다.

큰 맥락에서 보면 결국은 과학적인 지식, 문화적인 지식, 역사에 대한 이해 등이 세계를 이해할 수 있게 해준다. 개인적인 일상이든 사회적인 변화든, 일어나는 많은 현상은 그 자체로 어떤 질서 있는 줄거리 속에서 전개된다는 사실을 알려주면 무지에서 일어나는 두려움을 없앨 수 있다.

고대 그리스의 철학자 에피쿠로스는 좀 극단적으로 앎은 죽음에 대한 불안도 없애준다고 생각했다. 실제로 죽음을 어느 정도 무서워하는 것이 맞는 입장인지, 나한테는 꽤 어려운 질문으로 보이기 때문에 에피쿠로스의 주장에 얼른 동의하기는 힘들다.

그런데 에피쿠로스의 철학을 받아들이더라도, 마음의 평온과 영혼의 성장의 관계에 대해서 추궁할 수밖에 없다. 마음의 평온을 추구하는 것은 상당히 이기적인 인생관이라는 지적도 가능하기 때문이다.

그럼에도 불구하고 배움을 강조하는 것은 세상에 대한 이해가 다른 사람의 평화에도 기여할 수 있으리라는 기대 때문일 것이다. 물론 과학 기술의 구체적인 결과물이 인생을 풍요롭게 해주고 질병 관리도 가능하게 해서 많은 사람의 두려움을 실질적으로 없애주기도 한다. 그런데 그 이상으로 대부분 사람은 남을 돕기 위해서 세상을 알고 스스로 마음의 평온을 찾는 것 같다. 여기서 수학에서 자주 사용되는 논리적 용어로 표현하는 것이 좋을 것 같기도 하다. 배움이 영적인 성장을 위한 충분조건은 아닐지언정 보통 필요조건이긴 하다는 이야기다. 영적으로 특히 탁월한 덕에 별 공부 없이도 훌륭한 사람이 있기는 하지만, 나를 포함한 대부분은 그렇지 못한 것 같다는 좀 주제넘은 주장이기도 하다.

세상에는 아주 중요한
질문들이 있단다

> 세상엔 정말 중요한 문제들이 있어.
> '생각이란 무엇인가?'
> '단순한 것과 복잡한 것의 차이점은
> 정확하게 무엇인가?'와 같은 문제들 말이지.

오신에게

오늘 밤도 쉽게 잠들 것 같지가 않구나. 뭣보다 내 탓이 크다. 저녁을 다 먹을 즈음 커피가 한 잔 나오기에, 마시면 안 되는데도 마셔버렸어. 그래서 지금 이렇게 말똥말똥하게 깨어 있단다. 아, 이건 다른 얘긴데, 재미있는 질문 하나 해볼까? 왜 커피를 마시면 잠이 안 올까? 간단한 답은 커피에 카페인이라는 화학물질이 담겨 있어서 그렇다는 거지만, 그렇다고 궁금증이 말끔히 해결되는 것 같지는 않아. 이게 무슨 말인지 알겠니? 누군가 너한테 위와 같이 대답한다면 그다음에는 자연스레 어떤 질문이 뒤따라올까? 조금 생각할 시간을 주마.

　내가 보기엔 생리학의 전반에 관한 이런 질문들이 아직 풀리지 않은 채 남아 있는 것 같아. 그러니까, 이런 문제를 깊이 있게 연구하는 학자들도 왜 어떤 물질을 먹거나 마시면 왜 특정한 효과가 나타나는지를 정확하게 설명하지 못한다는 거야. 커피에 관해서는 내가 틀릴 수도 있으니까 그런 걸 연구하는 사람들에게 물어봐야겠지. 최근에 들은 말인데, 마취약을 먹으면 왜 의식을 잃는지 설명하기가 꽤 어렵다고 하더구나. 마취약은 네가 치과에 가서 잠깐 잠들어야 할 때가 있잖아? 그때 마시는 약 같은 거야. 잠들게 하는 물질의 신비가 아직 다 벗겨지지 않아서 그런가, 깨어 있게 하는 물질도 마찬가지로 신비에 싸인 것 같구나.

　저녁 식사는 무척 즐거웠단다. 사람들이 많았지만 조촐하게 넷이 모여서 식사를 했다. 아빠하고 존 코츠 교수, 사낙 교수(두 분 모두 수학자야.) 그리고 케임브리지대학교 출판부에서 수학에 관련된 책을 여러 권 낸 트라나 씨하고 말이야. 우리는 이 매뉴얼칼리지에서 열린 '높은 식탁'이라고 하는, 큰 규모의 저녁 식사에 초대된 거였어. 영국에서는 아직도 오랜 전통을 지키는 사람들을 곧잘 볼 수 있는데, 여기 케임브리지에서는 높은 식탁에서 갖는 이런 저녁 식사 자리가 그래. 대개 검은색 가운을 차려입은 사람 여럿이 모여서 대학교 학장을 가운데 두고 긴 식탁에 둘러앉아서 식사를 해. 가운데 주인을 앉히고 열

연회를 즐기는 베리 공작.
랭부르 형제의 〈베리 공작의 호화로운 기도서〉 연작 중
1월 달력(1412~1416년).

케임브리지대학교 이매뉴얼칼리지의 전경.
이곳에서 열리는 '높은 식탁'은 정복을 입고 참석하는
격식 있고 전통적인 식사를 의미한다.

었던 중세의 연회처럼 말이야. 물론 현대의 모임은 네가 책에서 봤던 잔치 그림처럼 흥겹지는 않단다.

그래도 쭉 미국에서 살아온 너에게는 특이한 경험이 될 거야. 식당 건물만 해도 모두 스테인드글라스인 데다 벽에는 바닥까지 흘러내리는 관복을 갖춰 입고 아주 심각한 얼굴을 한 남자들의 초상화가 쭉 걸려 있지. 식사를 마치고 나면, 다들 아주 커다란 벽난로와 아름다운 마호가니 책장이 빼곡하게 들어찬 서재에 모여서 고급 와인을 오래도록 마신단다(아빠는 빼고). 대학교 학장은 '윌슨 경' 하는 식으로 실제로도 귀족 작위를 갖고 있어. 기사 작위가 그렇듯이 귀족 작위를 가진 사람

삶이라는 우주를 건너는 너에게

들은 '상원의회'라는 곳에 모여서 나랏일을 어떻게 처리할지 토론하지. 식사를 시작하고 마칠 때 학장이 작은 종을 울리고 라틴어로 기도문을 외우는 모습도 네가 보면 아마 재미있을 거다.

저녁 식사 전에는 어제 말한 대니얼 데닛 교수의 강연을 들으러 갔는데, 조금은 실망스러웠어. 아빠는 많은 학자의 강의가 이와 비슷한 것 같아서 조금 안타깝다. 그 이유를 전부 설명하기는 쉽지 않은데, 하나만 말하자면 학문을 전문으로 연구하는 사람들이더라도 정말로 중요한 질문들의 답을 찾기보다는 관심 끄는 이론을 내놓는 데 더 열심인 경우가 많다는 거야. 물론 여러 생각을 해보는 것은 중요한 일이고 사람들이 관심을 가져주면 반갑지만, 그건 정말 어렵고 중요한 질문을 진정으로 이해하는 것과는 다른 문제인 경우가 많아. 가령 '생각이란 무엇인가?' '단순한 것과 복잡한 것의 차이점은 정확하게 무엇인가?'와 같은 문제들 말이지.

데닛 교수는 상당히 중요한 주제들(스스로 생각하는 기계를 만드는 문제를 포함해서)에 대해 발언을 많이 하는 것으로 아주 유명한 철학자인데, 오늘 보니 실제로 당면한 질문들을 진지하게 탐구하기보다는 본인이 최근에 쓴 책에 대해서 말하는 데 좀 더 열심인 것 같더구나. 물론, 그 책도 나름 중요한 기여이기는 하겠지. 그래도 비판하기보다는 사람의 노력을 너그럽게 평가하는 게 옳겠지? 데닛 교수는 웃긴 농담도 아끼지 않으면서 청중을 아주 즐겁게 해줬어.

　너도 짐작했겠지만 말로의 연극은 보러 가지 못했어. 내일 일과를 마칠 때 기운이 남아 있다면 그때 보러 갈지도 모르겠다. 아니면 고모가 이번 주에 아빠를 만나러 온다고 하니까, 그때까지 기다렸다가 같이 갈 수도 있고.

　몇 줄 쓰고 나니까 벌써 커피의 효과 따위는 무용지물이 되어버렸구나. 이제 잘 준비가 된 것 같아. 너에게 보내줄 엽서가 있을까 하고 시내를 돌아다녔는데 맘에 쏙 드는 걸 찾지 못했어. 그래서 우선 아쉬운 대로 케임브리지대학교를 파노라마로 찍은 엽서를 보낸다. 보고 싶다 하거든 나일이도 보여주렴. 그 녀석은 틀림없이 금방 싫증을 낼 테지만.

　그럼 워즈워스의 다른 시 한 편으로 오늘 편지는 마칠게.

우리는 너무나 세상에 묻혀 산다, 꼭두새벽부터 밤늦도록
벌고 쓰는 일에 있는 힘을 헛되이 탕진한다
우리 것인 자연도 보지 못하고
가슴마저 버렸으니, 이 남루한 흥정이여
달빛에 젖가슴을 드러내는 바다
쉴 새 없이 울부짖으려 하지만
지금은 잠든 꽃처럼 움츠러든 바람
이렇게 모든 것에 나사가 풀린 우리
무엇에도 감동받지 못한다. 신이여, 내가 차라리
낡은 신앙에 눈먼 이교도이기를

　　　　　　　　　삶이라는 우주를 건너는 너에게

그러면 이 즐거운 초원에 서서, 내 마음의

쓸쓸함 달래줄 광경들을 볼 수 있지 않을까

바다에서 솟아오르는 프로테우스를 보거나

늙은 트리톤의 고동소리를 들을 수 있지 않을까

이런, 또 그리스 이야기로 넘어왔네. 많은 낭만주의자가 그리스를 사랑했다는 사실은 참 재미있어. 어제도 썼지만 어딘가 희한한 구석이 있단 말이야. 정작 그리스의 페리클레스✤와 아리스토텔레스는 과학과 철학, 예술을 낭만주의의 정서와는 다르게 바라봤거든. 이 개념에 대해서 네가 이해할 만큼 충분히 설명한 것 같지는 않다만(앞으로 차차 하려고 해), 예를 들어 그리스의 대표적인 건축물인 파르테논 신전은 보통 낭만주의 건축물과는 거리가 한참 멀단다. 그런데도 영국의 시인 조지 고든 바이런George Gordon Byron은(어떻게 보면 낭만주의자 중에서도 가장 낭만적인 사람이었지. 바이런의 시도 곧 하나 보내주마) 파르테논 신전에 마음을 완전히 빼앗겨서, 엘긴 경이 신전의 프리즈 장식✤✤과 조각상을 런던으로 가져왔다고 불같이 화를 냈어.

✤ 페리클레스는 고대 그리스 아테네의 정치인으로, 그리스가 페르시아에 침공을 받은 뒤인 기원전 460년경 아크로폴리스의 재건을 감독했다. 파르테논 신전은 아크로폴리스에 세워졌다.

✤✤ 서양 고전건축에서 기둥머리 위에 붙이는 띠 모양의 장식물. 19세기 초 오스만제국 주재 영국 대사였던 엘긴 백작이 파르테논 신전의 대리석 조각 중 거의 절반을 떼어내 반출해갔다. 이 조각들은 '엘긴 마블'이라는 이름으로 대영박물관에 전시되어 있다.

바이런은 또 터키의 압제에 맞서는 그리스 독립전쟁에 나가 싸우기까지 했지. 이 모든 게 나폴레옹 시대 전후인 19세기에 있었던 일이야. 그때는 그리스에 마음을 빼앗긴 유럽인들이 많았어. 나중에 언제 프리드리히 니체 Friedrich Nietzsche라는 철학자가 그리스와 낭만주의의 관계에 대해 설명한 것도 얘기해줄게. 니체는 '파르테논 신전은 아폴로 신의 영감을 받은 건물이지만, 낭만주의 시에는 디오니소스적인 요소가 많다'라는 식의 말을 한 것으로 유명해(솔직히 과연 니체가 그런 말을 했을까 싶다만, 아무튼 많은 이들이 그 비슷한 인상을 가지고 있지. 아니면 나만 그런가?).

아폴로와 디오니소스는 둘 다 그리스의 신이지만 사뭇 다른 개념들을 대표한단다. 아폴로는 조화로운 질서를 선호하는 반면, 너도 알다시피 디오니소스는 술의 신이지 않니? 따라서 디오니소스는 인간의 감정적인 면, 열정과 흥분을 표현하는 신이란다. 니체는 가장 뛰어난 예술은 아폴로적인 면과 디오니소스적인 면을 융합한 양면성을 지니고 있어야 한다고 생각했어. 이런 건 좀 어려운 이야기지? 그러나 물론 네가 더 공부해서 스스로 판단할 일이지. 니체라는 사람은 그렇게 심각한 이야기를 쓰면서도 독자들을 웃기기도 잘했어. 그가 쓴 책 중에 '왜 나는 이토록 빼어난 책을 쓰는가'라는 제목의 장이 있거든. 니체는 사실 무지 두꺼운 책들을 많이 썼는데, 자기를 가지고 영리하게 농담을 할 만큼 유머감각도 있었지.

이제 정말 졸음이 오면서 이런저런 질문들이 머리를 맴도는 것 같다. 커피, 잠, 철학, 낭만주의… 생각이란 무엇인가….

잘 자라, A군. 아니 T군.✣ 그러니까 내 말은 O군…. (봐라 아빠 정말 졸립지.)

아빠…가… 쿨쿨쿨…

✣ A군과 T군은 각각 『괴델, 에셔, 바흐』에 등장하는 재미있는 주인공 아킬레우스Achilleus와 거북이Tortoise를, 동시에 그리스 신화의 영웅 아킬레우스와 루이스 캐럴의 『이상한 나라의 앨리스』에 등장하는 거북이를 가리킨다.

때로는
시 읽는 기쁨을 느껴보렴

'그 여자 아름다움 속을 걷네, 밤처럼'
아빠는 시인이 실제로 밤이 아름다움 속을 걷고 있다는
뜻으로 썼다고 해석하는 게 좋더라.

오신에게

이 시는 아마 바이런의 시 중에서 가장 잘 알려진 시일 거야.

그 여자 아름다움 속을 걷네, 밤처럼
구름 없는 날, 별 총총한 밤하늘처럼
어둠과 밝음의 가장 좋은 것들
그 모습과 눈동자 안에서 만나네
발가벗은 낮의 하늘 허락하지 않을
달콤한 빛 속으로 녹아드네
그늘 한 점 더했어도, 빛살 한 점 덜했어도

저 형언 못할 우미(優美) 절반이 되었으리
새카만 머리칼 올올이 물결치는 아름다움
저 얼굴 위 부드럽게 밝혀주는 아름다움
얼굴에서 드러나는 정갈하게 달콤한 생각들
그 생각 담긴 곳 얼마나 순수하고 사랑스러운지

윌리엄 부게로의
〈밤의 여신 닉스〉(1883년).

삶이라는 우주를 건너는 너에게

저 볼 위에 그리고 저 눈썹 위에
그토록 보드랍고 고요한, 그러나 또렷한
모두를 이기는 미소, 홍조 띤 저 빛,
선하게 살아온 날들을 말해주네
땅 위 모든 것과 평화로운 마음을
그 순진한 사랑의 가슴을!

아름다운 여인을 노래한 다른 시들보다, 아빠가 이 시를 특별히 더 좋아하는지는 잘 모르겠다. 이 시는 모든 게 너무 뻔하게 표현되었다고 말하는 사람들도 있어. 예를 들어 포의 「애너벨 리」 같은 시는 얼핏 보기에는 꼭 동시 같지만, 그 안에 꼬아서 숨겨놓은 낱말과 의미들이 있으니까 시가 더 흥미로워지잖아. 게다가 시 전체에 죽음의 기운이 드리워져 있어서 독자를 조금은 긴장하게 만들기도 하고. 너도 알다시피 포는 공포 소설 작가로 유명하지 않니? 그래서 질병과 무덤 같은 요소들을 섞어 넣고 나니, 어린아이들의 사랑으로부터 시작해서 달과 별과 천사를 이야기할 때도 좀 으스스한 분위기를 조성하는 효과가 있어. 가령 '천사들이 시기한다'는 표현은 참 재미있지.
하지만 바이런의 시에도 인상적인 음률이 있고, 얼마나 집중해 읽느냐에 따라서 숨겨진 섬세한 표현도 충분히 발견할 수 있어. 바이런의 시가 너무 분명해 보인다고 말했지만, 어쩌면 그건 바이런에게 오래도록 따라붙었던 부당한 평판에 영향을 받은 말인지도 모르겠구나. 그래도 바이런은 여러모로 꽤 재미있는 사람이었어. 특히 그리스라는 나라에 얼마나 열성적이었는지. 그런 면에서 그를 좋아하지 않을 수 없을 거야. 바이런은 사실 모든 것에 열정을 다하는 사람이었고, 삶을 아주 영웅적인 방식으로 살아야 한다고 생각했지. 그런 면에서 돈키호테와 닮은 구석이 있고, 그도 아마 그런 비교를 싫어하지 않았을 것 같아. 나중에 언젠가 바이런의 긴 모험시인 「해적The Corsair」을 네가 재미나게 읽을 수도 있겠다. (코세어Corsair는 북아프리카 해안에서 왕성하게 활동했던 유명한 해적 무리란다. 아마 17세기와 18세기에 활동했을 거야.) 아무튼 「밤하늘」 시가 서운하지 않도록 그래도 조금은 더 관심 어린 시선으로 읽어보자.

'그 여자 아름다움 속을 걷네, 밤처럼'은 참 근사한 구절이지. 이 구절은 여러 방식으로 읽을 수 있지만, 아빠는 시인이 실제로 밤이 아름다움 속을 걷고 있다는 뜻으로 썼다고 해석하는 게 좋더라. 이게 무슨 말이냐고? 음, 별이 빛나는 밤하늘은 정말 아름답고, 그 속을 걷는 것도 근사한 일이지. 하지만 밤이 실제로 걷고 있다는 것도 흥미로운 발상 아니니? 이런 언어유희는 시인들이 즐겨 쓰는 것이기도 하단다.

17세기 어느 스페인 시인이 쓴 거울에 대한 시가 생각나는구나. 거울이 자기에게 비치는, 사랑에 빠진 사람의 상을 (아마 시인 자신일 거야.) 사랑하게 되는 시야. 그러니까 별빛 아래 아름다운 밤길을 걷고 있다고 할 때, 밤이 아름답게 걷고 있다고 해석하는 것도 얼마든지 가능한 거지. 그리고 시인은 시 속의

삶이라는 우주를 건너는 너에게

여인도 꼭 그렇다고 말하고 있어. 게다가 시 속의 여자도 여러 가지로 볼 때 검은 장례식 의상을 입고 있는 것 같으니, 밤하늘에 바로 연결되지.

흠, 아름다운 여인에 대한 시는 어떤 시든, 하다못해 비밀스럽게라도 죽음의 언저리를 배회하는 듯하다는 거, 눈치챘니? 아주 아름다운 것은 결코 오래가지 못한다는 정서는 사실 상당히 보편적인 건지도 모르겠어. 싱싱한 꽃 한 송이를 생각해 보렴. 우울한 기질의 사람이라면 응당 이렇게 말할 거야. 꽃이

빈센트 반 고흐의
〈론강의 별이 빛나는 밤〉
(1888년).

덧없다는 걸 잘 알기에, 아름다움을 느낄 때 그토록 날카롭게 아픈 거라고.

실제로 별이 총총한 밤하늘 아래에서 산책해보면 밤과 함께 걷고 있다고 상상하는 게 하나도 어렵지 않아. 생각해봐. 밤이 되면 나무며 집들이며 지붕 위로 보이는 하늘이며 이런저런 것들이 낮에 그렇듯이 따로따로 서 있는 게 아니라, 전부 하나로 녹아들어서 연속되고 구분되지 않는, 빛을 뿜어내는 융단처럼 느껴지잖아. 그때 고요하게 발걸음을 옮겨본다면 온 세계가 다 같이, 어쩐지 마법처럼 앞으로 (혹은 특정한 방향 없이 그저) 움직이는 듯한 느낌이 들 거야. 자, 이제 알겠지? 짧은 시 한 수가 우리가 평소에는 인식하지도 못했던 자연스러운 경험을(때로는 '형이상학적'이라고 부르는 경험이지.) 상당히 분명하게 드러낼 수 있다는 것을. 검은 치마를 입은 아름다운 여인처럼 꽤 이질적이고 구체적인 것과 연결시킬 수도 있다는 것도.

참, 2행에 나오는 '날climes'은 '날씨climates'라는 낱말을 줄여서 쓴 건데, 그러고 보니 2행 전체가 마치 애리조나를 생각하고 쓴 것 같지 않니? 아마 시인은 이탈리아 남부나, 아니면 역시 그리스를 떠올리며 쓰지 않았을까 싶지만 아름답고 구름 한 점 없는, 별이 빛나는 밤하늘로 치자면 애리조나에 살던 우리가 웬만한 영국 낭만주의자들보다 훨씬 더 잘 안다고 해도 과장은 아닐 거야.✢ 어쨌든, 이런 게 바로 시지. 시 읽는 기쁨을 맛보기 위해 꼭 이런 식으로 읽을 필요는 없지만, 대부분의 경우 한 줄 한 줄이 아주 세심하게 쓰인 거라서, 곰곰이 곱씹어 본다면 재미난 생각 거리들이 아주 많을 거다.

아쉽게도 연극 〈포스터스 박사〉는 조금은 실망스러웠단다. 무엇보다 작품 전체를 겨우 한 시간 안에 욱여넣으려고 한 게 문제였던 것 같아. 그렇게 다채로운 이야기를 한 시간 안에 소화하기는 아무래도 어려웠을 거야. 게다가 배우들이 얼굴에 새하얗게 분칠을 하고 요란하게 꾸미고 나왔더라고. 아빠는 연극에서는 좀 기품 있는 의상을 선호하는 편인 것 같아. 물론 그건 소소한 부분이지만. 그러니 그 공연에 대해서는 더 자세히 늘어놓지 않을게. 어쩌면 그저 상연 시간이 너무 짧았기 때문인지도 모르지. 연극이 끝나니 이미 자정이어서 어서 집으로 가고 싶었단다. 또 무대에 선 학생들도(킹스칼리지라는 곳의 학생들이지.) 아주 열심히 연기했기 때문에 그때쯤엔 분명 휴식이 필요했을 거야.

그나저나 오늘 점심에는 아주 즐거운 대화를 나눴단다. 아빠처럼 여기 잠시 와 있는 안드레이 가브리엘로프Andrei Gabrielov라는 분과 함께 식사를 했어. 알고 보니 그분이 글쎄, 아빠가 올가을에 강의를 하기로 한 미국 퍼듀대학교의 교수시더구나. 가브리엘로프 씨는 수학자이면서 동시에 지질학자이기도 해

❖ 이 편지를 쓰던 당시 우리는 미국 남서부 애리조나에 살았다. 그곳은 사막 지역이라 밤하늘이 말할 수 없이 깨끗하고 별이 많다.

서 특히 흥미로웠어. 지질학자로서 그분은 지진을 연구한단다. 정말 멋지지 않니? 지진을 예측하기 위해서 연구자들이 어떤 일을 하는지 아빠에게도 조금 설명해주었는데, 주로 그게 얼마나 힘든 작업인지 강조하시더구나.

그의 설명을 듣고 나니 판 구조론이라는 것에 대해서 사람들이 많이 알아야겠더라고. 판 구조론이란 지구 표면, 즉 지각의 움직임을 말하는 건데, 지각은 서로 맞물려서 움직이는 '판'이라는 조각 여러 개로 나뉘어 있어. 아주 격심한 지진은 서로 다른 판들이 만나는 곳에서 발생하지. 하지만 언제 지진이 일어날지를 예측하기는 아주 어려워서, 많은 사람이 지진에 관한 정교한 수학 이론을 세우고 싶어 한단다. 단순히 판들이 만나는 지점('분계점divides'이라고 해)을 피하는 것처럼 간단한 문제는 아냐. 예를 들어 지구 지각과 핵 사이의 맨틀이 움직이는 방식이 액체에 가까운지 고체에 가까운지 하는 것도 아직 풀리지 않은 난제 중 하나지. 또 맨틀의 움직임이 정확히 어떻게 지진 활동에 영향을 미치는지 역시 아주 어렵고, 과연 답을 얻을 수 있을까 싶은 문제고. 훗날 네가 생각해볼 만한 부분들이 아주 많단다.

판에 대해서 이야기하다가 가브리엘로프 교수가 아주 의외의 사실을 말해주었어. 바로 지구처럼 판들이 움직이는 행성은 하나도 없다는 거야. 지구의 특별한 화학적 구성 때문에 지금과 같은 판 구조가 형성되었다는 게 연구자들의 추측이더구

나. 하지만 누구도 확실한 것은 모른단다. 가브리엘로프 씨는 유진의 아버지처럼 러시아 분이야. (유진의 아버지 기억하지?)✢ 사실 그 두 분이 이즈라일 겔판트Israel Gelfand✢✢ 교수라는 같은 스승님 밑에서 배웠다더구나.

가브리엘로프 씨가 대학교에서 수학 공부를 마쳤을 때 러시아에는 그가 가르칠 만한 자리가 하나도 없었대. 그래서 은사님이 지구물리학연구소라는 조금은 생소한 자리를 마련해주셨다지. 그때 가브리엘로프 씨는 지구물리학에 대해서는 아는 게 하나도 없었다는데 말이야! 하지만 막상 접해보니 아주 흥미로웠고 그래서 독학으로 진지하게 공부를 시작하셨다고 하더라. 그렇게 이제는 수학자 겸 지질학자가 되어 훨씬 더 행복하신 것 같았어. 삶이 네 앞길에 어떤 기대치 못한 선물을 보내줄지는 정말 알 수 없는 거야.

또 하나 반가운 소식이 있단다. 점심을 먹은 직후 존 코츠 교수님에게 전화를 한 통 받았는데, 교수님이 아주 들떠 계신 거야. 왜 그런가 보니, 아빠가 어제 만나서 말씀드린 아이디어가 교수님과 학생들이 오랫동안 연구했던 심도 있는 수학 문

✢ '유진의 아버지'란 예일대학교 수학 교수 알렉산더 곤차로프Alexander Goncharov를 가리킨다. 우리는 가족끼리 프랑스 파리의 고등과학연구원IHES에서 자주 만났다.

✢✢ 이즈라일 겔판트 교수는 러시아 모스크바 국립대학교의 수학자로, 전 세대에게 널리 존경받는 스승 같은 사람이다. 그의 독창성과 개성 있는 교수법은 전설로 남아 있다.

제와 아주 절묘하게 연관이 되더래. 사흘 뒤에 다시 만나서 그 문제에 대해 더 이야기하기로 했어. 수학 연구라는 게 이렇단다. 어떤 것에 대해서 아주 열심히 생각하고 있었는데, 다른 연구를 하는 사람들과 결과를 비교해보다가 둘이 절묘하게 만나는 지점을 발견하는 일이 종종 일어나. 그리고 얼굴을 맞대고 이런 토론을 하는 건 훨씬 더 근사한 일이지.

휴, 오늘 밤도 역시, 진짜로 졸립구나. 시차야 이제 틀림없이 적응되었을 테고. 쓰다 보니 아빠가 맨 처음에 쓴 편지가 지금쯤 네게 도착하지 않았을까 싶네. 아니면 내일모레쯤….

그럼 다음 편에 계속.

아빠가

삶이라는 우주를 건너는 너에게

좋은 시는
마음에 담아두는 것

이 책에는 시가 많이 등장한다. 생각해보면 나도 부모님의 영향으로 어릴 때부터 시를 제법 외우고 있었고, 아이들에게도 꽤 일찍부터 읽어주고 낭송하게 했다.

언젠가 힌두교 경전 교육에 대한 인도 격언을 들은 일이 있다. "일단 외워라, 그러면 의미가 밝혀질 것이다." 물론 이런 방법론을 모든 곳에 적용할 수는 없다. 어떤 종류의 교육에서나 암기가 하는 역할이 있기는 하지만 그 중요성이 주제에 따라서 상당히 다르기 때문이다. 수학에서는 우선 의미를 파악하지 않고 외워지지도 않는 것들이 많다(구구단 같은 간단한 정보는 물론 암기가 필요하다). 그렇지만 이런 '경전의 원리'가 뛰어난 시의 가르침에는 확실하게 적용된다.

훌륭한 시란 세상의 존재에 대한 시인의 반응을 독창적인 묘사와 깊은 통찰, 그리고 감정적인 이해, 지적인 이해를 모두 혼합하여 함축한 것이다. 그렇기 때문에 상당히 집중하지 않으면 피상적인 이해 수준을 넘어가기가 상당히 어렵다. 그런데 시에 나타나는 언어의 밀도는 의미를 정확하게 파악하지 않아도 마음에 담아두기에 큰 무리가 없도록 해준다. 바로 이

'마음에 담아둔다'는 개념이 힌두교 경전 교육이 말하듯이 시를 알게 되고 그를 통해서 마음을 정화시키는 방법론의 핵심이 아닐까. 일단 담아두고 나면 언제든지 곱씹어보며 생각해보고 점점 깊이 이해할 수 있다.

우리 아이들이 어릴 때 많이 익힌 시들은 대체로 음악성이 뛰어나서 일단 듣기에 좋은 것들이 많았다. 소재는 자연인 경우가 많았고, 무언가 모호한 감정을 표현하는 시를 선호한 것 같기도 하다. 나는 무엇보다 마음을 울리는 내용은 계속 인생의 한 부분으로 남아 있어도 좋다는 생각이었다. 그중에는 슬픈 내용도 많았고 다소 어른스러운 주제도 있었을 것이다. 그러나 T. S. 엘리엇의 『주머니쥐 할아버지가 들려주는 지혜로운 고양이 이야기』처럼 익살스러운 것들도 많았다.

시에 관련된 게임도 꽤 많이 했는데, 지금도 가족끼리 모일 때면 하는 놀이가 하나 있다. 한 사람이 시를 하나 두고 한 줄씩 낭송하다가 구절을 하나씩 빼놓고 읽으면 다른 사람이 빠진 부분을 알아맞히는 게임이다.

가령 김소월의 「진달래 꽃」 같으면

나 보기가 역겨워 가실 때에는
말 없이 고이 보내 _____.

이런 식으로 시작하는 것이다. 게임을 하다 보면 꽤 긴 시도 완전히 익히는 수준까지 비교적 자연스럽게 이어졌던 것 같다. 다만 우리 아이들이 한국어를 못했기 때문에 주로 영시를 사용했다. 내가 독일 노래를 꽤 좋아하기 때문에 특히 음악과 함께 가는 독일 시를 읽어준 적도 많다.

때로는 부모자식 관계에 대한 시를 접하기도 했는데 그중에는 많은 이들이 공감하기에는 부적절할 정도로 슬픈 내용의 시들도 있었다. 그냥 내가 슬픔과 기쁨이 표현하기 벅찰 정도로 묘하게 얽혀 있거나 때로는 숨겨져 있는 시나 이야기를 좋아했던 것 같기도 하다. 이 책 첫 번째 편지에 등장하는 워즈워스의 시 '고요하고 한갓진 아름다운 저녁'이 대표적일지도 모르겠다. 물론 이 시 안에는 아름다운 저녁놀의 장엄함과 어린아이와 함께 해변을 걷는 애틋한 정서가 선명하게 펼쳐져, 그 이상의 분석이 필요 없을 수도 있다. 하지만 시의 착잡한 배경을 잠깐 알아보는 것도 좋다. (사실 아이들에게는 이 배경을 꽤 여러 번 설명했다.)

워즈워스는 젊은 시절 프랑스에 산 적이 있었다. 혁명적인 기질이 다분해서 프랑스에서 일어나는 사회 변화를 열정적으로 찬양하는 시도 남겼다.

그 새벽 시간에는 삶 자체가 축복이었고,
젊다는 것은 천당 같았다.

워즈워스의 자서전적인 서사시 「서곡」에 나오는 프랑스혁명에 관한 문장이다. 당시 워즈워스는 아네트 발롱이라는 프랑스 가톨릭 여인과 사랑에 빠진다. 혁명의 절정기인 1792년에 아네트는 임신을 하지만 워즈워스는 재정적인 어려움, 그리고 프랑스와 영국의 관계 악화 때문에 곧 귀국해야만 했다. 워즈워스는 아미앙 조약이 체결된 후 정치적 격동이 잠정적으로 잦아든 1802년 여름이 되어서야 프랑스 항구 도시 칼레에서 아네트와 딸 카롤린을 만날 수 있었다. 아홉 살이나 되어버린 딸과 처음 만나 함께 해변을 거닌 경험을 담아 이 14행시(소네트)를 쓴 것이다.

10년의 세월이 흐르는 동안 어린 시절 친구 메리 허친슨과 이미 약혼을 해버린 워즈워스는 결국 영국으로 돌아갔다. 아네트와 카롤린을 다시 보지 못하지만 물질적인 지원은 계속했다고 한다. 워즈워스가 그 재회에 대해서 쓴 글이 이 짧은 시밖에 없는 셈이라 그의 감정을 우리가 세세하게 헤아릴 길은 없다. 그러나 자연을 아우르는 영적 감수성으로 일생을 엮어가는 워즈워스에게 그 정도로 벅찬 느낌을 직접 표현하는 것은 불가능했을 것이라고 생각할 수도 있다. 다소 거리를 두면서 자연의 아름다움과 순수한 동심, 그리고 철학적 정서를 표현하는 시가 가장 시의적절했을 것이라는 이야기다.

내 생각에 낭만주의 시인 워즈워스가 이런 순수한 객관의 시를 썼다는 사실 자체가 그 만남의 감정적인 깊이를 나타내

준다고 본다. 시에서 거론하는 숭고한 경험과 동심과의 대조, 그리고 조화는 워즈워스의 모든 작품을 휘감는 주제이기도 하니, 가장 무리 없는 방향으로 시인은 자신의 모습을 나타냈다고 할 수도 있다. 결론적으로 이 시는 한 세기 후에 T. S. 엘리엇이 「전통과 소질」이라는 에세이에서 "시란 감정의 표현이 아니라 감정으로부터의 탈피"라고 쓴 말을 떠올리게 한다. 그러면서 문장 뒤에 숨은 깊은 구조는 연속적인 음미와 해석을 가능하게 만든다.

좋은 시는 거의 항상 무한을 내포하기 때문에 표현 자체가 어느 정도 모호할 수밖에 없지만, 무한 세계의 미스터리는 오히려 아이들에게 쉽게 이해시킬 수 있기도 하다.

밤은 사색하기에
아름다운 시간이란다

예술가에게는 다소 고통스러웠을
무겁고 심각한 아름다움도,
멀리 떨어진 시공간에 있는 나머지 인류에게는
아주 멋져 보일 수도 있단다.

오신에게

여러모로 아빠는 밤을 정말로 좋아한단다. 항상 지금처럼
밤 시간을 좋아했는지는 기억이 나지 않지만, 애리조나에 있
을 때 밤을 정말 사랑한 것만은 분명하지. 무엇보다 거기에는
해 질 녘 노을이 있잖니. 덧없는 아름다움의 가장 멋진 예랄까.

그렇게 가장 아름다운 인생의 순간은 날아간다네
춤추며 저만치 날아간다네…

볼프강 아마데우스 모차르트가 곡을 붙인, 정말 멋지면서 슬픈 노래의 한 구절이란다. 〈해 질 무렵의 느낌Abendempfindung〉이라는 노래야. 가사를 쓴 시인은(지금 이름이 기억이 안 나는데)✢ 해가 지고 어스름이 지는 광경을 바라보면서 삶과 그 아름다움의 덧없음에 대해 생각했단다. 모차르트는 이 시에 아주 달콤한 선율을 붙였지. 모차르트는 물론 훌륭한 곡을 많이 썼지만, 희한하게도 성악곡은 뛰어난 곡들이 그렇게 많지 않아. 〈해 질 무렵의 느낌〉은 그 몇 안 되는 훌륭한 곡 중 하나란다.

애리조나에 가기 전에 아빠는 석양이 그렇게 장엄할 수 있다고는 상상도 하지 못했어. 그런 사진을 보기는 했지만, 사진가들이 색깔을 더한다든지 해서 과장한 거라고 늘 생각했거든. 하지만 애리조나에 살면서부터 그제야 비로소 실제 석양이 사진보다 훨씬 더 예쁠 수 있다는 것을 알게 됐지.

해가 지고 나면 별들이 하나둘 뜨기 시작해. 금성이나 목성 같은 행성부터 시작해서 시리우스 같은 진짜 별들이 나타나지(시리우스는 오리온자리의 왼쪽 발치에서 밝게 빛나는 별이란다).

별은 바라보면 바라볼수록 신기해. 지금 우리가 보고 있는 게 커다란 불덩어리에서 나와, 상상을 초월하는 거리를 달려온 한 점 빛이라는 사실을 믿기 어려울 정도야. 아마 그래서 고대 그리스 사람들이 별은 행성 바로 뒤에 있다고, 그리 멀리 있

✢   요아힘 하인리히 캄페Joachim Heinrich Campe가 가사를 썼다.

대칭이 정확한 3차원 모형인 정다면체는 모두 다섯 종류밖에 없다.
이 스케치는 수학자이기도 했던 레오나르도 다빈치가 남긴 것이다.

지 않다고 생각한 건가 봐. 고대 그리스 천문학자 프톨레마이오스가 살던 시대에는 행성을 다섯 개밖에 알지 못했기 때문에, 그 다섯 행성이 다섯 종류의 정다면체와 어떤 식으로든 들어맞는다고 생각했지.

정다면체란 자기 막대magnetic stick로 만들 수 있는 대칭이 정확한 모형들로, 정사면체, 정육면체, 정팔면체, 정십이면체, 정이십면체가 있단다.

또 그리스 사람들은 각 행성과 별들이 새겨져 있는, 각각의 축을 중심으로 회전하는 크리스털 구 같은 것이 있어서, 그들 눈에 보이는 것처럼 하늘을 돌아가게 만드는 거라고 생각했어. 아주 세심하게 귀를 기울이기만 한다면 이 구들이 서로 맞

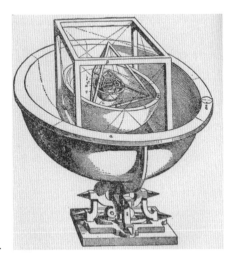

독일의 천문학자
요하네스 케플러가 재현한
플라톤 시대의 태양계 모형.

물려서 돌아갈 때 내는 가장 아름다운 음악도 들을 수 있다고 믿었지. 이것을 '천구天球의 음악'이라고 했단다.

고대 그리스인의 이 독특한 이론은 사실이 아닌 것으로 밝혀졌지만, 어떻게 보면 그렇게 나쁘지만은 않아. 언젠가 천구의 음악을 진짜로 들을 수 있다면 정말 멋지지 않을까? 많은 그리스인들이 여전히(적어도 아르키메데스 시절까지는) 자연을 어떤 식으로든 수학으로 설명할 수 있다고 확신했다는 사실도 흥미로워. 그들이 생각한 자연과 수학의 관계가 지나치게 신비주의적이기는 했지만 말이야.

하지만 보렴. 지금 우리가 알고 있는 관계들도 곰곰이 생각해보면(너도 나중에 그렇게 하게 될 거야.) 신비한 구석이 없지 않단다. 그리고 수학자 중에는 다 이해했다 하더라도 여전히 신비의 여지를 남겨두는 사람들이 많아. 가령 정다면체는 다섯 종류밖에 없는데(아빠가 나중에 설명해줄게!), 그렇게 정확한 대칭의 3차원 모형을 만들어내는 방법이 그 외에 없다는 사실은 정말 놀라울 뿐이란다. (구를 제외하고 말이야. 구는 '명백한' 경우니까. 따라서 언급하지 않는 경우가 많지.)

예전에 한국에서는 여름에 집 안에 있기가 너무 더우면 저녁 때 다 같이 마당으로 나와 앉아 있곤 했어. 그러다가 같이 노래도 부르고 가끔은 무서운 이야기도 했지. 아빠 친척 형 중에, 그러니까 준회 아버지 말이다(넌 분명 기억 못할 거야). 특히 그 형이 무서운 이야기를 그렇게 잘했어. 어떨 때는 수박도 먹었지. 바깥에 앉아 있었으니까 수박씨는 그냥 땅바닥에 뱉어버렸어. 할머니 집에서 그랬던 기억이 지금도 선하다. 할머니는 우리가 바깥에 앉아 있을 때면 모기도 그렇게 잘 잡아주셨어. 대개는 모기향을 피워놓았지만 그게 모기를 잘 쫓아버린 적은 없었지 싶다.

할머니는 아주 기운이 넘치는 분이셔서 좀처럼 가만히 앉아 있지를 못하셨어. 늘 집 여기저기에 뭘 세우거나, 욕실을 새로 짓거나, 부엌을 현대식으로 바꾸거나 하셨지. 오히려 집 곳곳을 다듬지 않으실 때가 더 드물었단다. 이 말은 곧 할머니 집에 가면 언제나 일하시는 아저씨들이 계셨다는 뜻이란다. 아이들에게 그런 천국이 또 어디 있었겠니. 공사에 쓰였던 벽돌, 콘크리트 덩어리, 나뭇조각 같은 게 지천에 널려 있어서 뭐든 만들 수 있었고, 게다가 갖가지 연장도 많았지. 아마 그 당시 우리에게는 너무 위험한 것들이었을 거야. 아빠가 가장 좋아한 연장은 땅에 구덩이를 깊숙이 팔 때 요긴한 곡괭이였단다.

요새는 집 바깥에 나가 앉아 있는 일이 별로 없지만, 그래도 잠들기 전에 침대에 누워 책을 읽으면서 아늑한 분위기에 젖는 것도 참 좋아. 그러다가 졸리면 불 끄고 이불 속으로 들어가 뒹굴면서 노래도 한두 곡 부르고. 누가 어디서 잘 건지를 두고 다투는 것도 돌이켜보면 재미있는 일이지. 만일 누구와도 싸워보지 못한 사람이 있다면 그거야말로 참 딱한 일일 거야, 그렇지?

애리조나 투손 외곽의 사비노캐니언은
융단같이 펼쳐진 산등성이와 우뚝 솟은 바위산으로 절경이다.

네가 태어나기 전에 아빠는 애리조나 투손 외곽의 사비노
캐니언Sabino Canyon으로 달밤 산책을 자주 갔단다. 보름달이 뜨
면 정말로 마법 같은 곳이지. (낮에도 정말 좋은 건 이미 알 테고,
그렇지?) 멀리서 보면 산등성이가 훤하게 빛을 뿜어내는 융단
같고, 그림자 진 바위산 쪽은 거인처럼 우뚝 솟은 것 같아. 다
리를 지나갈 때 가끔 아래로 굽이치는 물을 내려다보면, 반짝
반짝 빛을 내며 일렁이는 게 크리스마스트리의 반짝거리는 장
식보다 더 투명하게 빛나지. 네가 2년 전 파리에서 뵌 아빠 친

삶이라는 우주를 건너는 너에게

구 지앙-후아 루Jiang-Hua Lu 아주머니가 가끔 산책길에 동행해주었단다.✤ 루 아주머니는 손전등을 갖고 다녔는데, 아마 방울뱀을 밟지 않으려고 그랬던 것 같아.

자, 이쯤 되면 너도 동의했으면 좋겠다. 우리에게 밤이란 언제나, 바이런이 묘사한 것처럼 아름다운 검은 치마를 입고 사뿐히 지나가는 여인과 같다는 사실을. 하지만 우리의 친구 미켈란젤로 부오나로티Michelangelo Buonarroti는 생각이 좀 달랐던 것 같아. 미켈란젤로의 조각상 〈밤과 낮〉의 사진을 편지에 동봉한다.

왼편에 비탄에 잠겨 고개를 내려뜨린 '밤'의 여인이 있구나. 그 맞은편 조각상은 제목이 '낮'이야. 그리고 이들 가운데 당당하게 앉아 있는 사람이 바로 줄리아노 데 메디치Giuliano de' Medici 란다. 아마 예배당에 세우려고 미켈란젤로에게 이 조각상을 의뢰한 사람 중 하나일 거야. 언젠가 네가 르네상스 시대의 피렌체를 지배한 메디치 가문에 관한 영화를 본 적이 있다고 했던 것 같구나. 이 조각상들은 메디치 가문의 예배당 안에 있단다. 우리가 방금 이야기한 이미지와 비교해보면 밤의 여인은 꽤 무겁고 음울해 보이지, 그렇지 않니? 왜일까? 우선은 미켈란젤로가 근육을 섬세하게 작업하는 조각가였기 때문에, 조각

✤   지앙-후아 루는 현재 홍콩대학교 수학 교수로 있다.

미켈란젤로의 조각상
〈줄리아노의 무덤, 밤과 낮〉(1526~1534년).

상에 무게감이 더해졌을 거야. 하지만 비단 그뿐만은 아니란
다. 이 조각상의 여인은 돌보다 더 무거운 뭔가 때문에 가라앉
아 있는 것 같아. 미켈란젤로가 직접 쓴 자작시에서 그 실마리
를 얻을 수 있을지 모르겠다. 워즈워스가 우아한 영어로 옮겨
놓은 걸 소개하마.

밤이 말하네
잠은 고마운 것, 내 생은 돌 속에 단단히 갇혔네
그래서 더욱 고마운 것, 잘못과 오욕은 남으리니
내게는 시간도 행복을 주지 못하네

삶이라는 우주를 건너는 너에게

비탄에 무감해지는 것만이 행복일 뿐

그때 되면 그대 날 깨우지 않도록, 조용히 말해주오

잠은 고마운 것, 그리고 더욱 고마운 것은

대리석이 되는 것, 뻔뻔스러운 잘못과 비탄이

퍼지리니, 그저 듣지도 보지도 않는 게 최선

그때 날 깨우지 말아주오, 간청하니. 쉿, 조용히 말해주오

오라, 친절한 잠이여, 죽음의 얼굴이여

와서 내 옆에 누워, 빨리 떠나지 마오

생명 없이 누워 사는 것 얼마나 달콤하리오

그래서 죽음 없이 죽는 것 얼마나 달콤하리오

이 시에서 미켈란젤로는 자기 조각상이 관람자에게 말을
거는 모습을 상상했어. 그는 자기 마음속에 걱정이 많다는 사
실을 굳이 숨기지 않지. 세상에 악한 것이 너무 많아 차라리 잠
들어서 그걸 보지 않는 편이 낫겠다고 대놓고 말하고 있어. 차
라리 대리석이 되어서 아무것도 느끼지 않을 수 있다면! 미켈
란젤로는 아마 메두사를 만나고 왔었나 봐.✤ 르네상스 시대의
이탈리아는 살기 좋은 시대는 아니었다고 하더구나. 많은 왕
과 왕자들, 귀족들이 땅과 금, 옷, 여러 귀중한 것을 두고 싸웠
대. 미켈란젤로는 분명 그것 때문에 우울했고 악행들을 잊어

✤   메두사는 그리스 신화에 나오는 인물로, 머리칼이 뱀으로 되어 있는 괴물이
     다. 눈이 마주치는 사람은 곧바로 돌로 변했다. 원래는 아름다운 여인이었는
     데 허영심이 강해 신들에게 벌을 받아 괴물이 되었다고 한다.

미켈란젤로의 〈최후의 심판〉(1541년).

버리고 싶었나 봐. 그래서 자기 조각상이 자기에게 말을 걸도록 만든 거야.

하지만 인간은 아름다운 것도 많이 만들었지. 게다가 너와 나는 알고 있잖니, 사람들이 나쁜 짓을 하는 건 자기들이 무슨 짓을 하는지 모를 때뿐이란 걸. 미켈란젤로는 소크라테스와 이야기를 좀 나눠보면 좋을 것 같아.✤ 아무튼 그래도 미켈란젤로가 자기 눈에는 참을 수 없는 악으로 보였던 것들에 대해 진심으로 깊이 생각하고 또 괴로워했기 때문에, 그 어두운 분위기가 담긴 수많은 예술 역작이 남은 거겠지. 방금 말했던 〈밤과 낮〉이라는 조각뿐 아니라, 〈최후의 심판〉을 떠올려보렴.

✤ 누구도 스스로 알고서 악행을 행하지는 않는다는 소크라테스의 생각을 가리키는 것이다.

삶이라는 우주를 건너는 너에게

너도 알겠지만, 아름다움이라고 해서 꼭 밝고 눈부실 필요는 없단다. 애리조나의 별이 빛나는 밤하늘이 아름답듯이, 시스티나예배당 천장의 프레스코화도 꼭 그만큼 아름답거든. 유리창을 타고 들어오는 보름달 빛을 받아서 얼굴을 발그레 빛내며 잠들어 있는 오신이와 나일이도 그래. 예술가에게는 다소 고통스러웠을 무겁고 심각한 아름다움도, 멀리 떨어진 시공간에서 그것을 바라보고 있는 나머지 인류에게는 아주 멋질 수 있단다.

아빠는 시인 워즈워스가 18~19세기의 영국에서 비교적 평화로운 삶을 살았다고 생각해. 프랑스혁명 시기였지만(프랑스에 찾아가서 혁명을 응원하기도 했지), 영국은 꽤 안정되어 있었거든. 어쩌면 그래서 그의 번역시에는 미켈란젤로의 조각상에는 없는(아니, 있나?) 편안한 분위기가 담겼지 않나 해. 아무튼 워즈워스는 가끔 시에 우울한 감성을 담기는 했어도, 세상의 악에 대해 심각하게 고민하면서 우울에 빠져 있던 적은 없었던 것 같아.

한 이삼 년 전에 고모랑 같이 영국의 레이크디스트릭트라는 곳으로 자동차 여행을 갔어. 바로 워즈워스가 어린 시절, 그리고 남은 평생을 보낸 곳이지. 내가 가본 여행지 중에 가장 아름다운 곳으로 손에 꼽을 만했단다. 어느 쪽을 봐도 부드러운 산의 능선과 푸른 잔디가 눈에 들어오고, 짙푸른 잔디를 따라 내려가면 호숫가가 나왔지. 산비탈과 풀밭에서 풀을 뜯어먹는 양 떼와, 양들을 지켜보고 있는 양치기의 모습은 영락없이 동화책에 나오는 풍경이었어. 왜 워즈워스가 우리는 자연에서 배워야 한다고 그렇게 굳게 믿었는지 저절로 이해가 되었지. 대기와 하늘과 호수에서 일렁이는 빛이 낮에도, 그리고 밤에도 참 고요하고 편안했어. 나도 모르게, 어린 애들을 가르치면서 여기 살면 어떨까 하는 상상을 하게 되더구나.

언제 꼭 같이 가자.

아빠가

삶이라는 우주를 건너는 너에게

사람들은 언제나
하늘과 바다 건너편을 궁금해했어

천문대는 높은 언덕 꼭대기에 있었어.
언덕을 오르다 보니 아름다운 템스강과
그 사이로 펼쳐지는 도시의 전경이 점점 눈에 들어오기에,
잠깐 발걸음을 멈추고 숨을 골랐어.

오신에게

어제저녁에는 꽤 피곤해서 편지를 쓰지 못했어. 가브리엘로프 씨와 함께 런던에 다녀왔거든. 금요일 저녁에 가브리엘로프 씨가 아빠 연구실로 찾아와서 토요일에 같이 런던에 가겠냐고 묻더구나. 주말에도 내내 작업할 것이 있었기 때문에 처음에는 좀 내키지 않았는데 런던에 가면 네게 이야기해줄 것이 더 많아지겠다는 생각이 들었지. 그런데 막상 다녀오고 나니까 너무 피곤해서 한 자도 쓸 수가 없는 거야! 흠, 아무튼 이제 이렇게 쓰고 있단다.

정확히 말하면 원래 가려고 했던 곳은 런던이 아니고 런던 외곽의 그리니치라는 곳이었어. 그리니치천문대가 있는 곳이지. 그곳에 가기 위해서 우리는 케임브리지 교정을 가로질러 기차역까지 걸었단다. 가브리엘로프 씨는 아빠보다 나이가 많은데도 걸음은 더 빠르더구나! 참 즐거운 산책이었어. 역까지 가는 동안 가브리엘로프 씨가 아빠가 전에는 눈여겨보지 않았던 꽃 정원들을 일일이 가리키며 알려주었거든. 클레어칼리지 같은 곳이 그 대표였지.

런던 가는 기차에 올라 한 시간 정도를 갔는데, 가는 내내 수학 이야기를 했기 때문에 시간이 아주 금방 갔어. 가브리엘로프 씨는 러시아 모스크바에서 그 고장 특유의 방식으로 수학을 배웠어. 아빠는 러시아식 교육을 받은 사람들에게 이야기 듣는 게 언제나 즐겁더라. 가브리엘로프 씨의 스승 겔판트 교수는, 전에도 한번 말했던 분이지. 정말 독특한 분이어서 그분과 관련해서는 재미있는 일화가 많단다. 예를 들어 걸핏하면 무작위로 학생을 지명해서, 그 학생에게 그날 공부할 자료를 주면서 나머지 수업을 진행하라고 시키곤 했대.

아빠는 러시아 수학에 관한 이야기라면 언제든지 환영이야. 러시아는 많은 사람이 작은 집에서 무척 가난하게 살았고, 외국으로 유학을 가거나 책을 많이 사서 볼 만큼 돈이 있는 사람들도 많지 않았거든. 그런데도 겔판트 교수 같은 사람이나 그의 제자들은 지금 전 세계 사람들이 공부하고 있는 놀라운 이

삶이라는 우주를 건너는 너에게

론들을 많이 발견해냈지.

그 시절에 러시아는 소련이라는 큰 나라에 속해 있었단다. 소련은 돈이 너무 많거나 너무 없는 사람이 생기지 않는 나라를 만들어보려고 했던 국가야. 아주 열심히 노력했지만, 그 시도는 여러 가지 복잡한 이유로 결국 성공하지 못했단다. 오래전에 경제가 붕괴되어 힘든 상황에 처했지. 음식을 비롯한 여러 생필품이 말도 안 되게 비싸지고, 많은 사람들이 일자리를 잃어버렸어. 경기 붕괴는 아주 복잡한 현상이라서, 경제학자들(사회에서 돈이 어떤 역할을 하는지 연구하는 사람들 말이야.)이 그것에 대해서 어려운 책을 많이 쓰기도 했지만 누구도 속 시원히 원인을 밝혀내지는 못했단다. 그때 아주 많은 사람들이 일자리를 찾아 멀리 떠나야 했어. 가브리엘로프 씨나 겔판트 교수도 그때 미국으로 건너온 거야. 지금은 외국에 사는 모스크바 출신 수학자들이 많아서 미국, 프랑스, 영국, 독일은 물론 일본과 한국에도 있지.

여러모로 그들은 소련에 있을 때보다는 돈을 많이 벌고 편하게 살지만, 아빠가 보기에 그분들 대부분이 고향집과, 가난하지만 서로 얼굴 맞대고 이야기 나눌 사람들이 있었던 그 시절을 그리워하는 것 같아.

우리는 킹스크로스 기차역에서 내려서 빅토리아역으로 가는 전철을 탄 다음, 빅토리아역에서부터는 그리니치 가는 배를 탈 수 있는 웨스트민스터 부두까지 걸어갔단다. 걷는데 비가 오기 시작하더구나. 영국 왕들의 묘지가 모여 있는 웨스트민스터사원도 지나갔는데, 거기 들어가려는 사람들의 줄이 길게도 늘어서 있었지. 모두가 어느 정도 비에 젖어 있었는데, 그 모습을 보니 작년 성베드로대성당 앞에 저렇게 줄 서 있었던 우리가 떠올랐어. 사원을 지나면서 네 생각을 많이 했다는 건 말 안 해도 알 거라 믿는다.

그리니치로 가는 배는 템스강을 따라 쭉 내려갔는데, 재미있는 가이드가 배가 지나가는 동안 여러 볼거리를 설명해줬어. 멀리서지만 세인트폴대성당의 둥근 돔 지붕도 보았고. 세인트폴대성당은 영국에서 가장 유명한 성당으로, 크리스토퍼 렌Cristopher Wren이라는 건축가가 지었단다. 렌은 원래 수학자이자 천문학자였는데 나중에 성당을 비롯한 건물을 짓게 되었다고 하지. 세인트폴대성당의 돔은 성베드로대성당의 돔과 얼추 비슷해 보이더구나.

강 맞은편으로는 현대에 와서 '셰익스피어 글로브'라는 이름으로 재건된 글로브극장이 보였어. 셰익스피어가 생전에 자기 작품들을 상연한 극장이란다.

그렇게 가다가 런던브리지 밑으로도 지나갔고(재건된 현재 모습은 좀 칙칙하지.) 어딘지 음울해 보이는 런던타워의 벽면도 봤어.

로더히드(우리가 입에 달고 살던 T. S. 엘리엇의 유머러스한 시집『주머니쥐 할아버지가 들려주는 지혜로운 고양이』중「그로울타

클로드 모네의 〈웨스트민스터 아래 흐르는 템스강〉(1871년).
안개 낀 봄날 템스강변의 풍경을 담았다.

세인트폴대성당과
밀레니엄브리지.

이거의 마지막 접전」이라는 시에 나오잖아.)라는 주택가를 지날 때는 네 생각이 또 났지.

마지막으로 강 건너편으로 구 왕립해군학교의 널찍한 정면이 눈에 들어오더니, 배가 그리니치 부두에 멈추었단다. 배에서 내리니 처음으로 눈에 들어오는 게, 틀림없이 네가 무척 좋아할 만한 옛날 시대의 배였어. '커티삭Cutty Sark'이라는 배인데, 옛날에 중국과 인도에서 생산된 차를 수송하는 데 쓰였지. 그 당시에는 속도로 명성을 떨쳤지만, 지금 고속도로에서 달리는 차들에 비하면 형편없이 느리단다. 바람의 힘만을 이용해서 배를 빨리 가게 만들기가 만만한 일이 아니었을 거라는 건 너도 알겠지. 하지만 그 느린 배가 지금 우리가 타는 차보다 훨씬 덜 소모적이라는 사실도 기억해두었으면 좋겠구나. 이런 배는 적어도 움직이는 데 석유가 필요하지는 않았으니까. 배가 저 멀리 부두에 들어가 있는데도 아주 날카로운 위용을 뽐내더구나. 그 모습을 보자마자 상상력의 불꽃이 일어나면서 아빠는 온갖 모험과 여행의 환상을 떠올렸지.

천문대는 높은 언덕 꼭대기에 있었어. 우리는 천문대를 바라보면서 구 왕립해군학교 교정을 통과해 걸었지. 나무들이 쭉 늘어선 근사한 대로도 걸었는데 그 옆으로는 짙푸른 잔디밭이 정말 아름다운 공원도 있었어. 깔깔대고 웃으며 강아지 뒤를 쫓아가거나 비탈진 언덕을 구르며 까르륵거리는 아이들이 어찌나 많던지, 그 길을 걸으면서 너희들이 그리워서 아주

삶이라는 우주를 건너는 너에게

혼이 났단다. 언덕을 오르다 보니 아름다운 템스강과 그 사이로 펼쳐지는 도시의 전경이 점점 눈에 들어오기에, 잠깐 발걸음을 멈추고 숨을 골랐어.

천문대 역시 렌의 작품인데, 영국 신사의 시골 저택 같은 느낌이 좀 나더구나. 이 천문대는 요새는 별을 보기에 그렇게 손꼽을 만큼 좋은 장소는 아니야. 우선 영국은 흐린 날이 아주 많고, 게다가 런던이 대도시라 밤에 별을 제대로 보기에는 조명이 너무 밝거든. 애리조나가 별을 보기에는 훨씬 더 좋아. 그곳

푸른 잔디가 펼쳐진 언덕을 오르면
그리니치천문대를 만날 수 있다.
런던의 흐린 날씨로 별을 보기는 쉽지 않지만,
템스강을 내려다보기에는 제격이다.

천문대는 높은 산 정상에 있어서 먼지나 인공조명이 훨씬 적으니까. 사실 오늘날 가장 중요한 천문 관측 자료는 대부분 허블우주망원경에서 얻는 거란다. 지구 궤도를 따라 도는 인공위성에 장착되어 있어서 어느 도시 위에서라도 볼 수 있어. 그래서 먼지나 대기 상태에 전혀 영향을 받지도 않지. 천문학자들은 우주망원경이 지구 궤도에 성공적으로 진입한 이후로 무척 활발하게 활동하고 있단다.

그래도 그리니치천문대는 역사적으로 흥미로운 구석이 많아. 사람들이 최초로 아주 정확한 천문도를 만들기 시작한 곳

지구 궤도를 도는 허블우주망원경은
지구 대기 상태에 영향을 받지 않아
고해상도의 우주 사진을 찍을 수 있다.

삶이라는 우주를 건너는 너에게

존 해리슨이 제작한 해상시계는 대항해시대에
탐험가들이 바다에서 정확한 시간과 위치를
파악해 효율적으로 항해하는 데 큰 도움이 되었다.

이 몇 군데 있는데 여기도 그중 하나거든. 알고 보면 전 세계
많은 문명이 고대부터 천문도를 갖고 있었어. 바빌로니아 천
문도, 마야 천문도, 그리고 한국 천문도도 있었지. 사실 세계에
서 가장 오래된 천문대 중에는 한국의 천문대도 포함된단다.
너도 세 살 때 직접 보았던, 들판에 굴뚝처럼 원통 모양 비슷하
게 솟아나와 있던 것 말이야.

하지만 17세기 영국인들은 아주 정확한 천문도를 갖고 싶

어 했어. 천문대 안내 표지판과 박물관 안내원이 당시 영국의 관심이 어땠는지를 열심히 설명해주더구나. 기본적으로 바다에서 항해하려면 천문도가 필요했는데, 당시 아시아나 아메리카와 교역이 활발해지면서 유럽의 많은 나라가 점점 더 자주 바다로 나가고 있었기 때문이야. 정확한 천문도를 갖고 있다면 항해를 효율적으로 하는 데 도움이 되었을 테니까. 그런데 그때 존 해리슨John Harrison이라는 시계공이 나타나면서 순식간에 천문도의 필요성이 사라져버렸어.✤ 당시의 애로사항은 모든 시계가 앞뒤로 왔다 갔다 하는 추로 작동하게 만들어졌다는 거야. 파도가 몰아치는 바다 위에서는 추가 심하게 흔들려 결국에는 방향을 잃고 말았던 거지.

하지만 해리슨의 시계는 파도에 영향을 받지 않게끔 만들어졌어(어떻게 그럴 수 있는지는 아빠도 잘 모르겠다.) 바다에서도 정확한 시간을 알 수 있는 시계가 일단 만들어지니까, 이제 배들은 바다에서 자신들의 위치를 꽤 정확히 알 수 있게 됐지. 자기 위치에서의 시간은 해를 보고 알아냈고, 출발지에서의 시간과 비교하면 경도를 알 수 있었거든. 이 아름다운 시계를 너한테 꼭 보여주고 싶더구나. 천문대 유리 진열장에 보존되어 있는데 지금도 금빛을 번쩍이며 재깍재깍 잘 가고 있었어. 같이 넣어 보내는 엽서를 보고 어떤 것일지 대강 짐작해보기 바

✤ 존 해리슨과 그가 발명한 해상시계에 관한 흥미진진한 이야기는 데이바 소벨의 『경도 이야기』(웅진지식하우스, 2012)라는 책에 잘 그려져 있다.

란다.

천문대는 천문학의 발전에 계속 유익하게 쓰였단다. 에드먼드 핼리Edmund Halley라는 사람이 그 천문대에서 혜성을 발견하고 자기 이름을 붙여 세상에 알리기도 했지. 핼리혜성이야. 꼭대기에 있는 관측실은 팔각형으로 생겼어. 각 방향으로 다 창문이 나 있어서 들판이며 강이며 그 위로 펼쳐진 하늘이 다 보여. 높은 천장도 얼마나 근사하던지, 거기에 내 책을 몽땅 갖다놓고 서재로 쓰면 얼마나 좋을까, 욕심을 내지 않을 수가 없더구나.

천문대에서는 시간도 빨리 흘러서, 서둘러 언덕을 내려와야 했어. 웨스트민스터로 돌아가는 마지막 배를 놓치지 않으려고 말이야. 배는 금세 부두에 도착했는데, 배에서 내리면서 아빠가 웨스트민스터다리를 걸어서 건너가자고 제안했지. 다리를 건너면서 국회의사당도 구경하고 말이야. 바로 거기서 워즈워스가 소네트를 썼단다.

웨스트민스터다리에서 쓰다

지상에서 이보다 더 아름다운 것이 있을까
이토록 감동적인 장관을 두고
그냥 지나쳐가는 이의 영혼은 무디리라
도시는 지금 아침의 아름다움을

옷으로 차려입었나니, 말없이, 알몸으로
배, 탑, 원형 지붕과 극장, 사원 들이
들판 위에, 하늘을 향해 서 있다
매연 없는 대기 속에 모두 눈부시게 빛난다
태양이 일찍이 이보다 아름답게

클로드 모네의 〈국회의사당, 일몰〉(1903년).

삶이라는 우주를 건너는 너에게

첫 햇살로 계곡과 바위, 언덕을 비춘 적 없고

나 역시 본 적도 느낀 적도 없다, 이토록 깊은 고요는!

강물도 제멋에 유유히 흘러가니

신이여! 저 집들은 잠이 들었습니다

그리고 저 힘찬 심장이 고요히 누워 있습니다!

　　아쉽게도 국회의사당이 보이는 쪽 다리는 보행자들에게 통제되어 있더구나. 하지만 맞은편에서 보는 풍경도 좋았어.

　　케임브리지로 돌아가기 전에 우리는 시내를 오래도록 걸었어. 그때가 초저녁이었는데도 버킹엄궁전 문 앞에는 여전히 관광객들이 북적거리더구나. 소호 지역으로 걸어오면서 세인트제임스공원을 통과했는데 시내 한가운데 그렇게 푸른 녹지가 있다는 게 반가웠지. 나무들에 둘러싸인 기다란 연못이 있었는데 그 안에 오리들이 가득했어. 오리들이 순해서 아이가 손으로 주는 과자를 받아먹는 녀석들도 있더라. 다시 한번, 가슴이 뻐근해지는 소리가 들려오는 것 같았단다. 가브리엘로프 씨는 무척 기뻐했어. 새를 엄청 좋아하는 분이라 도시에서 저렇게 다양한 종류의 오리를 볼 수 있다니 드문 일이라면서 몇 번이고 감탄하더구나. 그러고는 오리를 하나씩 가리키면서 줄줄이 이름을 댔지. 댕기흰죽지, 흰뺨오리, 회색기러기, 붉은꼬리물오리, 흰죽지, 흰비오리… 다들 정말로 귀여웠어.

　　차이나타운에서 간단히 저녁을 먹으면서 수학에 관한 이

야기를 하고, 우리는 케임브리지로 가는 8시 51분 기차를 타기 위해 서둘러 일어났어. 숙소에 도착할 즈음에야 나는 왼발에 고약한 쥐가 났다는 걸 깨달았단다. 신고 갔던 샌들 한쪽이 헐거웠는데 그렇게 오래 걸어다니면서도 고쳐 신을 생각을 못했던 거야. 끙끙 소리를 내면서, 현관문 앞까지 몇 미터는 절뚝거리며 왔어.

어젯밤처럼 피곤할 때는 머리를 비우고 빨리 잠들어버리려고 노력하지. 그리운 네 생각이 들기 전에 말이다. 그 전략이 성공하는 적은 거의 없다만, 그래도 조금은 소용이 있더구나.

잘 자렴, 오 군.

아빠가

삶이라는 우주를 건너는 너에게

가끔 아빠는 네가
어떤 어른이 될지 상상해본단다

사랑하는 오신아.
왠지 이렇게 한번 말해보고, 또 써보고 싶었지.
지금은 너랑 너무 멀리 떨어져 있어서
아빠는 가슴에 눈물이 가득 찬 것 같구나.

오신에게

작년부터 너에 관한 소설을 하나 쓰기 시작했어. 글 쓸 시간이 별로 많지는 않았는데, 모든 부분을 아주 정성스럽게 쓰고 싶어서 첫 장만 시작해놓고 아직 그대로 두고 있어. 언젠가는 완성하게 되겠지만, 그게 네가 성인이 되어서 너만의 삶을 살아가기 전이라면 좋겠다는 바람을 품어본다. 있지, 그 이야기에서 너는 벌써 어른이야. 그래서 아빠는 네가 크면 어떤 삶을 살고 있을지 열심히 상상해본단다. 물론 이야기를 쓰지 않을 때도 난 그게 늘 궁금해. 정말로 네가 잘 살았으면 좋겠어.

한편으로는 잘 사는 것이 정확히 어떤 건지 많이 생각해. 너도 알겠지만 이건 소크라테스가 늘 묻고 다녔던 질문이잖니. 요새는 많은 부모가 그저 "나는 자식들이 행복하기를 바란다"고 말하는 걸로 그쳐. 행복이 중요하다는 건 두말할 필요가 없지. 하지만 소크라테스에게 정답이란 결코 없었어. 플라톤이 쓴 이야기를 보면, 소크라테스는 이렇다 할 답은 주지 않으면서 끊임없이 질문을 던져대는 통에 많은 사람들을 괴롭게 만들었지. 하지만 대화가 끝날 때쯤이면 상대는 질문을 받기 전보다 문제의 핵심을 훨씬 잘 알게 되었어. 그게 바로 제대로 된 철학의 특성이란다.

오늘 밤은 아빠의 할머니와 할아버지가 새삼 생각나는구나. 그러니까 오신이 할아버지의 어머니, 아버지, 그리고 할머니의 어머니 말이야. 할머니의 아버지는 할머니가 아주 어렸을 적에 돌아가셔서, 나는 사진에서 뵌 것 말고는 아는 게 없단다. 아빠 외삼촌, 그러니까 할머니의 오빠는 나와 닮았다고 자주 말씀하시지. 할머니의 아버지는 회사를 경영하셨는데 회사가 상당히 잘되었대. 하지만 아빠 외삼촌은 당신 아버지가 본성은 학자고 철학자였다고 기억하시더구나.

아빠의 할머니와 할아버지, 그러니까 네 증조할머니, 증조할아버지가 너를 보셨다면, 아주 멀리 길 건너편이나 창 너머로 보셨대도 말할 수 없이 행복해하셨을 거야. 아빠도 꼬마였을 때 증조할머니가 한 분 계셨어. 그러니까 오신이에게는 할

삶이라는 우주를 건너는 너에게

아버지의 엄마의 엄마지. 증조할머니는 나를 강아지라고 부르셨어. 기운이 어찌나 좋으셨는지 식구들 사이에 전해지는 유명한 이야기가 있단다. 그때도 이미 연세가 많으셨는데, 집에 들어온 도둑을 나무 막대기 하나로 혼자서 쫓아버리셨대. 아마 착한 도둑이었을 거라고 생각해야겠지?

아빠가 여섯 살이었을 때 지금 너처럼 가족 모두가 미국으로 왔었단다. 먼저 가서 일하고 계신 할아버지와 함께 살기 위해서였어. 뉴욕 버펄로에 있는 대학교에서 문학을 가르치고 계셨거든. 버펄로에서는 참 재밌게 보냈지. 그곳은 눈이 많기로 유명해. 어른들이야 별로 달가워하지 않겠지만, 아이들에게 날이면 날마다 마당에 흰 눈이 높이 쌓이는 것만큼 흥미진진한 게 또 있겠니.

그때 버펄로대학교에서 가르치는 분들 중에는 좋은 분들이 참 많았단다.✤ 그중 한 분이 너도 아는 리즈 할머니야.✤✤ 또 찰리✤✤✤라는 분이 계셨는데, 우리가 그리스 남부 에게해의 키클라데스제도에 있는 작은 섬 시프노스에 갔을 때 그분 아내인 앤지 아주머니 별장에서 묵은 적이 있었어. 래리라는 아주 진지한 분의 크고 오래된 집에는 벽면을 빼곡하게 채운 책

✤　　지금은 작고하신 로런스 치솜Rowrence Chisolm 교수가 버펄로대학교 미국학부 학장으로 계셨다.

✤✤　애리조나대학교의 여성학 교수 엘리자베스 케네디Elizabeth Kennedy다.

✤✤✤ 버펄로대학교 음대 명예교수인 찰스 케일Charles Keil이다.

들이 아주, 아주 많았지. 그 집에 딸이 다섯이었는데 모두 아주 재미있는 아이들이었고, 우리랑 노는 걸 무척 좋아했어. 특히 아빠는 매기 고모보다 한 살 많은 막내딸 새라랑 노는 게 재밌었단다.

여러 해 뒤에, 대학원에 가려고 다시 미국으로 왔을 때 코네티컷 뉴헤이번에서 래리 아저씨네 가족을 다시 만날 일이 있었어. 래리 아저씨 부인인 벳시 아주머니의 집에서였지. 벳시 아주머니에 대해서도 좋은 기억이 정말 많아. 아주머니는 호박등 만들기라든지, 아이들에게 놀 거리 만들어주는 걸 좋아하셨거든. 뉴헤이번에서 다시 뵈었을 때는 이미 많이 연로해지셨지만, 그래도 여전히 다정하고 명랑하셨지. 아쉽게도 새라는 그 자리에 없어서 좀 서운했단다. 버펄로에 있을 때는 마거릿 스몰이라는 아주머니가 조그만 강아지를 주시기도 했어. 리즈 아주머니 말씀으로는, 그분은 지금 시카고에서 가난한 여성들을 도우며 사신다더구나.

처음 미국에 왔을 때 아빠는 영어를 하나도 몰랐지만, 배우기 힘들었던 기억은 없어. 학교에서 다들 아주 친절했기 때문에 영어를 몰라도 크게 문제 되지 않았지. 1학년 선생님이 한 학생을(검은 눈동자에 얼굴이 아주 예쁜 여자애였지!) 지목해서 정규 수업이 없는 시간에 나에게 영어를 가르쳐주라고 하셨는데, 그렇게 해서 아주 잘 배웠거든. 겨울날, 김이 서린 창가에 앉아서 그 조그만 여자애가 초록색 교과서에 실린 여러 문장

삶이라는 우주를 건너는 너에게

들을 하나씩 짚어가면서 자기를 따라 읽어보라고 열심히 가르쳐주던 모습이 아직도 생생하다. 그때 버펄로에는 한국 음식을 살 데가 하나도 없었기 때문에, 가끔은 안남미 밥에 간장만 뿌려 먹는 걸로 한 끼 식사를 때우기도 했단다. (너는 분명 맛있겠다고 하겠지.)

버펄로에서 3년 살다가 서울로 돌아가서 한동안 할머니, 할아버지와 함께 살 기회가 있었지. 가끔 너를 좀 더 일찍 낳았다면 좋았을 걸 하고 후회할 때가 있어. 그러면 네가 네 증조할머니, 증조할아버지를 만나볼 수 있었을 테니까 말이야. 물론 증조할머니, 증조할아버지는 아빠가 엄마를 만나기 훨씬 전에 돌아가셨기 때문에 그건 실없는 생각이지만, 만일 그분들이 살아 계실 적에 아이를 낳았다면 그 아이들은 지금 너희와는 다른 아이들이었겠지. 아님, 같은 아이들이었을까? 이거 재미있는 질문 아니니? 플라톤이 대화편에서 말한 것처럼 어쩌면 오신이의 영혼이 내 아이의 몸으로 들어오기만 기다리면서 우주 어딘가를 떠돌고 있었을지도 모르잖아. 물론 엄마가 없었다면 불가능했을 일이지만.
아빠 할아버지의 장례식 때 아빠는 최 씨 할아버지라는, 할아버지의 가장 친한 친구 분과 아주 진지한 대화를 했단다. 최 씨 할아버지는 보통은 아주 유쾌한 분이셨지만, 그때는 때가 때이니만큼 무척 숙연하셨어. 최 씨 할아버지랑 마주 보고 방석에 양반다리를 하고 앉아 있었던 기억이 난다. 그때 아빠 할아버지의 시신은 병풍 뒤에 안치되어 있었지. 소나무 위에 학 한 마리가 앉아 있는 수묵화가 그려진 병풍의 모습이 지금도 보이는 듯하구나. 최 씨 할아버지는 조금은 우수에 젖은 힘겨운 목소리로 아빠 할아버지가 얼마나 어렵게 사셨는지, 가난한 농사꾼의 아들로 태어나 독학으로 공부하고 자식들까지 교육시키면서 얼마나 많은 고생을 하셨는지 이야기해주셨어.

아빠의 할아버지는 오랫동안 정치를 하셨는데, 지조 있고 청렴한 인품으로 크게 존경을 받으셨대. 최 씨 할아버지는 나의 아버지, 그러니까 오신이 할아버지에 대해서도 말씀해주셨지. 오신이 할아버지가 아주 훌륭한 교수이고 어려운 책도 많이 쓴 저자라는 것도 알려주셨어. 물론 최 씨 할아버지가 말씀하시려던 요점은 내 삶이 두 분의 삶과 연결되어 있다는 것이었단다. 마치 나뭇가지가 나무기둥에 연결되어 있고 밑동이 뿌리에 연결되어 있는 것처럼. 꼭대기에서 피는 꽃은 뿌리가 몇 년 동안 자라면서 마침내 맺은 결실에 지나지 않는 거고, 땅과 연결되어 있기에 생명을 계속 유지하는 거잖아. 나는 최 씨 할아버지가 엄숙하게 하시는 말씀을 그만큼 진지하게 들었단다.

우리가 한국고등과학원KIAS에 와 있던 해에, 아빠는 네 할아버지와 함께 증조할아버지의 산소에 간 적이 있었어. 산소

삶이라는 우주를 건너는 너에게

가 산꼭대기에 있었는데, 할아버지가 얼마나 늙으셨는지를 난 그때야 깨달았단다. 이따금 나무에 기대 쉬곤 하시면서 어렵게, 어렵게 산을 오르시더구나.

꼭대기까지 올라가는 길은 무척 예쁘단다. 길가에는 밤나무가 쭉 심어 있어서 가을이면 통통하게 살이 오른 밤송이들이 주렁주렁 매달린단다. (밤을 따려면 두꺼운 막대기로 밤송이들을 툭툭 쳐서 떨어뜨린 다음, 발로 밟아서 따가운 초록색 껍질을 벗겨야 해.) 산꼭대기에 오르면 굽이쳐 흐르는 강물하며 지평선까지 펼쳐진 논, 구불구불한 산의 능선이 한눈에 보이는 시골 경치가 장관이지. 네 증조할머니는 돌아가시기 한참 전에 신중을 기해서 그곳을 골라놓으셨어. 많은 한국 사람이 지금도 그렇듯이 네 증조할머니도 묏자리를 잘 써야 자식들이나 그 후손에게 행운이 따른다고 믿으셨거든. 이게 어떤 원리로 나온 말인지는 나도 전혀 모르지만, 나뭇가지가 뿌리에 연결되어 있듯이 우리가 서로 연결되어 있다는 생각과 비슷한 것 아닐까 싶다.

증조할머니의 관을 메고 산을 올라가던 중에 재미있는 일이 있었어. 장례를 도와주는 아저씨들이 많았지만 그래도 무척 힘든 일이었지. 길은 가팔랐고 그때는 가시나무와 잡풀들이 길을 온통 뒤덮고 있었거든. 관이 무거웠기 때문에 모두들 땀을 비 오듯이 흘리면서 말도 못 하게 지쳐 있었어. 그때 네 할아버지가 이게 다 무슨 고생이냐며 돌아가신 당신 어머니에게 그렇게 화를 내시는 거야. 불평한들 듣지도 못하시는데 말이다. 네 할아버지와 증조할머니는 생전에도 작은 걸로 늘 다투곤 하셨지.

할아버지와 함께 산소에 갔던 그날은 처음 갔을 때보다는 훨씬 쉬웠어. 할아버지가 나이를 많이 드셨다는 것만 빼고. 길은 전보다 훨씬 넓게 닦여 있었고, 마을 주민들이 깨끗하게 관리하고 있었지. 게다가 이번에는 메고 오를 관도 없었고. 무덤에서 잡초를 뽑고 풀이 없어진 곳은 언덕에서 싱싱한 풀을 흙째 덜어와서 메워주었지. 그런 다음 가지고 간 음식(고기, 사과, 북어, 떡이었던 것 같다.)을 제단에 차려놓고 술을 따르고 네 증조할머니 할아버지의 영혼 앞에 절을 올렸어. 제사를 드린 뒤 모든 걸 태워버리는 일리아드와는 다르게,✣ 한국 사람들은 제사 드리고 난 다음엔 그 음식을 먹는단다. 제사를 드린 뒤에 먹는 음식은 유난히 더 맛있는데, 특히 산에서 먹으면 더욱 그렇지.

사랑하는 오신아. 왠지 이렇게 한번 말해보고, 또 써보고 싶었지. 지금은 너랑 너무 멀리 떨어져 있어서 아빠는 가슴에 눈물이 가득 찬 것 같구나.

아, 네 외증조할머니의 영혼이 왜 이 편지에 당신 이야기는

✣　호메로스의 『일리아드』에서는 제단에 고기를 올려 신들에게 바친 다음 태워버리는 제사가 여러 차례 나온다.

　　　　　　　　　삶이라는 우주를 건너는 너에게

하나도 없냐고 조용히 불평하시는 것 같구나. 하지만 이건 짧은 편지라 모두에 대해서 제대로 이야기하려면 진짜로 몇 년이 걸릴 거야. 그래도 어쨌든 얘기해보자면, 우리는, 그러니까 할머니, 고모, 매기 고모, 삼촌, 그리고 아빠는 할아버지가 미국에 계시는 동안 잠깐 외증조할머니 댁에서 살았었어. 우리가 귀엽게 키운 닭을 이웃집에서 잡아먹어버렸다는 곳이 바로 그 집이야.

아빠가 좀 더 컸을 때 외증조할머니는 교회 일에 아주 열심이셨던 것 같아. 증조할머니와는 달리, 외증조할머니는 조용하고 말수가 적으셨어. 크리스마스, 설날 같은 명절 때만 빼고 말이야. 할머니의 아주 가까운 친구 분 중에 키도 크고 풍채도 좋은, 동그란 안경을 쓰신 쾌활한 장로교 목사님이 계셨는데, 그분이 외증조할머니네 올 때마다 늘 꽃이며 맛있는 것을 갖고 오셨지. 집 안을 조금만 둘러보면 철사로 정교하게 엮어서 색색의 천과 종이로 만든 커다란 꽃장식들을 볼 수 있었어. 그게 외증조할머니의 큰 취미였거든. 살아 계셨다면 분명 그 꽃장식을 어떻게 만드는지 네게 보여주고 싶어 하셨을 거야. 외증조할머니는 예쁜 유리 케이스에 꽃장식을 넣어서 선물로 주곤 하셨어.

마지막에는, 심장이 안 좋아지셔서 안타깝게도 몸져누워 계셨지. 누워 계실 때 내가 교회 찬송가를 불러드리면 참 좋아하셨단다. 결국 외증조할머니가 돌아가셨을 때, 아빠는 장례식에서 찬송가를 부르면서 주체할 수 없이 울고 또 울었지. 그때 아빠는 다 큰 어른이었는데도 말이야. 외증조할머니가 가장 좋아하셨던 찬송가의 가사를 지금 들려주마.

저 높은 곳을 향하여
날마다 나아갑니다
내 뜻과 정성 모두어
날마다 기도합니다
내 주여, 내 발 붙드사
그곳에 서게 하소서
그곳은 빛과 사랑이
언제나 넘치옵니다
괴롬과 죄가 있는 곳
나 비록 여기 살아도
다시금 기도하오니
내 주여 인도하소서
내 주여, 내 발 붙드사
그곳에 서게 하소서
그곳은 빛과 사랑이
언제나 넘치옵니다

쓰면서 영혼만 들을 수 있을 조용한 목소리로 두어 번 불러보았다. 외증조할머니가 이제 흡족해하시는 것 같네. 외증조할머니도 '젖은 미소'를 짓고 계실 거야. 『피터팬』을 쓴 데이브

배리Dave Barry 씨한테 빌려온 이 표현, 참 유용하게 잘 쓰는 것 같지 않니?

잘 자렴, 오 군.

아빠가

세상에는 설명할 수 없는
놀라운 일이 많단다

> 수학은 대부분 아주 정교하고,
> 사람을 아주 슬프게도 혹은 행복하게도 만들 수 있는
> 명확한 사실과 경험으로 이루어져 있어.

오신에게

여기 시간에 적응해갈수록 밤에는 더 피곤한 것 같다. 이제 독일로 떠날 날이 다가오는구나. 떠나려니 조금 서운한 게, 여기 뉴턴연구소는 비록 잠깐 있었지만 연구하기에 무척 좋은 곳이었거든. 무엇보다도 정말로 편리하지. 아빠가 묵고 있는 아파트에서 걸어서 5분이면 연구소에 도착한단다. 연구소에서 한 30미터만 내려가면 있는 거튼칼리지라는 곳에서 매끼 식사를 손쉽게 해결할 수도 있고. 게다가 언제나 신선한 커피를 공짜로 만들어주는 커피 기계도 있지. 없는 게 없는 조그만

카페테리아도 있어. 온종일 수학 연구만 하기에는 안성맞춤인 곳이라서 늦은 밤까지 연구만 하는 날도 꽤 있었단다.

여기서 벌써 여러 사람을 사귀었다고 이야기했지? 모두들 아주 친절하셔. 어제는 이매뉴얼칼리지에 계신 존 코츠 교수님이 저녁 자리를 주선하셔서 또 다녀왔단다. 이번에도 미국에서 온 스키너 교수[*]를 비롯해 케임브리지대학교 수학부에 있는 여러 분들을 만났어. 그중에 코르티[**]라는 이탈리아 출신의 교수가 있었는데, 그분이 9년 전에 정확히 이 방에서 우리가 함께 저녁을 먹었다고 말하는 것 아니겠니. 나도 그제야 기억이 나더구나. 두말할 필요 없이, 다시 보게 되어 정말로 반가웠단다. 그분에게도 너랑 동갑인 딸아이가 있다고 해서 더 반가웠고.

우리가 이번에 만난 문제의 그 방은 지난주 저녁 식사 때처럼 화려한 곳은 아니었고, 코츠 교수님의 연구실에 딸린 아늑한 응접실이었어. 너도 아마 코츠 교수님의 연구실을 좋아할 거야. 코츠 교수님은 중국과 일본의 골동품 도자기 모으는 걸 정말 좋아하셔서 책상 위며 책장 안에 온통, 조금은 위태위태하게 도자기들이 전시되어 있거든. 그리고 인도에서 가져온 각종 미니어처, 신들과 뱀, 다른 생물들의 사진도 많이 갖고 계

[*] 크리스토퍼 스키너Christopher Skinner는 현재 프린스턴대학교 수학 교수로 있다.
[**] 알레시오 코르티Alessio Corti 교수는 런던 임페리얼칼리지에 수학 교수로 있다.

셔. 연구실이라기보다는 할머니네 집 같달까. 일본에서 온 가토 씨 기억하지?✣ 가토 씨가 한번은 코츠 교수님이 자기보다 일본 역사에 대해 더 많이 안다고까지 했단다.

저녁 바로 전에는 스키너 교수가 요새 진행하고 있는 연구에 대한 강연을 했는데, 정말로 재미있었어. 스키너 교수는 쟁점들을 아주 우아하게 설명하셨는데 고급수학에서는 그리 쉬운 일이 아니란다. 정말 훌륭한 수학을 하면서도 자기가 한 작업을 설명하는 데는 젬병인 경우가 더 많아. 하지만 어떻게 보면 그건 별로 놀라운 일도 아닌 게, 다른 분야도 똑같거든. 예를 들어 미켈란젤로만 해도 자기가 어떻게 그렇게 멋진 그림과 조각상을 만들어내는지 설명하는 데는 별로 재능이 없었던 것 같아. 물론 그건 그 사람 성격에 더 많이 좌우되는 거겠지. 가령 레오나르도 다빈치는 자기 작품의 원리들을 멋들어지게 설명하는 걸 상당히 즐겼던 것 같으니까. 너도 알다시피 그는 수학자에 가까운 화가였지.

안타깝지만, 스키너 교수 강의의 핵심은 네가 더 큰 이후에나 설명해야겠다. 하지만 그와 관련된 쉬운 퀴즈를 한번 내볼게. 2 곱하기 3은 6이지. 그래서 우리는 '6은 2로 나눌 수 있다' 거나 '6은 3으로 나눌 수 있다'고 말해. 또 다른 예를 들면 4는 2로 나눠지. 그럼 10은 무엇으로 나뉠지 맞혀볼 수 있겠니? 이

✣   가토 가즈야加藤和也는 지난 몇십 년간 가장 영향력 있는 정수론 연구자로 손꼽히며 현재 시카고대학교 교수로 있다.

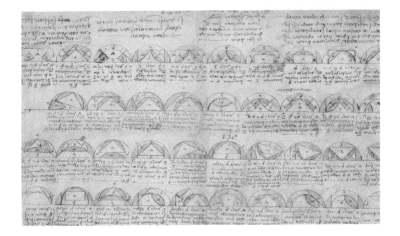

레오나르도 다빈치는 화가인 동시에 의학자,
수학자, 건축가, 기계공학자, 군사 전문가였다.
그가 남긴 스케치에 수학자로서의 면모가 잘 드러난다.

런 식으로 한번 해보자. 10은 1에 10을 곱하면 된다, 그래서 1
로 나뉜다. 또 10은 2에 5를 곱하면 된다, 그래서 2로도 나눌
수 있다. 그런 식으로 더 가보면 3에는 몇을 곱하면 10이 될까?
4에는? 이렇게 계속 해보는 거란다. 이 곱하기를 네가 할 만한
지 모르겠구나. 어렵다 해도 괜찮아. 만일 할 만하다면 5나 7이
나 11이 무엇으로 나뉠 수 있는지 생각해보는 것도 재미있을
거야. 8이나 9는 무엇으로 나뉠까? 자, 일단 이 정도까지만 해
두자. 네가 이 연습이 할 만하다고 하면, 다음 편지에서는 이
주제를 가지고 더 깊이 들어가볼게. 그리고 이런 생각을 보통
사람들이 상상할 수 있는 범위를 한참 넘어서까지 더 진행시

켜나가는 거야. 그게 수학의 재미 중 하나란다. 수학은 대부분 아주 정교하고, 사람을 아주 슬프게도 혹은 행복하게도 만들 수 있는 명확한 사실과 경험으로 이루어져 있어. 그럼에도 수학적 사건들은 보통 사람들이 상상조차 할 수 없는 세계에서 벌어지지. 긴 역사를 보아도 플라톤의 세계는 플라톤 본인은 상상도 하지 못했던 주인공들로 가득 채워졌잖니. 정말로 희한한 일이야.

오늘 아빠는 수표를 현금으로 바꾸러 시내 은행에 다녀왔어. 은행을 나와서는, 네게 이야기해주고 싶어서 피츠윌리엄 박물관에 가보았단다. 이 박물관은 케임브리지의 대표적인 미술박물관이야. 케임브리지가 아주 작은 마을이기는 해도 무척이나 오랜 역사의 대학교가 있는 곳이기 때문에 박물관은 상당히 좋았단다. 분명 루브르만큼 크지는 않지만, 온통 멋진 작품들로 빼곡하게 채워져 있었어. 1층에는 그리스와 로마에서 가져온 미술품과 아시아에서 가져온 도자기들이 전시되어 있어. 그중에서 아빠는 아마 생전 처음 본 것 같은데, 키클라데스 문화의 공예품들을 꽤 유심히 살펴보았단다. 키클라데스제도는 에게해 한가운데 시프노스섬을 비롯해 작은 섬들이 모여 있는 군도란다. 이 제도에 크레타문명보다 훨씬 오래된, 그리스의 가장 오랜 정착 문명의 유적이 있다고 전에 내가 말을 해주었는지 모르겠구나. 그래서 키클라데스에서 온 미술품은 아주 흥미로웠어. 물론 네가 좋아할 만한 그리스 후기 도자기처럼 세련된 맛은 없지만, 이미 여신이나 영웅을 그린 듯한 정형화된 묘사가 있더구나. 물론 정확히 뭘 묘사한 것인지는 아무도 모르지만(워낙 세월이 오래돼서 미술품이 많이 닳기도 했고).

위층의 그림 중에서는 이집트에서 먼 길을 걸어와 쉬고 있는 성가족이 아기 세례자 요한을 만나는 그림이 가장 좋았어. 카라치 가문의 화가가 그린 건데, 정확히 누구였는지는 지금 잊어버렸네. 이 주제에 관한 그림은 너랑 같이 참 많이도 보았지. 대부분이 상당히 보기 좋은 그림이었잖아. 1600년대의 카라치 형제들은 부드러운 색감과 정확한 비례를 이용한 조화로운 그림으로 그 당시 뛰어났던 많은 화가들 중에서도 특히 유명했단다. 그런데 이런 식의 그림은 이제 더 이상은 그렇게 인기 있지 않은 것 같아. 현대 예술은 너무 뚜렷하게 예쁜 것을 낮게 평가하는 경향이 있거든. 바티칸박물관에서 네가 아주 열심히 따라 그렸던 그림 기억하니? 우리가 함께 바티칸박물관에 갔을 때였지.✣ 네가 마리아의 입술을 똑같이 그리려고 코앞까지 바싹 다가갔을 때 주변에 있던 사람들이 빙그레 웃었던 게 떠오르는구나.

하지만 네가 어떤 전시관을 가장 좋아했을지는 어렵지 않게 맞힐 수 있어. 그래, 바로 갑옷이 있는 곳이지. 갑옷 한 벌이 우리가 전에 군사박물관에서 봤던 것들처럼 말 위에 세워져

✣　2003년과 2004년에 오신과 함께 바티칸박물관에 갔다.

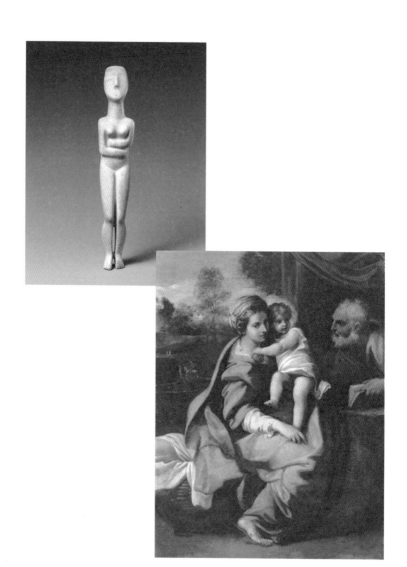

키클라데스 문화의 공예품. 안니발레 카라치의 〈아기 성 요한과 성가족〉(1600년경).

있더구나. 쭈글쭈글하게 뒤틀린 쇠로 된 사자 얼굴 같은 것도 있었어. 벽에 기다란 검도 몇 개 걸려 있었고. 말 탄 갑옷 병사 엽서는 두 장을 보내니 한 장은 나일이에게 주렴. 나머지 엽서들은 둘이 사이좋게 나눠 가져. 공평하게, 기분 좋게 행동하는 것 꼭 잊지 말고.

컴퍼스를 들고 있는 수염 난 남자 그림은 꽤 잘 알려진 그림이지. '호랑이야, 호랑이야, 이글이글 빛나는 호랑이야'라는 시를 쓴 윌리엄 블레이크William Blake라는 사람의 그림이야. 사실 그가 그린 그림은 대부분 자기 시집의 삽화로 들어가 있어. 그는 시뿐 아니라 그림까지 나무판에 새겨서 거기에 물감을 묻혀 종이에 찍어냈다고 해. 그리고 한 장 한 장 다시 수채 물감으로 색칠해서 책을 완성했다지. 그렇게 수고스러운 과정을 거쳐서 많은 책을 냈고, 그중 일부가 피츠윌리엄박물관에 보존되어 있어. 그가 책을 만든 방식을 분명 너도 무척 좋아할 것 같구나.

윌리엄 블레이크, 그는 이해하기 쉽지 않은 사람이었지. 평생 무척 가난하게 살았고 다른 가난한 사람들의 어려움도 깊이 염려했어. 현대(그에게 현대란 18~19세기를 말해.)가 가난한 대중에게 너무 큰 불행을 주었다고 믿었다는 점에서, 그는 또 한 명의 뿌리 깊은 낭만주의자였단다. 물론 그렇게 믿기 위해 낭만주의자가 되었던 건 아니야. 블레이크는 그저 노동자들이 런던 같은 대도시의 지저분한 공장에 갇혀 뼈 빠지게 일하는

윌리엄 블레이크의
〈옛적부터 항상 계신 이〉(1794년).

윌리엄 블레이크의 시집『순수와 경험의 노래』에 수록된
「양」(왼쪽)과 「호랑이」(오른쪽). 그는 시와 그림을 목판으로 찍어낸 다음
수채 물감으로 채우는 수고로운 방식으로 책을 완성하곤 했다.

모습을 지켜보다가 자연스레 그렇게 된 거지. 많은 사람들처럼 그 역시 들판에서 농부로 일하는 게 공장에서 일하는 것보다 훨씬 나은 삶이라고 믿었어. 이건 몇 날 며칠을 이야기한대도 만족스러운 결론에 이르지 못할, 그런 복잡한 주제란다. 그러니 지금은 어느 한쪽이 더 낫다고 일반적으로 말하기는 어렵다는 정도에서 그치기로 하자.

물론 블레이크는 가난한 사람들에 대한 진정한 연민에서 그런 마음을 갖게 된 거야. 로빈 후드처럼 부자들에 대한 큰 분노와 합쳐져서 말이지. 하지만 블레이크의 성난 시를 너에게 보내주지는 않을 거야. 그건 네가 더 크면 몰라도 지금은 별로 재미가 없을 테니까. 너도 봐서 알겠지만「호랑이」시에서도 그의 좌절감이 드러나 있잖니. 블레이크는 무척 종교적인 사람이었지만, 하느님이 호랑이같이 아름다우면서 동시에 무서운 동물을 만들었다는 사실에 안타까워했어. 호랑이는 그저 자기가 살기 위해 더 작은 동물에게 아주 잔혹해야 하니까. 그래서 그는 양도 똑같은 하느님이 만든 것일까 질문을 해. 블레이크는 다른 시에서도, 인간이 되었든 아주 작은 동물이 되었든 모든 살아 있는 것의 고통에 대해 깊고 절절한 동정심을 표현했단다. 하지만 오늘 네게 보내줄 시는 비교적 부드러운「양」이라는 시야. 창조라는 주제와 연관되지만 훨씬 차분한 방향이란다.

어린 양, 누가 그대를 만들었는가
누가 만들었는지 그대는 아는가
그대에게 생명을 주고
시냇가, 풀밭 위의 양식을 주고
기쁨의 옷을 입혀주었네
솜털처럼 밝고 보드라운 옷을
온 계곡 기쁘게 하는
그토록 달콤한 목소리를 주었네
어린 양, 누가 그대를 만들었는가
누가 만들었는지 그대는 아는가
어린 양, 내가 말해주리
어린 양, 내가 말해주리
그의 이름은 그대 이름
그의 이름 바로 어린 양이기에
그분은 순하고 그분은 온유하네
그분은 어린아이가 되었네
나는 그분의 아이, 또 어린 양 그대 역시
어린 양, 그대에게 하느님의 축복이
어린 양, 그대에게 하느님의 축복이

　이 시는 『순수와 경험의 노래』라는 시집에 실렸는데 바로 맞은편에 「호랑이」 시가 실려 있어. 아마 이 두 시가 책 안에 나란히 놓이게 한 건 블레이크의 의도였던 것 같아. 한쪽에서는 자연 세계를 바라보는 아이의 순수한 눈을, 다른 쪽에서는

　　　　　　　　　　삶이라는 우주를 건너는 너에게

경험에서 생긴 한층 어두운 감정을 보여주는 거지. 양쪽의 복사본을 모두 보낸다. 나일이도 따로 갖고 싶어 하면, 네가 집에 있는 복사기로 한 부 복사해서 주렴.

블레이크는 신앙심이 무척 깊었지만, 하느님이 지은 세계에 존재하는 고통을 보면서 괴로워하기도 했어. 그래서 그의 글과 그림에는 기독교에 대한 자신의 아주 복잡한 견해가 들어가 있지. 세상에 이렇게 여러 종류의 기독교인들이 있다니 그것도 참 헷갈리지? 이것도 아빠가 나중에 다시 설명하겠지만, 어떻게 보면 그렇게 이상한 것만도 아니란다. 너도 알다시피, 예수는 한 가지를 가르쳤지만 여러 사람이 각자 자기 방식으로 그 말을 이해했고, 또 어떤 해석이 다른 해석보다 낫다고 생각하기도 했잖아. 이렇게 여러 입장이 있다 보니까, 예를 들어 수도자가 어느 정도까지 청빈하게 살아야 하는가 하는 문제역시 간단하게 끝날 수도 혹은 얼마든지 복잡해질 수도 있어.

사람들은 성경을 사제에게 배워야 하는가를 두고도 의견이 달랐어. 짧게 말하자면 천주교 신자들은 사제에게 배우는 게 아주 중요하다고 생각했고, 개신교 신자들은 혼자 성경을 읽고 기도하는 것으로도 족하다고 생각했지. 최초의 천주교 교사는 너도 알겠지만, 티베리우스와 칼리굴라 시대에 로마제국에 살았던 바오로 성인이고, 최초의 개신교 교사는 훨씬 나중에 카를 5세(프랑수아 1세✢와 싸우고 산탄젤로성✢✢에 교황을 가두었던 신성로마제국의 황제 기억나지?) 시대에 독일에 살았던 마르틴 루터Martin Luther지. 양쪽 입장 모두 깊이 살펴볼 만한 값진 주제가 많아. 너랑 나는 어느 쪽이든 훌륭한 선생에게 훌륭한 가르침을 받는 게 중요하다고 생각한다는 건 따로 말할 필요 없겠지. 그래서 말인데, 지금까지 네가 알고 있는 좋은 선생들의 이름을 쭉 적어보면 어떨까? 그림으로도 그려보고 말이야.

하아. 하품 난다. 이제 꽤 늦었구나. 내일 아침 9시에 가브리엘로프 씨의 강의가 있어서, 아빠도 이만 총총 침대로 사라져야겠다.

잘 자렴, 오 군.

아빠가

이야기로 전하는
인생의 진실

아이들이 어렸을 때부터 미술에 접할 기회를 지속적으로 만들어갔다. 이유는 여러 가지지만 아이들 엄마가 무용가 출신인 이유가 크게 작용했고, 나 역시 예술적 성향의 중요성을 쉽게 받아들였다. 그림은 시와 비슷한 면이 있으면서도 그보다 쉽기도 하다. 그 이유는 뛰어난 미술 작품은 상당히 어린 마음에도 '숭고함'을 금방 전할 수 있기 때문이다.

최근 들어서는 숭고한 정서가 어린아이에게 어떻게 마음의 양식이 될 수 있는지에 대한 인식이 다소 약해진 것 같다. 사실 내게도 '숭고한 교육'이라고 하면 약간 부정적인 이미지가 떠오른다. 회초리를 든 훈장 선생님, 혹은 19세기 영국이나 독일 소설에서 아이들을 몽둥이로 두들기는 무시무시한 아버지가 연상되기 때문일까. 그러나 부드러운 교육 방법 속에서도 숭고함을 배제하기는 어려운 것 같다. 동화, 음악, 미술, 시, 이 모든 것들의 구성에 비극적인 요소와 희극적인 요소가 복잡하게 섞일 수 있다. 어린이를 위한 내용이라고 해서 희극이 장악해버리면 표현의 진실성과 깊이가 상실된다는 이야기다. 그래서 나는 아이들의 내면 세계가 비극과 접촉하는 것을 피하려고 하지 않았다. 특히 그림의 경우 상당히 많은 명화의 주제가 비극이다. 신화, 전설의 상당히 큰 영역이 비극을 다루고 있고, 기독교적인 주제를 다룰 때는 모든 내용이 예수의 수난 중심이어서 더욱 그렇다.

오신에게 보낸 편지 여기저기에서 언급했듯이, 오신이가 어렸을 때 나와 둘이 로마에 여행 간 적이 있다. 내가 파리대학교에 방문 교수로 있을 때였다. 그때 우리는 그리스·로마 신화를 같이 읽고 있었는데, 로마 여행이 어린 마음에 영감을 줄 좋은 계기라고 생각하던 중 상당히 저렴한 항공표와 숙소를 구하게 된 것이다. 일주일간 오신과 함께한 그 여행은 일종의 융합적인 공부를 하기에 더없이 좋았다. 우리가 머물던 파리도 미술품이 풍부한 도시로 유명하지만, 어린아이가 보기에도 로마는 인상적이고 웅장한 건축물, 아기자기한 무용담을 배경으로 한 조각품과 회화, 그리고 어디를 둘러봐도 역사가 살아 숨 쉬는 도시의 전경이 머리와 가슴을 채우기에 충분한 원천을 제공해주었기 때문이다. 우리는 콜로세움에서 검투사 놀이도 하고 희한한 조각들로 둘러싸인 분수대 주변에서 물놀이도 하고 무한히 많은 교회 건물들 사이를 배회하면서 숨바꼭질도 했다.

바티칸미술관 방문은 그 여행의 절정이었다. 중세 아이콘의 성모 마리아를 열심히 색연필로 베껴 그리는 데 한 시간 정도를 보내는 것으로 시작해서, 전체 관람 시간은 점심시간을 포함해서 약 다섯 시간 반 정도로 여유 있게 진행되었다. 장소를 옮겨 라파엘로 산치오Raffaello Sanzio의 유명한 〈아테네 학당〉 벽화가 있는 방에서도 색연필로 그림을 그렸다. 그러던 중 경비원이 아주 미안한 모습으로 다가와 연필심이 대리석 바닥에 닿지 않게만 조심해달라고 부탁하기도 했다. 꽤 시간을 들인 것 치고는 그다지 피곤하지 않았지만 마지막까지 줄기차게 기대하던 시스티나예배당에 이르렀을 때 오신이는 미켈란젤로의 걸작 밑에서 조용히 내 다리를 베고 잠들었다. 그나마 벽을 둘러싸고 몇 개 되지 않는 자리를 친절한 여학생이 양보해준 덕분에 잠시 휴식을 취할 수 있었다. 밖으로 나오는 길에 오신이는 계속 내 등에 업혀서 꾸벅꾸벅 졸곤 했다. 인파로 가득한 번잡함 속에 더할 나위 없이 평온한 순간이었다.

그런 여행이 많은 이들에게 쉽게 허락되는 기회가 아니라는 것을 잘 알기 때문에 이런 이야기를 꺼내기 미안한 면이 많다. 그런데 다른 한편으로, 반드시 로마에 가야 할 이유는 없다. 미학과 역사와 문화를 동시에 공부할 수 있는 공간은 사방에 있기 때문이다. 북한산성과 무등산과 해인사, 국립박물관과 현대미술관도 미학과 모험의 조화로 가득하다. 그리고 어린아이들에게는 그 모든 체험을 일종의 자연스러운 이야기로 엮어주는 것이 진실된 이해를 심어주는 데 크게 도움이 된다. 교토에 갔을 때는 헤이안 시대의 비극적 영웅으로 알려진 미나모토 요시쓰네源義経의 무용담을 이야기해주었고, 인도의 곳곳에서는 만화로 된 『마하바라타』를 같이 읽기도 했다(아이들보다 내가 더 재미있어했다). 또 포항에서 여름을 보냈을 때는 경주 남산 탐험을 아이들이 매우 즐거워해서 한동안 자기들이 신라 사람이라고 선언하기도 했다.

어느 고장에 살든 어디로 여행하든, 그 장소와 엮여 있는 역사나 우화들은 일상적인 삶을 흥미진진한 문학으로 만들어주는 효과가 있다. 그리고 당연히 이런 이야기들을 생생하고 설득력 있고 자연스럽게 습득하는 능력은 아이들이 특히 탁월하다.

열 번째 편지

언젠가 아름다운 이상을 위해
노력한 사람이 있었어

> 그래서 어떤 사람들은
> 평화로운 때보다 더 절실한 마음으로
> 문명의 허망한 결실에 대해
> 생각해보는지도 몰라.

오신에게

아빠가 너에게 우리 가족에 대해 편지에 쓴 걸 할머니가 아셨던 걸까, 오늘 할머니께서 할머니의 작은아버지이신 '설정식'이라는 분이 나온 신문 기사를 보내주셨어. 너에게 복사본을 보낸다. 기사 전체는 꽤 길단다.

기사에 흐릿한 사진으로 실려 있는 분이 네 증조작은할아버지인데, 그분은 한국 역사에서 아주 힘들었던 시기에 짧은 생을 살다 가신 아주 훌륭한 시인이셨어. 이건 70년 전쯤 한국이 남한과 북한으로 나뉘던 상황이랑 연관이 있단다. 제2차 세계대전이 끝난 직후였고, 남북이 나뉜 이유는 상당히 복잡했어. 전에 아빠가 소련에 대해 언급하면서 사람들이 아주 가난한 사람도 부자인 사람도 없는 나라를 만들려고 했다는 이야기를 했지? 그런 일이 북한에서도 일어났었어. 그들이 마음속에 품었던 생각을 '공산주의'라고 해.

공산주의는 어찌 보면 상당히 오래된 개념이란다. 예를 들어 베드로 성인과 바오로 성인이 이끌었던 초기 기독교 공동체도 정신적으로 보면 공산주의자들이었다고 말할 수 있어. 불교 사원의 운영도 공산주의의 방식과 닮은 경우가 많고, 시인 윌리엄 블레이크도 말하자면 공산주의자라고 할 수 있지. 하지만 '공산주의자'라는 낱말은 옛날에는 사실 없었어. 현대에 와서 대개 카를 마르크스Karl Marx라는 사람이 쓴 책을 통해서 영향력을 얻게 된 개념이지. 참, 카를 마르크스도 런던에서 오래 살았단다. 상당히 흥미로운 인물이니까, 언젠가 그에 대해서도 이야기해주마.

공산주의자는 기본적으로 모든 걸 나눠 가져야 한다고 생각해. 물이나 밥, 집처럼 생활에 꼭 필요한 것들은, 돈을 얼마나 가졌는지가 아니라 그게 얼마나 필요한지에 따라서 공평하게 나눠 가져야 한다고 생각하지. 이건 물론 아주 멋진 생각이야. 그리고 많은 사람이 이 생각을 아주 열정적으로 믿었어. 할머니의 작은아버지도 그런 사람들 중 한 분이셨단다.

지금으로부터 약 70~80년 전, 한국이 현대 사회로 거듭나는 중이었을 때 어떤 사람들은 한국을 공산주의 국가로 만들어야 한다고 생각했고, 또 어떤 사람들은 다른 많은 나라들과 비슷하게 자본주의 국가로 만들어야 한다고 생각했어. 사람들이 개인적으로 자기 재산을 갖고 있으며, 어떤 사람은 돈이 많고 어떤 사람은 가난한 나라 말이지. 토론을 하고 또 했지만 결론이 나지 않았어. 결국은 나라를 두 부분으로 나누자, 북쪽은 공산주의 국가, 남쪽은 자본주의 국가로 나누자고 결정했지.

네 증조작은할아버지는 서울에, 즉 그때 자본주의를 택한 남쪽에 살고 계셨어. 하지만 공산주의를 굳게 믿으셨기 때문에 집을 떠나 북쪽으로 가서 부자도 없고 가난한 사람도 없는 그런 나라를 세우는 일을 돕기로 하셨지. 할머니는 그때 어린 꼬마였지만, 그래도 증조작은할아버지를 못 본다는 생각에 가족 모두가 얼마나 슬퍼했는지 아직도 기억하시더구나. 증조작은할머니와 자녀분들은 특히 더 하셨고.

증조작은할아버지는 새로운 나라를 세우는 일은 아주 힘들어서 다른 가족은 견디지 못할 거라고 생각하셨어. 왜냐하면 북쪽의 노동자들은 보통 제대로 먹지도 못하고, 편안히 몸을 누일 집도 가질 수 없을 테니까. 하지만 작별인사를 하기는 너무 고통스러웠기 때문에 증조작은할아버지는 한밤중에 아무런 말없이 떠나셨단다. 고타마 싯다르타처럼 말이지. 그땐 다시는 가족들을 만날 수 없을 거라고 생각하지 못하셨어. 하지만 딱 그런 일이 벌어진 거란다. 그렇게 그분의 운명은 어떤 면에서 보면 부처보다 훨씬 슬픈 운명이 되고 말았지.

처음에는 배고픔도 고생도 없는 공정한 사회를 만든다는 생각에 북한 사람들 모두가 들떠 있었어. 하지만 예수의 제자 중에도 유다처럼 탐욕스러운 사람이 있었듯이, 공산주의자 중에도 그런 사람들이 있었어. 많은 사람이 이 아름답고 순수한 이상을 위해 열심히 살았고 또 일했기 때문에, 탐욕스러운 몇몇은 손쉽게 큰 권력을 거머쥐었지. 안타깝지만 아름다운 이상이 있을 때도 이런 일이 종종 일어난단다. 좋은 의도가 인간의 나약함에 훼방받아서, 그 이상이 현실로 나타날 때쯤엔 애초에 그렸던 좋은 모습과는 상당히 멀어져 있는 거지. 그런 점에서 이상을 현실로 만드는 일은 자칫하면 프랑켄슈타인 박사와 그가 만든 괴물처럼 될 수가 있어.

북한의 일부 탐욕스러운 공산주의자들은 속임수를 써서 권력을 잡은 다음, 선량하고 정직한 공산주의자들에게 곧바로 등을 돌리고 차례차례 없애나가기 시작했지. 네 증조작은할아버지에게도 그런 일이 일어났단다. 감옥에 오래 갇혀 계시다가 탐욕스러운 공산주의자들의 손에 결국 죽음을 맞이하셨어. 남한에 있던 자녀분들은 아버지가 돌아가신 뒤에도 그 사실을 오래도록 모르고 있었지.

이 이야기는 신문 기사에도 조금 설명되어 있단다. 기사에 사진이 하나 있을 텐데, 얼마 남지 않은 흰머리에 웃고 있는 표정의 할아버지가 보이지? 그분은 티보 머레이 씨란다. 1951년

삶이라는 우주를 건너는 너에게

당시 헝가리 기자 신분으로 북한에 계셨어. 그때 북한과 남한은 어떤 나라를 세울지 생각이 달라서 끔찍한 전쟁을 하고 있었단다. 하지만 많은 사람들이 전쟁에 지쳐가고 있던 터라 전쟁을 그만 끝낼 생각으로 토론을 벌이고 있었지. 머레이 씨는 평화회담에 대한 기사를 쓰려고 그 자리에 갔어. 할머니의 작은아버지는 북한의 통역자로 일하고 계셨고. 그래서 두 분이 만나게 됐는데 두 분 다 문학을 사랑하셔서 좋은 친구가 되었지. 머레이 씨가 쓴 기사를 보니, 두 분은 전쟁 중에도 헝가리 와인을 마시면서 셰익스피어에 대해 이야기하느라 같이 몇 날 밤을 새우셨다고 하더구나. 전쟁 중에 사람들은 폭력과 야만의 한복판에 놓이게 돼. 그래서 어떤 사람들은 평화로운 때보다 더 절실한 마음으로 문명의 허망한 결실에 대해 생각해보는지도 몰라. 이게 무슨 말인지 이해하겠니?

두 분은 전쟁이 끝나가던 1953년에 다시 만났어. 그때쯤 이미 네 증조작은할아버지는 탐욕스러운 (그리고 힘이 센) 공산주의자들 때문에 여러 번 감옥에 갇히셨지. 건강이 아주 안 좋으셨고 결국 얼마 안 있어 돌아가셨어. 1962년쯤, 머레이 씨가 「어느 시인에 대한 기억 – 설정식의 비극」이라는 제목의 글을 문예 잡지에 실으셨다더구나. 증조작은할아버지의 식구들은 아버지, 그리고 남편이 사실은 오래전에 돌아가셨다는 걸 그 글을 읽고야 처음 알았지. 얼마나 큰 충격이었을지는 너도 짐작이 갈 거야. 남쪽에 남은 식구들은 오랫동안 아버지가 북한 어딘가에서 그 훌륭한 이상을 위해 살고 있을 거라고(그리고 아마도 고생을 하고 계실 거라고)만 생각하고 있었으니까. 그때부터 가족들은 어려서 마지막으로 보았던, 아버지라는 젊은 청년의 사진 앞에서 절을 하며 해마다 아버지를 기리는 제사를 지내기 시작했단다.

할머니가 보내준 기사에 써 있는 행사는 지금 서울에서 열리고 있는 서울국제문학포럼이라는 거란다. (문학작품을 쓰고 공부하는 전 세계 사람들이 다 같이 한자리에서 만나는 거야.) 이 모임을 주선한 분들 중에 할아버지도 계셔. 머레이 씨도 이 행사에 오셨기에, 할아버지가 그분이 오래전 죽은 친구의 자녀분들과 만날 수 있도록 자리를 만들어드렸단다. 만나서는 함께 나눠 가진 슬픈 기억 때문에 손을 붙잡고 울고 또 우셨다고 해. 자녀분들은 머레이 씨가 기억하는 아버지의 모습을 전부 듣고 싶어 하셨다지.

머레이 씨는 서울에 올 때 빛바랜 낡은 헝가리 책을 한 권 가져오셨어. 그분이 전하기를, 증조작은할아버지는 북한으로 가시자마자 심장병을 얻으셨대. 그래서 병원에 좀 계셨는데 회복하는 동안(나중에 알고 보니 헝가리 자원봉사자들이 운영하는 병원이었대.) 거기서 긴 서사시를 쓰셨다더구나. 머레이 씨가 그 원고를 부다페스트로 가지고 갔고, 헝가리어로 번역해서 『우정의 서사시』라는 제목으로 출간했단다. 증조작은할아버지 자

삶이라는 우주를 건너는 너에게

녀분들에게 이 책은, 비록 헝가리어로 쓰이긴 했지만 처음으로 보는 아버지의 책이었던 셈이야. 내가 알기로는 전 세계에 몇 권 남아 있지 않다고 해. 신문 기사 두 번째 페이지에 실린 증조작은할아버지의 「종」이라는 시를 네게도 소개해줄게.

만萬 생령生靈 신음을
어드메 간직하였기
너는 항상 돌아앉아
밤을 지키고 새우느냐
무거이 드리운 침묵이여
네 존업을 뉘 깨트리드뇨
어느 권력이 네 등을 두드려
목 메인 오열嗚咽을 자아내더뇨
권력이어든 차라리 살을 앗아라
영어囹圄에 물러진 살이어든
아 권력이어든 아깝지도 않은 살을 저미라
자유는 그림자보다는 크드뇨
그것은 영원히 역사의 유실물이드뇨
한아름 공허空虛여

아 우리는 무엇을 어루만지느뇨
그러나 무거이 드리운 인종忍從이여
동혈洞穴보다 깊은 네 의지 속에
민족의 감내堪耐를 살게 하라

그리고 모든 요란한 법法을 거부하라
내 간 뒤에도 민족은 있으리니
스스로 울리는 자유를 기다리라
그러나 내 간 뒤에도 신음은 들리리니
네 파루破漏를 소리없이 치라

오늘은 킹스칼리지예배당으로 저녁 미사를 다녀왔단다. 킹
스칼리지예배당은 오래됐지만 무척 아름다운 건물이었고, 돌

벽에 수많은 스테인드글라스와 조각이 새겨져 있더구나. 제대 뒤로 걸려 있는 루벤스 그림 〈동방박사의 경배〉도 아주 근사했지. 하지만 가장 감동적이었던 건 미사 내내 들려오던 소년 합창단의 아름다운 노랫소리였단다. 통성기도문을 라틴어로 노래했어.

킹스칼리지예배당.

페테르 파울 루벤스의
〈동방박사의 경배〉(1663년).

삶이라는 우주를 건너는 너에게

키리에 엘레이손

(주님, 자비를 베푸소서)

크리스테 엘레이손

(그리스도님, 자비를 베푸소서)

글로리아 인 엑스첼시스 데오

(하늘 높은 데서는 하느님께 영광)

에트 인 테라 팍스 호미니부스 보내 볼룬타티스

(땅에서는 주님께서 사랑하시는 사람들에게 평화)

미사가 절반쯤 왔을 때 신부님이 기도문을 읽었어. 정확하
게 기억은 안 나지만 그래도 이 부분은 유독 기억에 남는구나.

배고픈 자들이 배불리 먹기를, 아픈 자들이 건강해지기를 기도합
시다. 세상의 부가 더욱 공평하게 나누어지기를, 그리고 전쟁이 끝
나기를 기도합시다.

잘 자렴, 오 군.

아빠가

여행은 우리를
행복하게 만들어주기도 해

우리가 어디를 가든
사람들과 그 장소가
우리를 반겨주기 때문이겠지.

오신에게

지금 아빠는 독일 본이고, 컨디션도 좋아. 솔직히 말하면 아침까지만 해도 컨디션이 별로일 것 같았단다. 여느 때처럼 너와 나일이와 엄마가 너무 보고 싶어서 본에서도 연구를 잘할 수 있을 것 같지 않았거든. 아침에 네 전화를 받고 나서, 아빠는 뉴턴연구소로 달려가서 아파트 열쇠와 연구실 열쇠를 상자 안에 반납하고, 바로 돌아와서 미리 불러놓은 택시를 기다렸어. 택시가 예약한 시간에 정확하게, 그러니까 새벽 5시에 와서 우리도 곧장 출발했지. 여기서 '우리'란 고모와 아빠란다.

케임브리지 고고학 및 인류학 박물관.

고모가 딱 이틀 시간을 내서 글래스고에서 내려왔거든. 그래서 토요일 하루는 고모와 함께 보내면서, 떠나기 전에 마지막으로 케임브리지를 한껏 음미했단다.

　고모는 학교 다닐 때 십 년 동안 케임브리지에 살았기 때문에 이 동네를 아주 잘 알고 있어. 많이는 돌아다니지 못했지만 그래도 다행히 고고학박물관에는 들를 수 있었고, 원형 계단 꼭대기에 있는 '캐슬힐'이라는 데도 올라갔다 왔어. 고고학박물관은 꽤 작았지만 소장품은 아주 멋지더구나. 이곳이 역사가 오랜 곳이니만큼, 특히 영국의 공예품을 연대별로 보기 좋게 전시해놓았더라고. 선사시대부터 시작해서 켈트 시대, 로마제국 통치 시대, 앵글로색슨 시대, 그다음에는 바로 노르만족(그러니까 바이킹의 후손들 말이지.) 정복 시대까지. 네가 기억할지 모르겠는데 사자왕 리처드 1세가 바로 노르만의 왕이었잖아. 이스트앵글리아라는 케임브리지 인접 지역에 관한 전시도 조금 있었어. 그 지역 땅이 예전에는 바다였던 모양이더구나(언제까지였는지는 잊어버렸다). 그래서 도시를 관통하는 케임강이 지금은 그저 넓은 시내를 흐르는 데 그치지만, 고대에는 훨씬 넓은 곳까지 흘렀을 거라고 보지.

우리가 올라갔던 언덕은 꼭대기에 성벽을 둘러싼 진짜 성이 있던 곳이었는데, 거기에 오르니 맞은편으로 건너갈 수 있는 가장 좁은 길이 한눈에 들어오더구나. 즉 강이 예전 언젠가는 크게 흘러넘쳤다는 말이지. 거기서 보는 시내 전경은 꼭 너희에게 보내준 엽서처럼 무척 멋졌어.

꽤 바쁘게 돌아다닌 하루였지만 출발 시간이 일러서 고모랑 아빠는 얼마 자지도 못했어. 어제 고모랑 걸어 다니면서 케임브리지의 아름다운 초여름 날씨를 맘껏 느꼈는데 오늘 아침도 참 좋았단다. 버스 정거장까지 택시를 타고 가는데 벌써 동이 트면서 파란 하늘에 분홍색 구름이 흘러가듯 걸려 있더구나. 여기저기 솟아 있는 첨탑들의 잿빛 실루엣과 잘 어우러졌지. 이 아름다운 마을이 일 년 중 가장 아름다운 때가 지금인 것 같아. 야트막한 담장과 울타리 위로는 갖가지 색깔이 넘칠 듯 솟아 올라와 있고, 잔디도 네가 상상하는 것만큼이나 새파랗단다.

삶이라는 우주를 건너는 너에게

아빠 기분은 그래도 왠지 울적하더구나. 버스로 한 시간
을 가니까 아빠는 쾰른 가는 비행기, 고모는 글래스고로 돌아
가는 비행기를 탈 스탠스테드공항에 도착했어. 아빠 비행기
가 고모 비행기보다 좀 일찍 출발해서 고모가 아빠를 탑승구
까지 바래다줬는데, 그러다 웃긴 일이 있었단다. 터미널 사이
를 다니는 열차를 타고 아빠가 탈 비행기의 출발 게이트에 고
모랑 같이 도착했는데, 알고 보니 고모가 고모 탑승구까지 타
고 갈 열차가 없는 거야. 결국 어떤 가게 주인이 공항 직원에
게 전화를 해서 고모를 데리러 와달라고 부탁했지 뭐야. 길지
않은 비행인 데다 꾸벅꾸벅 졸고 나니까 비행기가 금방 착륙
하더구나. 쾰른공항에서 본 중앙역까지는 20분이면 가는 버
스가 있어서 아주 편하게 갔어. (너랑 엄마가 '하우프트반호프
hauftbahnhof❖라는 발음을 좋아했던 거, 기억나니?) 그렇게 아빠는
다시 본에 도착했지. '장트아우구스틴 – 보일 – 본'❖❖이라는
익숙한 표지판을 보니 기분이 좀 나아지더구나.

버스는 곧 속력을 내면서 탁한 녹색의 라인강 다리를 건넜
어. 시장 지역과 너른 잔디밭이 펼쳐진 오래된 대학의 기다란
연주황색 건물이 눈에 들어오자 버스는 천천히 속력을 늦추더
구나.

❖   '중앙역'이라는 뜻의 독일어.
❖❖ 장트아우구스틴은 본 근처의 도시이며, 보일은 교외 지역이다. 우리 가족은
     예전에 이 지역에서 지낸 적이 있다.

라인강을 건너면 너른 잔디밭이 펼쳐진
연주황색의 본대학교 건물이 모습을 드러낸다.

　아빠 숙소는 오 분도 안 되어서 찾았어. 정말 편리한 위치더
구나. 인도에 바로 면해 있는, 카이저광장이라는 아주 쾌적한
광장이 내려다보이는 건물이야. 넌 기억 못 하겠지만 삼 년 전
여름, 너랑 나랑 그 광장에 있는 아이스크림 가게에 몇 번 갔단
다. 아빠 숙소의 서쪽 창문으로는 북적거리는 오래된 기차역,
돌에서 보글거리며 물이 뿜어져 나오는 커다란 원형 분수, 그
리고 개나 아이들을 데리고 나와 가로수를 따라 광장을 거니
는 행복한 얼굴의 사람들이 보여.

　　　　　　　　　　삶이라는 우주를 건너는 너에게

동쪽 창으로는 이 건물 주인이 가꾸는 아름다운 정원이 내려다보이고, 해가 지고 있는 바로 지금은 정원 잔디밭에서 일본식 종이 등이 하나둘 켜지고 있구나. 집주인 아주머니는 무척 좋은 분 같아. 당신도 전 세계를 다니는 걸 좋아한다며 헤르만 헤세(『싯다르타』를 쓴 작가)처럼 특히 인도가 좋다고 하셨어. 젊었을 때 파리에서 예술사를 공부하셔서 그런지 아파트 건물 곳곳에 짙은 색 그림이나 작은 조각상, 그 밖에 소소한 예술품이 빼곡해. 아주 커다란 회색 개(거의 말만큼 큰)와 조그마한 검은 고양이도 있단다. 고양이 녀석은 내가 아주머니의 집에 있는 동안 내내 내 곁을 맴돌다가 이따금 내 손가락을 핥고 가더라. 아주머니의 남편분은 아주 쾌활한 성격의 요리사야. 아파트 층계 벽에 참치며 복어며, 게, 조개, 해삼, 전복, 장어, 그리고 잘 익은 과일이 벌어지듯 사방으로 쭉 뻗었다가 다시 움츠러드는 검붉은색의 문어 다리까지, 갖가지 바다생물 클로즈업 사진들이 걸려 있단다. 예전에 집주인 부부가 일본에 갔을 때 노천시장에서 직접 찍었다는데, 물고기에 숫자가 적힌 일본어 가격표가 붙어 있어.

　아 맞다, 계단. 엄마가 또 질색을 할까 봐 걱정이구나. 이번에도 아빠 숙소는 계단을 4층이나 올라와야 하는 꼭대기 층이야. 하지만 지난번 우리가 보일에서 지낸 곳보다는 계단이 훨씬 밝고 널찍해. 오늘은 날이 더울 거라기에 방에 들어오자마자 창문부터 다 열고, 발코니로 통하는 침실의 유리문까지 열었어. 창문이 아주 널찍하고 방 쪽으로도 완전히 젖혀지는 게, 정말로 멋져. 그러니까 창을 다 열면 아파트의 두 면이 완전히 트이는 거지. 그래서 좀 전까지 두어 시간 동안 시원한 미풍이 온 방을 훑고 지나갔단다.

지금 아빠는 서쪽 창을 향해 놓인 식탁에서 컴퓨터를 쓰고 있어. 식탁 위에서 뭘 먹을 일이 별로 없을 것 같아서 식탁을 보자마자 위에 있던 골동품 몇 개와 식탁보는 치워버리고, 그 위에 책과 논문들을 두었지. 그래서 이제 여기 앉아 연구하면서 이따금 창밖 풍경을 감상할 수 있게 됐단다. 상가 건물 몇 채의 검은색 슬레이트 지붕이 보이고, 크고 작은 교회의 첨탑들도 대여섯 개 보이고, 청회색 하늘도 보이고, 저 밑 보도에서부터 올라온 키 큰 떡갈나무가 이리저리 흔들리는 모습도 보이고, 그 나뭇가지들 사이로 새어나오는 노을의 붉은 햇살도 보이는구나. 어디서인지 새 몇 마리가 울고 있어.

방금 커다랗게 우르릉거리는 소리가 지나갔는데 어쩌면 짜증스러울 수도 있었을 추억이 떠오르네. 우리가 교토에 있었을 때 규칙적으로 들려오던 기차 소리 말이야. 기억나니? 한두 량밖에 안 되는 작고 귀여운 통근열차가 청량한 종소리를 내면서 좁다란 철로를 달려갔잖아. 흠, 이번에는 그때와는 전혀 달라. 위협적으로 우르릉거리면서 중앙역을 들어오고 나가는 거대한 현대식 기관차야. 하지만 왜인지 지금은 그 소리가 조금도 거슬리지 않는구나. 지난 두 주처럼 케임브리지의 조용하고 평화로운 집에서 지내는 것도 근사했지만, 여기 본에서 창밖으로 보이는 도시의 소음과 부산함을 듣는 것도 좋아.

본에 도착했을 때가 마침 점심때였기 때문에 아빠는 짐을 내려놓자마자 서둘러 광장의 카페 한 군데를 찾아 들어갔어. 스파게티 레오나르도라는 걸 먹었는데 국수에 할라피뇨가 꽤 들어가서 맛있더구나. 점심을 먹고 나서는 가게에서 좀 살 게 있어서 중앙역으로 다시 걸어갔단다. 독일은 일요일에는 가게들이 거의 문을 닫기 때문에 기차역의 편의점이 꽤 쓸모 있어. 거기에 작은 서점이 있기에 들러서 앞으로 한 달 동안 독일어 공부를 좀 해보려고 책을 몇 권 골랐지. 그중 하나는 『카를 데어 그로세Karl der Groß』라는 책이야.✤ 어떤 책일지 좀 짐작이 가? 또 다른 책은 요제프 폰 아이헨도르프Joseph von Eichendorff의 소설집 『다스 마르모르빌트Das Marmorbild』인데, '대리석상'이라는 뜻이란다.✤✤ 재밌을 것 같지 않니? 다 읽으면(사전의 도움을 받아서) 너에게 넘겨주마.

돌아오는 길에 네가 전에 플레이모빌을 많이 샀던 장난감 가게를 지났단다. 그 바람에 또다시 슬퍼졌지 뭐니. 그 시간쯤

✤　책 제목은 카를 대제를 뜻하는 독일어로, 카를 대제는 프랑크왕국의 왕 샤를마뉴를 가리킨다. 간혹 신성로마제국 최초의 황제로 여겨지기도 한다.

✤✤　요제프 폰 아이헨도르프는 19세기에 활동한 독일 시인이다. 『대리석상』이라는 소설은 루카라는 이탈리아 도시를 배경으로, 기독교의 감수성과 이교도 전통 사회의 영향력 사이의 긴장을 비유적으로 그린 소설이다.

되니까 졸음이 무척 쏟아졌지만 집에서 낮잠을 자느라 계획을 어그러뜨리고 싶지는 않더라. 그래서 자리를 잡고 앉아 커피를 마시면서 나일이에게 엽서를 썼단다. 이제부터는 나일이에게도 엽서를 많이 보내려고 해. 엽서는 네게 쓰는 긴 편지보다는 훨씬 짧아서 나일이도 읽기가 좋을 테니까.

조각상 이야기를 하자면, 아빠 아파트 정문에서 한 10미터만 가면 인도에 커다란 조각상이 하나 서 있어. 군데군데 얼룩이 진 흰색 대리석상인데, 아랫부분에는 낮게 불이 밝혀져 있지. 짧은 콧수염에 조금은 언짢은 표정을 한 중년쯤 되어 보이는 남자의 조각상이란다(아마 근처 정원에서 사람들이 시끄럽게 저녁을 먹고 있어서 표정이 그랬는지도 몰라). 끝이 뾰족한 모자에 긴 망토를 둘렀는데, 19세기 프로이센 제국의 제복 차림으로 아주 근엄한 모습을 하고 있어. 근처에 어떤 안내판이라도 있지 않을까 하고 인도를 다 둘러보았지만 없더구나. 아마 이 광장 이름의 주인공이기도 한 카이저, 즉 나중에 19세기에 잠시 존재했던 독일제국의 빌헬름 1세가 아닐까 싶어.

흠, 이곳에는 연구하러 온 거니까 이제 본업으로 돌아갈 준비를 해야겠지. 내일은 여기 연구소에(막스 플랑크의 이름을 딴 연구소야. 그에 대해서는 다음 편지에서 이야기해줄게.) 등록을 하고, 컴퓨터 계정을 받고, 그리고 네게 전화할 방법을 찾아보마. 본의 수학자들과 어떤 이야기를 나누게 될지 사뭇 기대가 된

카이저광장의 옛 모습을 담은 엽서.

본의 어느 골목길에서 마주친
빌헬름 1세로 여겨지는 조각상.

다. 다음 달쯤에 '검은숲schwarzwald'(이름 한번 멋지지 않니!)이라는 독일 남서부의 숲 지대에 가게 되는데, 거기서 또다시 크리스토퍼 데닝거 교수와 장 마르크 퐁텐Jean-Marc Fontaine 교수(몇년 전 가을, 우리가 프랑스 북부 뷔르쉬르이베트에 있었을 때 이분 아파트에서 지냈지.)를 비롯해서 많은 분들을 만날 거란다.✢

이 편지를 쓰는 동안 하늘이 점점 붉어지더니 이제는 어두워졌구나. 컴퓨터 배터리가 몇 분 남지 않았지만 아빠가 오래전부터 알고 있는 아이헨도르프의 시를 한 편 번역해줄게.

낯선 땅에서
내 고향 땅에서는 붉은 번갯불 뒤로
구름이 이런 모양으로 다가오지
하지만 아버지 어머니는 돌아가신 지 오래
거기 누구도 더 이상 나를 알지 못하네
언제쯤, 아, 그 언제쯤 오려나
나도 편히 쉴 그날이
내 위에서는 숲의 고독이
아름답게 속삭이겠네
그리고 여기 그 누구도 나를 알지 못하겠네

✢ 장 마르크 퐁텐은 파리대학교의 수학 교수였으나 지금은 정년퇴임했다.

삶이라는 우주를 건너는 너에게

아빠 CD를 찾아보면 이 시에 곡을 붙인 노래를 들을 수 있단다. CD 중에 작곡가 이름 알파벳순으로 정리된 것이 있을 텐데, 그중에 슈만의 가곡집이 있을 거야. 이 노래는 그 CD의 17번 트랙이야. 아빠가 독일에 있는 동안 CD의 노래들을 트랙 숫자로 알려줄 테니까 찾아 들어보렴. 아무튼 슈만의 노래는 거의 모든 곡이 아주 예쁜 가사와 피아노 반주로 이루어져 있어서 여러 곡을 들어보면 네 피아노 연주에도 도움이 될 거야. 물론 이 곡의 가사는 독일 낭만주의 시대의 것이라 역시 조금은 우울한 느낌이 있어. 아이헨도르프는 아마 나폴레옹 노래에 가사를 쓴 하인리히 하이네Heinrich Heine✤와 비슷한 시대에 살았을 거야. 내가 볼 때 독일 낭만주의자들은 영국의 낭만주의자들보다 훨씬 더 우울한 기질이 있는 것 같구나.

특히 평생 고향을 그리워하며 세계를 떠돌아다니는 주제를 많이 쓰는 것 같아. 하지만 후기 낭만주의에 속하는 헤세는 평생 한 도시에 갇혀 사는 것보다는 향수병을 갖고 사는 쪽이 훨씬 낫다고 말했지. 글쎄. 어떻게 보면 하이네처럼 그 문제에 있어서 별로 선택권이 없는 경우도 있어. 하이네는 고향 땅 독일에서 좀 복잡한 일이 생겨서 결국은 프랑스로 망명을 가야 했고, 평생 고향을 무척 그리워하며 살았거든. 그런 비슷한 일이 결국은 헤세에게도 일어났었지, 아마.

✤ 독일 낭만주의 시인인 하인리히 하이네의 시들도 독일 작곡가들에 의해 노래로 만들어졌는데 특히 슈만이 대표적이다.

이렇게 돌아보니 오늘 하루 기분이 좀 밝아진 것 같다. 번번이 이렇다니 참 신기할 따름이야. 여행은 시작할 때는 좀 번거롭지만 도착하고 나면 언제나 반가운 기분이 들거든. 우리가 어디를 가든 사람들과 그 장소가 우리를 반겨주기 때문이겠지.

잘 자렴, 오 군.

아빠가

삶이라는 우주를 건너는 너에게

열두 번째 편지

우리는 무엇으로
이루어져 있을까

어떤 것이 무엇으로 만들어졌을까 묻는 건
정말 기발한 질문이지.
하지만 그만큼 중요하고 자연스러운
질문인 것도 사실이란다.

오신에게

지금은 저녁이고, 오늘로 본에 온 지 사흘째가 되는구나. 벌써 며칠은 더 지난 기분이다. 내일은 막스플랑크수학연구소의 아빠 연구실로 들어갈 거야.

막스 플랑크Max Planck라는 사람에 대해 이야기해주겠다고 했지. 뉴턴이 달과 행성의 움직임에 얼마나 관심이 많았는지 기억나니? 이런 건 전부 정말 스케일이 크지. 중력도 아주 커다란 것이 연관될 경우에만 알아차릴 수 있단다.

믿기 어렵겠지만 우주의 어떤 물체든 두 물체 사이에는 중력이 있어. 예를 들어 너와 나 사이, 너와 나일이 사이에도 말이지. 하지만 우리는 그렇게 크지 않기 때문에 우리 사이에 존재하는 중력은 실제로는 느껴지지 않지. (그러나 실험실에서 정확한 기구를 사용한다면 아무리 작은 물체 사이에 존재하는 중력이라도 측정할 수 있어.) 그렇지만 지구는 아주 크잖니, 그래서 지구에서 발생하는 중력은 일반적인 물체에도 상당한 영향을 미쳐. 제자리에서 위로 뛰면 너와 지구 사이의 중력이 너를 아래로 끌어당기는 거야. 이와 비슷하게 달 역시 지구 중력이 달을 궤도 밖으로 날아가지 않도록 붙잡고 있기 때문에 지구 주위를 도는 거지.

우주에서 일어나는 큰 스케일의 움직임은 거의 무엇이든 뉴턴의 만유인력의 법칙으로 설명될 수 있어. 만유인력 법칙으로 핼리혜성이 언제 다시 지구에 접근할지도 알아낼 수 있고, 우주 탐사선을 정확히 어떤 방향으로 보내야 화성에 도착할 수 있는지도 알 수 있지. 심지어 수백억 개의 별들로 이루어진 은하가 어떻게 해서 그 아름다운 나선 모양, 막대 모양, 타원형 원반 모양으로 생기게 됐는지도 알려주지. 우리에게 이 모든 걸 알려주는 뉴턴의 법칙을 단 한 줄로 쓸 수 있다는 것 또한 놀라운 일이란다. 네가 지금 당장은 이해하지 못하더라도 그게 뭔지 써줄게.

$$\frac{d^2x}{dt^2} = \sum_i \frac{GM_i}{r^2_i}$$

삶이라는 우주를 건너는 너에게

막스플랑크수학연구소.

이게 다야! 저 기호 몇 개에 그 많은 경이를 밝혀낸 기본 원리가 담겨 있어. 꼭 마술 같지 않니? 분명 뉴턴은 이걸 발견하고서 발가벗고 뛰어다닐 만큼 기뻐했을 거다. 물론 그러기에는 너무 점잖은 영국 신사였겠지만. 현대에 사람들이 찾고 있는 것도 우주의 온갖 복잡한 현상들을 설명해줄 이런 수학 등식이란다.

자, 그럼 막스 플랑크는 어땠냐고? 어떻게 보면 그의 연구는 뉴턴과는 정반대 방향으로 갔어. 그는 전자니 중성자니 양자니 광자니 하는 아주 아주 작은 대상의 움직임에 대한 법칙을 발견했거든. 물론 많은 사람들과 같이 연구하기는 했지만, 핵심 아이디어는 플랑크가 가장 먼저 제시했지. 너도 알겠지만 전자, 중성자, 양자가 합쳐져서 원자를 이루잖니. 원자Atom라는 개념과 이름은 흥미로운 것들에 대해 토론을 시작할 때마다 결국 닿게 되는 곳, 바로 고대 그리스로 거슬러 올라가. 탈레스를 비롯한 많은 그리스 철학자들은 사물의 본질을 알아내는 데 아주 관심이 많았어. 다시 말하면 만물이 무엇으로 만들어졌는지를 무척 알고 싶어 했지.

넌 이렇게 물을지도 몰라. 왜 뭔가가 다른 것 아닌 그것으로 만들어져야 할까? 왜 고양이는 그냥 고양이, 나무는 그냥 나무, 돌은 그냥 돌이면 안 되지? 이것이 이것 아닌 다른 것으로 만들어졌다는 생각은 도대체 왜 하는 걸까? 그렇게 생각해보면 어떤 것이 무엇으로 만들어졌을까 묻는 건 정말 기발한 질문이지. 하지만 그만큼 중요하고 자연스러운 질문인 것도 사실이란다.

삶이라는 우주를 건너는 너에게

보렴, 조금만 생각해보면 일상적인 물건들도 실은 더 근본적인 무엇으로 쪼개질 수 있다는 걸 쉽게 알 수 있어. 사람들이 애초에 더 단순한 것으로 물건을 만들었기 때문이지. 예를 들어 토가(고대 로마 시민이 입었던 겉옷)는 천을 바느질로 이어 붙여서 만드는 건데, 그 천은 수많은 가느다란 실로 짜여진 거지. 한 번 더 생각해보면, 실은 수분과 펄프가 더해진 더 가느다란 섬유질로 이루어져 있어. 더 자세히 들여다보면 펄프는 수없이 많은, 세포같이 생긴 작은 부분들로 분해될 수 있다는 걸 알게 될 거야.

　처음 봤을 때는 단단해 보이는 돌멩이도 망치로 쪼개면 더 작은 조각으로 나뉘고, 그다음에는 더 쪼갤 수 없을 만큼 고운 가루로 분쇄되지. 모래나 먼지 같은 아주 작은 입자들을 석회와 섞어서 모양을 잡으면 벽돌이 되고, 그 벽돌들을 모아 집을 지어. 다른 많은 것들도 이런 식인 거야. 큰 것은 더 작은 것으로 이루어져 있고, 작은 것들은 더 기본적인 성분으로 계속해서 분해될 수 있지. 그러다가 마침내 세상의 모든 것은 나뉘고 나뉘어서 물, 불, 흙, 공기가 된다는 쪽으로 의견이 모이기 시작했고, 이른바 사원소라는 개념이 생겨났단다. 왜 사원소냐고? 물, 불, 흙, 공기가 다른 일상적인 물질들보다 어쩐지 더 중요해 보인다는 점을 빼고는, 나도 잘 모르겠구나. (이 요소들이 고체, 액체, 기체, 빛의 개념과 잘 맞아떨어진다는 글도 어디선가 읽은 것 같다.)

이후 어떤 이들이 나머지 세 요소는 전부 불에서 만들어질 수 있다고 주장했어. 또 어떤 이들은 물이 가장 근본적이라고 말했지. 각기 다른 생각들이 오래도록 난무하다가(이들 대다수가 아마 소크라테스와 페리클레스 이전 시기의 생각일 거야.) 결국 데모크리토스가 사원소보다 한층 더 근본적인, 마치 간단한 레고 블록에서 온갖 구조물이 만들어지듯이 모든 것을 생겨나게 한 근본 질료가 있다는 생각을 내놓게 됐어. 다시 말해 원자라는 개념을 제안한 거지. 원자는 너무 작아서 눈에도 보이지 않는 거라고 생각했어. 데모크리토스가 어디서 그렇게 기발한 생각을 얻었는지는 나도 잘 모르겠구나. 과학사학자들에게 물어보면 답이 나오려나?

아무튼 이 시대에 나온 이론들은 남아 있는 문서들이 거의 없어서 명확히 접근하기가 아주 어려워. 이 이론들에 대한 설명은 대부분 데모크리토스보다 훨씬 나중 시대에 살았던 아리스토텔레스의 저작을 통해 후대에 전해진 것 같아. 데모크리토스가 처음 제안한 지 2500년이 지난 후인 20세기에 들어서야 아주 유용하게 쓰이게 된 거지. 데모크리토스와 그의 제자들은 좋은 아이디어를 많이 갖고는 있었지만, 그 생각에 유용한 형태를 입히지 못했던 거야. 그런 아이디어를 수학과 결합할 수 있다고는 생각하지 못했거든.

지금에 와서 보면 좀 희한하기도 해. 결국 데모크리토스와 그리 멀리 떨어져 있지 않은 곳, 그리스 동부의 사모스라는 섬

삶이라는 우주를 건너는 너에게

에서 데모크리토스보다 조금 일찍 태어난 피타고라스라는 사람은 세상을 구성하는 가장 근본적인 물질이 숫자라고 생각했고, 다소 신비한 방식이긴 하지만 모든 것이 숫자로 구성되어 있다고 보았지. 그래서 데모크리토스와 피타고라스의 생각을 그저 합치기만 하면 영락없이 현대의 원자 이론이 나오는 거야. 물론 그렇게만 말하면 과장이 아예 없진 않아. 아이디어는 수세기에 걸쳐 발전되고 다른 생각들과 정교하게 결합되면서 점점 쓸모 있는 이론으로 성숙되어 가니까.

예를 들어 아르키메데스의 위대한 사상은 데모크리토스 시대로부터 200~300년 후에 나왔고, 그때는 이미 많은 이들이 사뭇 진지하게 수학을 실제에 응용하기 시작했지. 객관적인 거리를 두고 관찰해보면 현대 과학의 원자이론이 데모크리토스와 피타고라스를 합쳐놓은 것과 얼마나 비슷한지 놀랄 거야. 아무튼 현대 수학의 원자이론으로 이어지는 긴 과정을 시작한 사람이 바로 막스 플랑크였고, 이후에 원자를 이루는 더 작은 것들이 존재한다는 것이 밝혀졌단다. 지금은 그 안에 얼마나 많은 양성자가 들어 있느냐에 따라 원자도 종류가 아주 많다고 말해.

정확히 말하면 플랑크가 알아낸 것은 '흑체복사black body radiation'라는 수학 이론이었어. 그러니까 플랑크가 한 일은, 석탄 같은 아주 까만 물질을 어두운 구멍 안에 집어넣고 거기에 많은 양의 광선을 쐬어서 가열한 다음, 잠시 그렇게 놔두면 그 구멍에서 온도에 따라 갖가지 색의 빛이 나온다는 사실을 등식으로 정확하게 표현한 거지. 그가 사용한 수학은 석탄에서 나오는 빛이 지속적인 흐름의 형태가 아니라, 특정한 색의 작은 묶음 형태로 나온다는 사실을 보여주었어. 그게 바로 핵심 아이디어였단다.

보통 우리는 어두운 방에서 손전등을 켜면 빛이 마치 물처럼 흘러나올 거라고 생각하잖아. 하지만 실제로 빛은 '광자photon'라는 조그만 묶음들 형태로 나오는 것이고, 광자에는 가능한 색깔들이 아주 많을 뿐이지. 아인슈타인도 더 일찍 이 비슷한 생각을 했지만, 플랑크의 연구가 더 명확했어. 원자의 움직임을 나타내는 기본 등식은 시간이 좀 지난 후에 에르빈 슈뢰딩거Ervin Schrödingers라는 사람이 발견했고. 그 등식은 이렇게 생겼단다.

$$\frac{d\Psi}{dt} = (\Delta + \frac{C}{r})\Psi$$

막스 플랑크, 아인슈타인, 슈뢰딩거, 그리고 하이젠베르크, 보어… 이런 사람들이 함께 완성한 이 이론을 양자역학이라고 해. 그리고 바로 막스 플랑크의 이름을 따서 여기에 연구소를 지은 거지. 작은 대상의 움직임을 이해하는 것도 그렇고, 이 작은 것들이 어떻게 맞물려서 우리가 보고 만질 수 있는 큰 대상들을 형성하는지, 그러니까 레고 블록이 다른 블록들과 어떤 방식으로 맞아 들어가는지를 정확하게 이해하는 데도 양자역학이 바탕이 된단다.

오늘날 과학의 최대 수수께끼는 큰 대상의 이론을 어떻게 하면 작은 대상의 이론과 정확하게 접목할 것이냐 하는 거야. 다시 말하면, 중력이 어떻게 양자역학과 접목되어서 '양자중력' 이론을 만들어내는지를 이해하고 싶은 거지. 이걸 어떻게 할지는 아무도 모른단다. 아이디어를 제자리에 정확하게 짜맞추어줄 알맞은 수학을 찾지 못한 채로 연구하고 있는 게 데모크리토스가 처한 상황과 같지. 그래서 많은 사람들이 평생을, 하루 온종일을 이 문제에 대해 생각하고 또 생각하고 있는 거란다. 너도 언젠가 함께할 수 있어. 물론 시작하기 전에 진짜로 공부를 많이 해야겠지만.

작은 것들에 관한 이론 중에는 재밌는 게 있어. 어떤 사람들이 우리가 사물을 분해하는 것에만 너무 골몰하고 있다는 생각을 하게 된 거야. 그러니까 내가 처음 편지에 썼던, 과학에 대한 반대 입장을 진지하게 고수하는 사람들이지. 가령 그들은 이렇게 말할지도 몰라. '윌리엄 블레이크의 뇌가 원자로 어떻게 만들어져 있는지를 안다고 해서 그가 어떻게 그렇게 아름다운 시를 썼는지를 알 수 있는 건 아니다. 고양이 한 마리가 정확히 어떤 요소로 구성되었는지를 이해한다고 해서 그 고양이가 왜 귀여운지를 말할 수 있는 건 아니다.' 이 말도 맞을 수 있어. 비록 '맞다'는 말의 의미를 더 진지하게 생각해봐야 하긴 하지만.

　우리는 원자이론이 사실 대상을 분리하기보다는 한데로 모으고 있다는 신기한 사실에 주목할 필요가 있어. 그리고 데모크리토스도 이 점을 잘 알고 있었던 것 같아. 모든 것을 구성하는 아주 근본적인 무엇인가가 있다면, 그건 곧 모든 것이 원래는 똑같다는 말이잖아. 결국 우리는 꽃 한 송이나 돌멩이, 별이랑 본질적으로 같은 거야. 우리는 원래 같은 건물을 이루는 벽돌들인데 그저 조금 다른 방식으로 조합된 것뿐이니까. 어쩌면 별개의 대상으로 분리하는 것조차 임의적인 거야. 왜냐하면 내 살갗은 공기에 닿아 있고 공기는 저 돌멩이에 닿아 있고 별에서 오는 에너지로 피어난 꽃에도 닿아 있으니까.

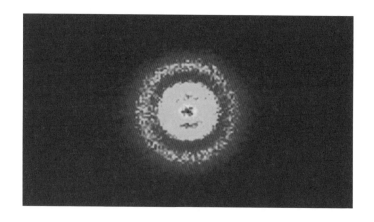

양자 현미경을 이용해
수소 원자의 내부를 순간 포착한 사진.

　　　　　　　　삶이라는 우주를 건너는 너에게

라파엘로의 〈아테네 학당〉(1510~1511년)에
나타난 파르메니데스. 가운데 파란 망토를 두르고
책을 가리키고 있는 사람이 바로 그다.

소크라테스보다 약간 더 먼저 산 파르메니데스라는 철학자
가 있어. 그는 엘레아라는 도시에 살았어. 그래서 그가 만든 철
학 학파를 '엘레아학파'라고 한단다. 그는 '모든 것은 하나다'
라는 말을 한 것으로 유명해. 모든 것을 개별적으로 인식하는
것은 환상에 불과하다고 생각했지. 당사자들은 어떻게 생각했
을지 몰라도, 데모크리토스의 생각과 파르메니데스의 생각이

그렇게 동떨어진 것 같지 않다고 해도 무방할 거야.

이런 관점에서 곰곰이 생각하면 거대한 에너지의 움직임 덩어리 속에서도 어지럽게 소용돌이치는 작은 입자들이 보이게 될 거야. 그런 것이 여기저기에 무리 지어서, 아주 잠깐 우리 곁에 있다가 다시 분해되어 거대한 움직임으로 돌아갈 '사물'이라는 일시적인 형상을 만든다는 것도. 아주 구체적인 대상도 이런 식으로 우리에게 잠깐 멈춰서 생각할 기회를 준단다. 어떻게 갖가지 음식이 땅에서 자라나는지, 어떻게 황금이 거대한 먼지구름을 일으키는 별의 폭발에서 만들어지는지, 먼지 입자들이 다시 합쳐져서 더 많은 별과 행성을 만들어내고, 그렇게 만들어진 어떤 행성에서 생물체가 자라고 죽고 번식하고 진화하다가 그 생물체 중 일부가 별들을 오래도록 바라보면서 저 별들은 무엇으로 어떻게 만들어졌는지를 궁금해하면서 '철학'을 하는지 말이야.

물론 이 모든 것에 대해 너무 깊게 생각하면 스르르 잠들어버릴지도 모르고, 꿈속에서 햇빛 속으로 녹아 들어가서 다시는 못 깨어날지도 몰라! 그러니 우리가 평소 원자나 우주먼지, 우주 같은 것은 잊어버리고, 과자나 맛있게 먹고 밤에는 재미나게 책을 읽는다는 게 얼마나 감사할 일이냐.

블레이크의 시 한 편을 첫머리만 소개하마.

모래 한 알에서 우주를 보고
들꽃 한 송이에서 천국을 본다
그대 손바닥 안의 무한을 붙잡으라
찰나 속의 영원을

잘 자렴, 오 군.

아빠가

생의 공부는
언제까지 이어질까

추신

살면서 공부는 언제까지 해야 할까? 이 질문에 대한 고대 그리스 철학자 에피쿠로스의 관점은 실용적이면서 따지고 보면 상당히 비관적이다. 그는 공부의 궁극적인 목표가 마음의 평온이라고 주장했다. 그런데 공부의 이유를 안정성의 추구로만 본다면, 마음이 평안하면 아무 공부도 할 필요가 없을 것이다. 그런데 실제 과정은 이와 상반된다. 공부를 하다 보면 결국 아무 이유도 없이 하게 되기 때문이다. 많은 사람에게 공부는 상당히 자연스러운 느낌으로 나 역시 공부를 하지 않는 상태를 언제부터인가 상상할 수 없게 되어버렸다.

17세기에 활동한 멕시코의 수녀이자 시인 소르 후아나 이네스 델라 크루즈Sor Juana Inés de la Cruz가 이에 대해서 한 말이 생각난다.

그들은 어느 날 배움이 종교 재판감이라는 주장 아래 매우 성스럽고 한편으로는 순진한 수녀 원장님을 설득해 나에게 책 읽기를 그만두라고 명령하도록 했다. 그래서 석 달 동안 나는 단 한 권의 책도 들어 올리지 않았지만 배움을 중단하지는 못했다. 배우지 않는다는 것은 내 의지로 되는 일이 아니었다. 그래서 책 없이도 하나님의 모든 창조물을 나의 문자로 삼고 위대한 전 우주를 책으로 보며 탐구했다.

여자의 배움에 대한 의심이 많았던 시기에 산 사람의 학문적 기질을 잘 표현하는 문구다. 공부는 그 종류에 따라서 항상 좋기만 할 수는 없다. 그러나 누군가가 나에게 공부를 금지한다고 생각해보면 약간 다른 관점에서 이 문제를 바라볼 수도 있을 것이다.

새로운 것을 알게 되고 또 이미 알고 있는 것도 더 깊이 있게 혹은 새로운 시각에서 보는 즐거움은 일상적으로 느낄 수 있다. 그 관점에서도 공부를 그칠 이유가 없다. 단지 직업적으로 공부하는 사람들, 학자의 경우에는 공부의 틀이 인생의 경로에 따라서 조금씩 달라지기는 하는 것 같다. 얼마 전에 만난 은퇴하신 선배 교수님이 다음과 같이 말씀해주셨다. "현역 수학자일 때보다 공부가 훨씬 즐거워요. 잘 이해하지 못했던 부분들을 천천히 생각해볼 시간을 갖고, 수학의 쓰임새에 대해서도 여유롭게 공부하면서 시간을 보내고 있어요." 그 말씀을 듣고 보니 수학자는 참 행복한 직업이라는 생각이 다시금 들었다.

진실을 찾기 위한 탐험이
필요할 때가 있단다

소중한 보물은 이미 자신에게 있다는
생각에는 동의하지만
때로 단지 그 사실을 깨닫기 위해서라도
먼 길을 찾아나설 필요가 있단다.

오신에게

독일에 온 뒤로 편지를 자주 못 쓰네. 여기서는 연구에만 시
간을 쓰려다 보니 그렇게 되는구나. 이 말은 아침에 일어나서
늦은 밤 잠들 때까지 늘 생각을 하고 있다는 뜻이야. 물론 흥미
로운 발견은 그렇게 쉽게 되는 게 아니라서 상당한 인내심이
필요하단다. 외려 위대한 발견은 사소한 발견들이 쌓이고 쌓
여서, 느끼기 힘들 정도로 미세하기는 하지만 그게 우리를 목
표로 다가가도록 이끌어주었을 때 마침내 나타나는 경우가 더
많아. 사람들은 그래서 '로마는 하루아침에 이루어지지 않았

다' 같은 속담으로 인내심의 중요성을 표현하지. 너도 그 말뜻을 잘 알 거라고 믿는다.

가끔 사람들은 뭔가를 발견하러 길을 떠났다가 순전히 우연 때문에 전혀 다른 걸 발견하기도 해. 콜럼버스도 인도로 가는 새 항로를 찾으러 나섰다가 미국 대륙에 도착했잖니. 결국 이 발견은 그가 애초에 계획했던 것보다 훨씬 더 의미심장한 일이 되었지. 자기 집에 있는 보물을 찾으러 카이로로 떠난 사람 이야기도 아빠가 해줬던 것 기억나지? 그가 카이로에서 알게 된 것은 보물이 바그다드의 고향집에 있다는 사실이었지.✛ 많은 나라에 전해지는 오래된 이야기 중에 똑같은 요지를 담은 이야기들을 아주 많이 볼 수 있을 거다. 자기 집에 소중한 보물이 있다는 생각에는 나도 동의하지만, 그래도 때로 사람은 단지 그 사실을 깨닫기 위해서라도 먼 길을 찾아나설 필요가 있단다.

❖ 이 이야기는 선명하게 기억나지도 않고 출처도 분명하지 않은 이야기다. 이브라힘이라는 바그다드 남자가 꿈에 카이로에 가면 보물이 있을 테니 그리로 가라는 소리를 듣게 된다. 그는 카이로에 도착해 모스크에서 잠이 들었는데, 그만 도적 떼한테 둘러싸이고 말았다. 결국 그는 도적 떼와 함께 억울하게 관아에 잡혀 들어갔다. 이브라힘의 이야기를 들은 관관은 그를 불쌍히 여겨 풀어주지만, 어리석은 꿈을 믿은 이브라힘을 나무란다. 그가 말하길, 사실 자기도 바그다드의 어느 정원에 있는 분수 밑에 보물이 숨겨져 있는 꿈을 아주 생생하게 꾸었노라고 했다. 그러나 관관은 불확실한 꿈을 좇아 길을 나서기에는 너무 현실적인 사람이었다. 정원의 모양새를 설명하는 관관의 이야기를 유심히 듣던 이브라힘은 그게 바로 자기 집 앞뜰임을 알게 된다. 그는 곧장 집으로 달려와 보물을 찾았다.

우리는 탐험을 멈추지 않으리
그리고 그 긴 탐험의 끝에
출발했던 그곳에 도착하리
그리고 그곳을 처음으로 알게 되리

T. S. 엘리엇, 바로 그 고양이 시들을 썼던 시인의 시에 나오는 구절이야. 그는 미국에서 태어났지만 거의 평생을 영국에서 살았어. 그의 시 대부분은 주인공 고양이인 그로울타이거나 럼텀터거처럼 발랄하지는 않고, 오히려 상당히 깊이 있는 철학을 많이 담고 있지. 하지만 아주 수려한 문장으로 쓰여서 깊이 생각하지 않고도 즐길 수 있단다. 엘리엇의 시는 아무리 심각한 문장이라도 음악적으로 얼마나 아름다울 수 있는지를 다른 어떤 시보다도 잘 보여주는 것 같아. 「재의 수요일」이라는 그의 장중한 시를 몇 줄 소개할게. 분명 네가 아주 즐겁게 암송할 것 같구나.

다시는 돌아가리라 희망하지 않기에
희망하지 않기에
돌아가리라 희망하지 않기에
이 사람의 재주와 저 사람의 기회를 탐내는 일
이런 것들을 얻으려 더는 애쓰지 않기에
(늙은 독수리가 왜 날개를 펴야 한단 말인가?)
여느 통치의 권력이 희미해진다고

　　　　　　　　　삶이라는 우주를 건너는 너에게

슬퍼해야 할 이유가 있는가?

다시는 알리라 희망하지 않기에
또렷했던 날의 허약한 영광을
다시는 생각하지 않기에
잠시일지라도 단 하나의 참된 힘을
내가 알지 못하리라는 걸 알기에
거기, 나무가 꽃 피우고, 샘이 흐르는 곳에서
마실 수 없기에
다시는 거기에 아무것도 없기에
시간은 늘 시간이고
자리는 늘 자리일 뿐
실재는 한순간만 실재하고
한 자리에만 있음을 알기에
모든 걸 있는 그대로 즐거워하고
축복받은 얼굴을 거절하며
그 목소리를 거절하련다
다시 돌아가리라 희망하지 않기에
그리하여 나는 기뻐한다 기뻐해야 할
무언가를 만들어야 하기에
기도하라, 신께. 우리에게 자비를 베푸소서
그리고 나 기도하네, 잊게 해달라고

너무 많이 토론하고 설명했던 이것들을
다시는 돌아가리라 희망하지 않기에

이 말들이 답하게 하라

이제 일어난 일, 다시 일어나지는 않기에

우리를 향한 심판이 너무 무겁지 않게 하소서

이 날개들, 더 이상 날 수 있는 것이 아니기에

그저 공기만 부딪히는 날갯죽지일 뿐

이제는 너무나 작고 메마른 공기

의지보다 작아지고 메마른 공기

마음 쓰고 마음 쓰지 않도록 가르쳐주시라

가만히 앉아 있도록 가르쳐주시라

우리 죄인들을 위하여 기도해주소서, 이제 와 우리 죽을 때에

우리를 위하여 기도해주소서, 이제 와 우리 죽을 때에

　마음을 모아서 몇 번 읽어본다면 이 시가 결국에는 고양이 시들과 그렇게 다르지 않다는 걸 알 수 있을 거야. 발음을 찬찬히 해보는 것도 잊지 말려무나.

　아무튼 아빠가 생각을 아주 열심히 하기는 했는데 아직 연구에 이렇다 할 진전은 없구나. 하지만 수학을 한다고 해서, 쉬지 않고 앉아서 생각만 하는 건 아니야. 종이에 공식이나 숫자 같은 것을 적고 골똘히 바라보기도 하고, 아니면 연구에 도움이 될 단서가 있지 않을까 다른 수학자가 쓴 글을 아주 꼼꼼히 읽기도 해. 흥미로운 발견을 오로지 자기 혼자 힘으로 하는 사람은 거의 없단다. 대부분 다른 이들의 업적에 조금 보탤 뿐

이고 그 뒤에 다른 누군가가 거기에 조금 더 보태기를 바랄 뿐이지.

그래서 아빠는 일본의 가토 씨가 쓴 논문을 꽤 집중해서 읽었어. 너도 기억할 거야. 우리가 교토에 있을 때 보고 또 봤던, 일본 요괴가 나오는 그 재미난 책을 주신 분이잖아. 가토 씨는 덴구와 갓파✤와 목 긴 요괴들을 우리가 그렇게 재미있어할 줄은 아마 상상도 못 했겠지. 너는 분명 가토 씨를 아주 재미있고 다정한 아저씨로 기억하고 있을 테지만, 그는 또한 수학의 진보에 아주 큰 공을 세운 수학자이기도 하단다. 가토 씨는 여러 가지 전통적인 수학을 아주 깊이 있게 공부했는데 그러면서도 사물을 굉장히 독창적으로 바라보는 재미있는 눈을 가졌어. 전 세계 많은 사람들이 가토 씨가 쓴 논문을 연구하고 거기서 흥미로운 아이디어를 얻어 발전시켜나가고 있지.

가토 씨는 수학 논문 주석에서 종종 일본 옛이야기 '은혜 갚은 학'✤✤이나 동화『은하철도의 밤』✤✤✤ 등의 내용을 소개하곤 해. 어려운 수학 공식 바로 옆에 그런 것들이 쓰여 있는 건 아주 드문 일이란다. 한번은 가토 씨가 예전 청년 시절에 학생들을 가르칠 때 이따금 말도 안 되는 소리를 하면 학생들이 수

✤　덴구와 갓파는 일본 민담에 흔히 등장하는 우스운 생김새의 요괴다.

✤✤　'은혜 갚은 학' 이야기는 일본의 민담으로, 학이 나무꾼의 친절에 보답하기 위해 여자의 모습을 하고 나타나 나무꾼과 결혼해 산다는 이야기이다.

✤✤✤　20세기 초에 활동한 일본 작가 미야자와 겐지宮沢賢治가 쓴 동화다.

학을 더 잘 이해한다는 걸 알게 되었다고 하더군. 하지만 그의 논문에 참고문헌으로 등장하는 옛이야기들은 재미있기만 한 게 아니라, 쉽게 설명해 넘길 수 없는 진지한 면도 담고 있어. 그때 일본 여행에서 일본의 민담(그리고 요괴 이야기)을 알게 되어서 그런지, 이번 주말에 가토 씨의 논문을 읽는데 몇 년 전보다 훨씬 잘 이해가 되더구나. 그래서 참 행복했어. 가끔 누군가의 흥미로운 발견을 이해하는 것도 내 이론을 발견하는 것만큼이나 재미있단다

아 맞다, 어제는 수학 말고 몇 가지 일이 더 있었어. 우선 집주인 아주머니가 친절하게도 점심 파티에 나를 초대하셨단다. 50명이나 모인 큰 잔치였는데, 돌아다니면서 이야기도 하고 많이 웃기도 했어. 처음에는 다들 독일어로 말해서 아빠는 조금 당황스러웠지만, 사람들이 삼삼오오 모이기 시작하니까 무슨 말을 하는지 약간 이해하겠더라. 게다가 아빠 주변에 있던 사람들이 정말로 친절해서, 천천히 말해주려고 굉장히 노력해주셨어. 가끔씩 지금 무슨 말을 하고 있는지 설명도 해주고. 말하기를 아주 좋아하던 아저씨가 한 분 있었는데 알고 보니 여섯 종류의 배를 몰 줄 아는 선장이더구나. 이란(예전에 페르시아였던 곳)에서 태어나 독일에서 꽤 오래 사셨다지. 다른 아저씨 한 분은 아프리카 여러 곳에 많은 다리를 건설한 엔지니어였어.

삶이라는 우주를 건너는 너에게

그리고 지금은 퇴직한 의사 부부도 계셨는데, 스페인 마요르카에 집이 있어서 일 년 중 꽤 긴 시간을 거기에서 지낸다지. 한국에서는 마요르카 하면 바로 음악가 쇼팽을 떠올리잖니? 그가 작가 조르주 상드George Sand와 함께 몇 년을 살았던 곳이니까 말이야(정말로 아름다운 섬이지). 쇼팽은 거기 있는 동안 아름다운 야상곡을 여러 곡 작곡했는데, 너도 꼭 들어보렴. 언젠가 저녁 시간에 식구들 앞에서 연주해주길. 우리가 낭만주의에 대해서 여러 번 이야기했잖아? 쇼팽의 야상곡이 바로 낭만주의 음악의 정수 중의 정수라 할 수 있어. 반면 바이런 같은 사람은 쇼팽의 야상곡을 진정한 낭만주의라고 하기에는 너무 달콤하다고 생각할지도 모르겠구나. 아무튼 쇼팽은 폴란드에서 태어나서 거의 평생을 프랑스에서 살았어. (무덤도 아마 프랑스 어느 유명한 묘지에 있을걸.) 쇼팽도 끊임없이 고향을 그리워한 사람 중 하나란다.

내가 마요르카에 있는 쇼팽의 집에 대해 살짝 이야기를 꺼냈는데, 거기에 집을 갖고 있다는 그 노부부는 처음 들어본다는 듯한 반응이더구나. 어떤 사람과 그의 이야기가 본토에서보다 거기서 아주아주 멀리 떨어진 곳에서 훨씬 큰 사랑을 받는다는 건 참 재미있어. 한국에서 자란 나는 베토벤이나 쇼팽, 하이네나 헤세에 관해 희귀하고 오래된 온갖 이야기를 잔뜩 알고 있는데, 정작 많은 유럽 사람은 그런 얘기를 한번 들어본 적도 없는 거지. 좀 희한한 일이야, 좋은 의미에서. 이야기 중에 몇 번 집주인 마렁거 아주머니가 아빠한테 와서 영어로 말을 걸었는데, 그러자 주변에 있던 사람들이 내가 독일어 연습을 하도록 독일어로 말하라며 부인을 다그친 일도 있었어. 정말 재미있었단다. 음식은 감자며 독일식 양배추 피클인 사우어크라우트, 갖가지 절인 생선이 나오는 정통 독일식이었어. 모두 독일의 최고의 요리사 100인에 꼽히는 마렁거 아저씨가 준비한 거였지.

일요일이어서 그런지 오늘은 평소보다 조금 더 피곤하더구나. 그래서 몇 시간 생각을 더 하다가 산책을 다녀왔단다. 본은 여기저기 산책하기에 정말 좋은 도시야. 아파트에서 나와서 카이저 동상 옆을 지나며 인사 한번 해주고, 원형 호수에 돌멩이를 하나 던져 넣고 대학 건물 뒤 너른 잔디밭으로 발걸음을 옮겼지. 이 대학 건물은 한때 쾰른의 쿠어퓌어스트Kurfürst, 즉 선거후選擧侯가 살았던 곳이라 굉장히 화려하단다.

선거후는 신성로마제국 황제를 정하는 선거권을 행사하는 사람이었기 때문에 이곳은 중세부터 18세기 무렵까지 중요한 장소였어. 아빠는 거기서부터 다시 걸어서 하이네에게 바치는 조그만 화강암 기념비를 지나, 알터졸이 있는 언덕을 올랐단다.

알터졸은 예전에 도시의 요새로 쓰였던, 낮은 돌담으로 둘러싸인 아담한 터야. 시에서 라인강을 지나가는 배들에게 세금을 받은 곳이 여기였지. 강 쪽으로 대포가 두 대 있는데, 보아하니 나폴레옹 시대의 대포더구나. 강과 언덕, 맞은편 둑의 나무들을 바라보기에 아주 좋은 장소야. 오늘 펼쳐진 저녁놀 풍경도 정말로 아름다웠단다. 산책을 나온 가족들도 있었는데, 아이들이 대포로 기어 올라가려고 하는 게 아니겠니. 그 모습을 보니 파리에 있는 군사박물관✤에 갔을 때가 떠오르더구나. 나일이가 박물관 뜰에 있는 작은 대포 안으로 자꾸 기어들어가서 온통 시커메졌거든. 엄마랑 같이 박물관 안에 있던 네가 앙리 4세✤✤의 갑옷을 스케치하고 있는 동안 말이야.

그렇게 언덕에 잠시 있다가 다시 시내 중심가로 내려왔단다. 성레미기우스교회라는 작은 교회를 지나쳤는데, 나중에 알고 보니 루트비히 판 베토벤Ludwig van Beethoven이 세례를 받은 곳이더구나. 청년 시절 베토벤 역시 그 교회에서 궁정 오르간 연주자의 보조 연주자로 있었다지. 그 교회에서 막 연주회가 시작되고 있기에 아빠도 들어가서 자리를 잡았단다. 바오로 사도의 삶을 그린 모제스 멘델스존Moses Mendelssohn의 아주 멋진 오라토리오Oratorio(가수들이 노래만 하고 움직이지는 않는 오페라 같은 거야.) 공연이었어. 음악은 정말 훌륭했고, 특히 교회 안에 울려퍼지는 주인공 가수들의 중후한 목소리가 일품이었어. 그

✤   나폴레옹의 관이 안치되어 있는 국립상이군인회관 옆에 있는 군사박물관 Musee de l'Arme을 말한다. 관광객들에게 매우 인기 있는 장소다.

✤✤   앙리 4세는 프랑스 부르봉 왕조의 시조로, 16세기 말에 통치했다. 그는 프랑스 역사상 가장 인기 있는 왕에 속한다.

베토벤이 청년 시절 연주했던
성레미기우스교회의 오르간.

카렐 뒤자르댕의
〈리스트라에서 장애인을 일으켜 세운 성 바오로〉(1663년)

런데 가사는 루터가 번역한 성경을 좀 마구잡이로 조합한 것 같더구나. 바오로 사도에 대한 내용을 이미 아는 사람이 아니라면 따라가기가 좀 어렵겠더라고. 물론 이 공연을 보러 마음먹고 온 관객들은 분명 교회에 자주 나가는 사람들이었을 테니까, 멘델스존이 관객이 내용을 알고 있으리라 생각한 것도 전혀 잘못은 아냐.

바오로 사도와 그의 동행자 바르나바가 여러 나라를 다니며 설교를 한다는 내용은 너도 좋아할 거라는 생각이 들었단다. 두 사람이 그리스의 리스트라라는 도시에 갔을 때 바오로 사도가 다리를 저는 이에게 걸으라고 말하자 그가 걷게 돼. 그 기적을 직접 본 동네 사람들은 두 사도가 신이라고 생각하지. 바르나바를 제우스, 바오로는 헤르메스라고 생각한단다(주로 바오로가 계속 말을 하거든. 헤르메스는 수다쟁이잖아). 제우스 신을 모시는 마을 사제는 두 사도에게 소를 제물로 바치려고까지 해.

공연이 끝나고는 연구소로 돌아가서 생각을 좀 더 했단다. 그런데 바로 그때 가토 씨가 논문에서 하려고 했던 말을 내가 이해하고 있다는 걸 알겠더구나. 음악을 들으면서 머리를 좀 쉬게 하니까 어려운 자료가 바로 흡수된 거야. 무슨 원리로 그렇게 되는 것이든, 가끔 어떤 일을 하지도 않았는데도 일이 이루어질 때가 있어. 라빈드라나트 타고르Rabindranath Tagore의 시에 이 과정이 아름답게 표현되어 있지.

헛되이 보낸 여러 날, 잃어버렸다며 슬퍼하였습니다
하지만 신이여, 그 시간은 결코 잃어버린 것이 아니었습니다
내 삶의 모든 순간 친히 당신 손으로 붙잡으셨습니다

삶이라는 우주를 건너는 너에게

만물의 심장 안에 당신 손길 숨어 흐르니

씨앗이 싹으로, 봉오리가 꽃으로, 원숙한 꽃이 과실로 익어갑니다

게으른 제 침상에서 지쳐 잠이 들면서

모든 게 끝나기를 꿈꾸었습니다

아침에 일어나 눈 떠보니 저의 정원 놀라운 꽃들로 가득했습니다*

'노래로 바치는 기도'라는 뜻의 시집 『기탄잘리』에 실려 있는 시란다. 타고르는 400년 전쯤엔 세계에서 가장 부유한 지역에 속했던 벵골(지금의 방글라데시와 인도 북동부 지역)에 살았어. 당시 타지마할을 세웠던 강력한 무굴제국의 땅이었지. 하지만 타고르가 살 때, 그 지역에는 세상에서 가장 가난한 사람들이 살고 있었고, 그건 지금도 마찬가지란다. 제대로 먹을 것도 잠잘 곳도 없는 사람들이 정말로 많은 곳이야. 타고르는 이 사실을 깊이 슬퍼했고 그렇게 많은 선량한 사람들이 가난하고 궁핍하게 살아야 한다는 사실에 때로 화도 냈어. 그의 시 곳곳에는 그가 벵골의 가난한 이들을 얼마나 사랑했는지가 드러나 있단다. 하지만 그의 많은 시는 위의 시처럼, 오히려 삶의 관대함과 그에 대한 감사를 노래하고 있지. 그의 시를 한 편 더 소개하마.

이 삶의 문지방을 처음 넘던 때, 저는 그 순간을 기억하지 못합니다

그 어떤 힘이 저를 한밤중 숲속의 꽃봉오리 같은 이 광대한 신비를

열고 들어오게 했는지요! 하지만 아침에 눈을 들어 빛을 바라볼 때
제가 이 세상에 이방인이 아니라는 걸, 이름도 형상도 없는 알 수 없
는 분이 저를 제 어머니 품 안으로 데려다 놓았다는 것을 느꼈습니다
그렇게, 죽음도 똑같은 미지未知로 저에게 드러나겠지요. 그리고
이 삶을 사랑하기에 저는 죽음 또한 사랑하렵니다
어머니의 오른쪽 젖가슴에서 떨어질 때 아기는 울음을 터뜨리지
만, 바로 곧바로 달래주려 기다리고 있는 왼쪽 가슴을 봅니다

아빠는 특히 그가 이 삶을 사랑하기에 죽음도 사랑할 거라
는 구절이 좋구나. 그 말의 의미를 정말로 이해하고 싶다면 조
용한 곳에서 차분히 생각해봐야 할 거야. 내가 자주 떠올리는
시구란다. 시만 봐서는 타고르가 이 시를 쓸 때 아내와 아이들
을 잃고 몹시 슬퍼하고 있었다는 사실을 알 수 없을 거야. 하지
만 이제는 그가 어떤 마음으로 이 시를 썼는지 너도 알겠지.

아무튼 가토 씨의 아이디어를 내 연구에 어떻게 활용할지
아직도 연구 중이다. 아무래도 이 문제가 단순히 산책을 하거
나 음악을 듣는다고 풀릴 것 같진 않다는 느낌이 오는구나. 때
로는 그저 열심히 생각하는 수밖에 없기도 해. 한편 타고르는
말하겠지, 잠도 아주 도움이 된다고.

잘 자렴, 오 군.

아빠가

삶이라는 우주를 건너는 너에게

생각의 지도를
그리는 법을 알려줄게

하지만 극히 일부분만이,
그것도 꽤 오랜 시간 걸려서
어쩌다 한 번씩만 드러나는 거야.
그럼 이제 생각을 하고 또 한단다.

오신에게

지금 여기 본은 평화로운 일요일 저녁이다. 할아버지가 금요일 밤부터 와 계시다가 오늘 오후에 떠나셨어. 막 출발하시기 전엔 할아버지 좌석이 있는 기차 칸이 어느 칸인지를 못 찾아서 좀 허둥댔단다. 그래서 할아버지 좌석도 찾아드리고 짐도 들어드릴 겸 아빠가 같이 기차에 올랐는데, 그러다가 기차가 출발하기 전에 못 내릴 뻔했지 뭐니! 계단에 발을 내딛는데 문 하나가 막 닫히려고 하기에 남은 계단 하나는 재빨리 건너 뛰어버렸어. 플랫폼에 무사히 떨어진 다음에 뒤를 돌아서 웃으면서, 칙칙 소리 내며 역을 빠져나가는 기차 창 너머로 할아버지께 손을 흔들어 드렸지.

지난 이틀은 일이 꽤 많았어. 우선 금요일부터 '아르바이츠타궁Arbeitstagung 본'이라는 아주 큰 회의가 시작됐거든. 이 회의는 며칠 동안 전 세계 수학자들이 한데 모여서, 다양한 주제로 많은 강연을 하기도 하고 듣기도 하는 회의야. 보통 날마다 회의 참석자들이 하는 강의가 몇 개씩 있고, 강의를 듣는 다른 참석자들은 질문을 하거나 제안을 하기도 하지. 가끔은 강의와 관련해서 어떤 주제가 튀어나오면 몇 시간이고 토론만 하다가 끝날 때도 있어. 그런가 하면 강연자의 말을 반신반의하는 의견이 나와서 그 진술의 타당성을 놓고 논쟁을 벌이기도 해. 전반적으로 무척 재미있고, 대개 새로운 것을 배우고 많은 아이디어들을 교환하게 된단다. 또 한동안 만나지 못한 사람들을 만나서 소식을 주고받기도 하고. 이번 금요일에도 참석자 전체가 홀에 모여서 차를 마시고 있는데 누군가 내 어깨를 두드리는 거야. 알고 보니 한 12년은 못 본 다니엘 그리저✤라는 친구였지. 미국에서 오래 산 독일 친구인데 이제 막 독일로 돌아왔더구나. 또 우리가 한국에 있던 해에 만난 데츠시 이토라는 일본 친구도 있었어. 여기 본에 살고 있는 미카엘 라포포르트 씨도 만났고. 몇 년 전에 그분 집으로 저녁을 먹으러 갔었잖아.

✤ 다니엘 그리저Daniel Grieser는 현재 올덴부르크 대학교의 수학 교수로 있다.

삶이라는 우주를 건너는 너에게

그리고 이란 태생이지만 캐나다에서 잠시 살다가 이제 막 영국으로 이사했다는 페이만 카세이 교수도 만났어. 아나 레나의 아버지, 마티아스 레쉬 교수는 너도 기억할 거야. 이번 회의에서 뵌 김에 아빠가 본을 떠나기 전 언제 시간을 내서 그분 집에서 저녁 식사를 꼭 한번 하려고 해. 파리에서 온 장 미셸 비스무스 교수와도 서로 반기면서 따뜻한 악수를 나눴지. 스위스에서 온 리처드 핑크, 루마니아 태생으로 지금은 필라델피아에 사는 플로리언 팝 교수도 만났고….※ 정말 말 그대로 세계 각지에서 다 모였지?

전 세계에서 해마다 많은 회의가 열리지만, 여기 아르바이츠타궁은 조금 독특해. 이름은 아마 '연구 회의'와 비슷한 뜻일 거야. 총 엿새 동안 열리는데 전반적으로 격식 없이 진행되는 편이란다. 무슨 뜻이냐면 사람들이 강연을 꼼꼼하게 준비하기보다는 서로 이야기 나누는 데 더 비중을 둔다는 말이야. 그래서 회의 첫날 참석자들이(아마 100명 정도) 모여서 자유롭게 강의자를 추천하고, 앞으로 남은 일정에 누가 강의할지 투표로 정하는 전통이 있어.

첫날 강의만 예외인 셈인데, 그러니까 올해는 금요일이었지, 이번에는 파리 뷔르쉬르이베트 고등과학연구원의 막심 콘체비치Maxim Kontsevich라는 분이 특별강연을 했단다. 그러고서 토요일부터 시작되는 나머지 강연은 금요일 오후에 다들 모여 투표로 정하기로 되어 있었지. 그런데 글쎄, 토요일 오전 첫 강연자로 아빠가 뽑혔더구나.

강연하는 건 보통 꽤 재미있어. 강연이라는 게, 그동안 내 머릿속에서만 맴돌던 아이디어들을 꺼내 강의실을 가득 메운 사람들에게 공개하는 시간이잖아. 그리고 대개는 유익한 제안들도 받게 되거든. 하지만 할아버지가 그날 밤에 도착하시기로 되어 있었기 때문에 강의 준비할 시간이 많을 것 같진 않았어. 그래서 아르바이츠타궁의 전통을 진지하게 받아들여서 그저 격식 없는 이야기로 진행하기로 했지.

강의는 어쨌든 잘 된 것 같아. 아빠 학교 때 선생님이셨던 게르트 팔팅스Gerd Faltings 교수님이 아빠를 청중들에게 소개해 주셨어. 이건 사람들이 따르는 일종의 관례 같은 건데, 사실 대부분 누가 누군지 알지만 그래도 일종의 퍼포먼스처럼 강연 시작 때마다 공식적으로 소개를 한단다. 그런데 본에서 강의할 때 어려운 점은 칠판에 쓴 것을 마른 지우개가 아니라 물로 지워야 한다는 거야. 그래서 한창 강의 도중에 젖은 걸레 같은 것으로 칠판을 문지르고 다시 고무 롤러로 물기를 닦아내야 하지. 익숙해지는 데 시간이 좀 걸렸다만, 어쨌든 잘 해냈단다.

또 하나 본에서 재미있었던 건 강연이 끝나면 사람들이 박

삶이라는 우주를 건너는 너에게

수를 안 치고 손가락으로 책상을 두드린다는 거란다. 아빠는 이번 강의가 정말 즐거웠어. 강의 도중에도 그렇고 끝난 이후에도, 막스플랑크연구소의 소장인 돈 재기어Don Zagier라는 성품 좋은 분에게 좋은 질문과 제안을 많이 받았거든. 재기어 씨는 내가 이번 강의에서 이야기한 내용을 어느 정도는 알고 있었다고 하더구나(70년 전 파리에 살았던 클로드 샤보티라는 수학자에게서 가져온 아이디어지). 그런데 그전까지는 안 보이던 전체 그림이 이제 좀 맞추어지는 것 같다고 했어. 그건 아빠를 기분 좋게 만들어준 친절한 소감이었고, 동시에 대부분의 수학자들이 수학을 이해하는 과정을 상당히 정확하게 묘사한 말이기도 해.

나도 그렇고 많은 수학자들이 공부하면서 진짜로 그림 같은 걸 열심히 그려보게 되거든. 색칠하며 실제로 그리는 그림이 아니라, 낱말과 생각들, 뚜렷하지만 표현할 수 없는 갖가지 경험 조각들이 이상하게 조합되어 있는, 그런 그림이지. 충분히 이해하기 전에는 여기저기 색깔들과 몇몇 밑그림밖에 채우지 못했다는 느낌이 들어. 전체 그림 속에, 정말로 일관성 있게 이어지는 보기 좋은 뭔가가 있다는 느낌은 떨쳐버릴 수 없는데 말이지. 하지만 극히 일부분만이, 그것도 꽤 오랜 시간이 걸려서 어쩌다 한 번씩만 드러나는 거야. 그럼 이제 생각을 하고 또 한단다. 운이 좋다면 정답의 빛이 하늘에서 콰광 하고 머리 위로 내리치고, 갑자기 무엇이 어디로 가는지, 어떤 모양으로 가야 하는지를 정확하게 깨닫게 돼. 그렇게 정신없이 작업하고 나면 나머지 그림이 순식간에 드러나게 되지. 세세한 부분은 아직 좀 빠져 있어서 마무리 작업이 필요할지도 모르지만, 어쨌든 전체 그림이 어떻게 그려진다는 것을, 그렇게 되지 않을 수가 없다는 것을 한번에 보게 돼. 아직 대부분 머릿속 구상으로 나온 것에 불과하더라도 그 결과가 불가피해 보인다는 게 중요한 거야.

미켈란젤로도 조각에 대해서 이와 비슷한 생각을 표현했지. 조각상이 이미 대리석 안에 들어 있고 자기는 그저 깎아낼 뿐이라고. 아무튼 재기어 씨가 말한 것도 나는 그런 과정이라고 생각해. 물론 아빠가 하는 연구가 미켈란젤로의 작품처럼 근사한 것이라는 뜻은 절대로 아니란다. 그러나 우리 모두가 어쩌면 똑같은 영감의 원천을 활용하는 거라는 생각은 들어.

그런데 말이지, 마무리가 필요해 보이는 작은 부분들을 꼼꼼하게 들여다보다가 가끔 전체 그림이 생각했던 것보다 훨씬 크다는 것을 알게 될 때가 있어. 빼먹었던 작은 부분이 예기치 않게 캔버스 전체를 망쳐버려서 많은 틈새와 얼룩이 드러나는 거야. 그러면 전체 그림을 처음부터 다시 시작해야 하지. 하지만 그게 또 재미란다. 그렇게 몇 년이 걸릴 수도 있고, 심지어 평생이 걸릴 수도 있어. 다행이라면 그 틈새들이 오래된 성당 벽의 틈새처럼 치명적이지는 않다는 거야.

불행한 것은, 이런 강의가 청중석의 학생들에게는 조금 어려울 수 있다는 거지. 다음 주에 같은 주제로 팔팅스 교수가 강의할 거니까 내 강의는 그저 입문 강의쯤으로 생각하라고 처음부터 공지했거든. 그런데도 강의가 끝나고 팝 교수가 내게 오더니, 학생 몇몇이 입문 강의의 입문 강의가 필요하겠다면서 한탄하고 가더래. 흠, 어쩔 수 없는 일이지. 특히 수학 회의에서는 결국 교수들을 상대로 강의하게 되는 경우가 많아서 학생들은 따라오기가 쉽지 않단다.

내 강의가 끝나고도 강의가 몇 개 더 있었는데, 그중에 럿거스대학교의 물리학 교수인 그레고리 무어Gregory Moore의 '블랙홀과 산수'라는 강의가 아주 재미있어 보이더구나. 끈이론(파리 소르본대학교의 그 화려한 강의실에서 들었던 강의✤ 기억나지?)의 블랙홀 연구가 내가 지금 생각하고 있는 수학과 어떻게 연관될지를 설명할 거라고 해서 정말 관심이 갔지. 이런 게 바로 수학의 신비한 점이란다. 수학의 아이디어, 즉 이상적인 플라톤 세계의 대상을 가지고 연구하는 사람들은 그게 어떻게 평범한 물리적 세계의 대상들과 연관될 수 있을까를 생각해. 항상은 아니더라도, 또 우선적으로는 아니더라도 말이지.

수학자들은 플라톤의 세계 속으로 더 깊이 계속 파고들어 가다가 그 세계가 어떻게 생겼는지, 다른 부분과는 어떻게 연결되는지, 어디에 대륙과 바다, 섬, 흥미진진한 동굴 따위가 있

✤ '그 화려한 강의실에서 들었던 강의'란 2003년 여름, 끈이론에 대한 회의 중 물리학자 브라이언 그린이 했던 대중강연을 말한다. 파리 라탱 지구에 있는 소르본대학교의 오래된 강의실에서 열렸다.

는지를 점점 더 밝혀내게 돼. 그런 한편, 물리적 세계에 대해 생각하는 사람들도 사고가 깊어지면 깊어질수록 온갖 예상치 못한 방식으로 플라톤의 세계에 관해 점점 더 깊이 생각하게 되지. 플라톤의 세계에서 온 대상들이 계속해서 일상 세계로 흘러 들어오고, 특정한 물리적 현실과 맞물리는 거야.

생각의 역사에서는 이런 일이 자주 일어난단다. 심지어 간단한 숫자들도 그런 경우가 많아. 고대 그리스인들은 2분의 1이나 3분의 1 같은 분수 외에 분수가 아닌 숫자들이 존재하는지 전혀 알 수가 없었어. 예를 들어 2의 제곱근($\sqrt{2}$)이라는 숫자가 있잖니. 그건 분수가 아니지. 전설에 따르면 피타고라스의 제자 하나가 이 사실을 비밀스럽게 사람들에게 알렸다가 배에 실려 익사하는 벌을 받았다고 해(피타고라스학파는 아주 엄격해서 철저하게 비밀을 약속했거든). 어쨌든 그런 숫자가 플라톤의 세계에서 처음 발견되고, 그러자 사람들은 그런 숫자가 실제 세계에도 있다는 것을 깨닫게 돼. 만일 2의 제곱근 같은 숫자가 없다면 오늘날 일반 학문을 하기는 무척 어려울 거야. 플라톤의 세계가 앞으로 얼마나 더 발견될지, 그리고 그 새로운 발견이 물리적 세계에 얼마나 중요한 영향을 미칠지는 아무도 모른단다. 다만 수학자들은 그 세계가 아주 실제적이며 무지무지 흥미롭다고 보고 계속 탐험해나가는 거지. 그래서 아르키메데스가 자신이 발견한 구와 원기둥의 원리를, 자신이 발명한 훨씬 실용적인 기계 전부를 합친 것보다 더 중요하게

뫼비우스 띠는 원래 한 면인 것이
언뜻 두 면으로 보인다.
마찬가지로 실제로 발견되기 전까지
물리적 세계도 보이는 것과 실체가
완전히 다를 수 있다.

여긴 게 아닐까 싶어.❖ 플라톤의 세계와 물리적 세계가 뫼비
우스의 띠처럼 얽혀 있는 거라고 할까.

뫼비우스의 띠는 일부분만 보면 두 개의 면으로 이루어져
있구나 하고 생각하게 되지. 하지만 띠 전체를 인내심 있게 따
라가 보면 한 면이 다른 면으로 바뀌면서 둘이 분리되어 있지
않다는 걸 알게 돼. 어느 순간 처음부터 원래 한 면만 있었다
는 걸 깨닫는 거야. 게다가 그렇게 쉽게 만들 수 있을 거라고
는 상상하지 못했으니 참으로 놀라운 일이지. 마찬가지로 플
라톤의 세계와 물리적 세계는 뫼비우스 띠의 면처럼 같이 가
는 거야. 실제로 발견되기 전까지는 전혀 상상하지 못한 방식
으로 말이지.

❖　여기서 말하는 아르키메데스의 발견이란 구의 부피는 같은 반지름과 높이
　　인 원기둥의 부피의 3분의 2와 같다는 발견이다. 전해 내려오는 말에 따르
　　면, 아르키메데스는 이 공식을 몹시도 자랑스러워한 나머지 자신의 묘비에
　　새겨달라고 했다고 한다.

어쨌든 아빠는 이 연결점을 더 잘 이해할 기회라면 늘 환영이기 때문에 무어 교수의 강연 소식이 무척 반가웠단다. 하지만 아쉽게도 할아버지가 본에는 딱 하루만 머물다 가시는 거라서 강연을 끝내고 할아버지랑 쾰른에 다녀와야 한다는 걸 나중에 깨달았지. 출발하기 전에 할아버지가 아빠 강연에 오셔서 뒷자리에 앉아 강의를 들으셨단다. 네가 애리조나에서 아빠 강연을 들었던 것처럼 말이야. 우리는 강의가 끝나자마자 쾰른으로 출발하려고 했지만, 먼저 백화점에 들러서 할아버지 신발을 사야 했단다. 할아버지가 한국에서 오실 때 급하게 오시느라 매기 고모가 사준 새 신발을 별생각 없이 신고 오신 거야. 그 신발은 발 건강에 아주 좋다는 특수한 방식으로 만들어진 신발이었지. (어떻게 해서 발 건강에 그렇게 좋다는 건지는 도무지 모르겠더구나.) 그런데 신고 다녀보니 할아버지 발에는 안 맞아서 영 불편하고 아팠지. 할아버지랑 내가 신발을 사러 갔다는 게 상상이 되니? 그래, 아무튼 우리는 신발을 사러 갔고, 35유로를 주고 얼른 신발을 샀단다. 신발을 사자마자 중앙역으로 가서 쾰른행 기차표를 끊었어.

성당은 여전히 높은 위용을 자랑하며 라인강을 굽어보고 있더구나. 할아버지는 쾰른대성당을 처음 보시는 거라 그 엄청난 크기에 깊은 인상을 받으신 것 같았어. 할아버지랑 나는 이 정도면 현대의 기준으로 봐도 상당한 높이라면서, 첨탑 끝까지 아마 40층은 족히 되겠다고 가늠해보았지. 그러니까 지

삶이라는 우주를 건너는 너에게

금으로 쳐도 마천루에 속하는 거야. 모르긴 몰라도 분명 아직도 쾰른의 스카이라인에서 가장 눈에 띄는 건물일 거다. 여러 번 보았는데도 여전히 중세 사람들은 어떻게 현대적 장비나 동력도 없이 저런 건물을 완성했을까 하고 놀라. 비단 높이만이 아니란다. 석공의 기술과 인내심에 대해서도 한번 생각해봐. 그런 면에서 가장 눈에 들어오는 건 정문과 창살 장식 위의 조각상 같은 정교하고 복잡한 돌 조각이지. 하지만 어떻게 보면 훨씬 더 인상적인 건 기둥이야. 전기나 석유로 돌아가는 기계의 도움 없이 어떻게 이렇게 무거운 건축물을 긴 세월 동안 지탱할 수 있는 높고 곧은 기둥을 만들었을까? 그것도 완벽하게 매끈한 표면으로. 벽의 장식 없는 부분을 따라가면서 그 부드러운 표면을 손으로 느껴보면, 정말이지 상상을 불허하는 엄청난 공이 들었으리라는 걸 알 수 있어.

십자가 근처 큰 받침대 위에 예수를 어깨에 멘 크리스토퍼 성인이 서 있기에, 할아버지와 아빠는 그에게 인사를 했지.✤ 아쉽지만 금빛 가죽에 그려진 마리아는 멀리서밖에 보지 못했어.✤✤ 성가대 주변에서 고해성사가 이루어지고 있어서 관광

✤ 로마제국 시대의 인물인 크리스토퍼 성인의 이야기는 이렇다. 그가 한 아이를 메고 강을 건너가는데 갈수록 무거워져서 참을 수 없을 정도가 되었다. 강을 다 건너자 아이는 예수로 변했고, 그 무게는 바로 그가 만든 세계만큼의 무게였다.

✤✤ 금빛 가죽에 그려진 마리아는 슈만이 곡을 붙인 하이네의 시 「거룩한 라인 강에」에 등장한다. 하이네는 그림 속의 성모를 자기가 사랑하는 여인에 비유했다.

쾰른대성당의 정교한 대리석 조각들.

쾰른대성당 내부.

퀼른대성당에 전시된 슈테판 로흐너의
〈동방박사의 경배〉(1435~1440년).

객들은 잠시 접근할 수 없게 되어 있더라고.

금으로 된 성삼왕의 유골함도 마찬가지여서 가까이서 볼
수는 없었단다. 벽에 조각된 해골 몇 개를 지나며 복도를 걸어
오다 보니, 퀼른대성당에 처음 왔을 때 내가 너에게 이 성당이
꼭 귀신의 집 같다고 말했던 게 기억나더구나. 퀼른대성당의
스테인드글라스 창문이 얼마나 높고 기름하고 빛나고 선명하
던지 아빠랑 같이 봤었지? 물론 노트르담성당이나 샤르트르
대성당에서 보았던 장미의 창만큼 인상적이진 않았는지 몰라
도. 할아버지랑 아빠는 이번에 남쪽 첨탑 바로 아래까지 올라
가보는 모험을 했단다. 아주 좁은 나선형 계단이 500개가 넘

삶이라는 우주를 건너는 너에게

었어. 그래서 출발하기 전에는 저기까지 갔다 오는 게 할아버지에게는 힘들지 않을까 걱정을 좀 했어. 정말로 쉽진 않더구나. 특히 아래로 내려오는 사람들을 자주 마주치느라 더 그랬는데, 사람들이 겨우 발 디딜 만큼밖에 안 되는 계단 중앙 쪽으로 몰려서 내려오지 뭐니. 할아버지는 점점 숨이 가빠지시고. 하지만 결국은 아무 탈 없이 첨탑 밑까지 올라갔단다.

첨탑 끝은 속이 텅 빈 거대한 원뿔형 돌이라서 그 속에는 아무도 들어갈 수 없게 되어 있어. 계단 꼭대기에 도착하면 화려하게 장식된 좁은 틈으로 하늘을 내다볼 수 있지. 거기서 내려다보는 도시와 강의 풍경은, 노트르담성당에서 보았던 것처럼 가슴이 뻥 뚫리는 것 같진 않았지만, 그래도 역시나 멋지더구나.

할아버지가 여기 너를 데려왔으면 좋았겠다고 몇 번이고 안타까워하시기에, 예전에 왔다고 말씀드렸지. 그런데 이제 생각해보니 너와 같이 탑 끝까지 계단을 올랐던 성당은 노트르담성당이고, 쾰른대성당에서는 네가 이렇게 계단에 올라와 본 적은 없더구나. 그때는 아마 이렇게 가파른 계단을 올라오기에 네가 너무 어렸던가 봐. 내려오는 건 물론 훨씬 쉬웠어. 내려오는 길에 종탑을 둘러싸고 아주 좁은 통로를 지나가는 지점이 있었어. 거기에 커다란 무쇠 종들이 있었는데, 무척 흥미롭더구나. 종을 정확한 시간에 앞뒤로 흔들기 위해서 아주 정교한 톱니바퀴와 도르래들이 붙어 있었어. 우리가 통로에서 막 빠져나왔을 때 마침 뒤에서 종들이 천둥처럼 울리기 시작했는데, 지금 와서 하는 말이지만 사실 좀 무서웠어. 귀를 막는 사람들도 있었지. 빅토르 위고Victor Hugo가 쓴 『파리의 노트르담』 이야기에서 종치기 콰지모도가 오랫동안 종을 쳐서 귀머거리가 되잖아. 그 정도니 자연히 귀를 막게 될 수밖에.

성당 밖으로 나와서 걸어가다가 광장에서 몸을 은색으로 칠하고 로봇 퍼포먼스를 하고 있는 사람들을 봤어. 아쉽게도 투탕카멘 분장을 한 사람은 하나도 없더구나. 네가 투탕카멘 분장에 무척 관심을 보이면서, 또 한편으론 좀 무서워했던 게 기억났지. 성당을 다 보고 나서는 로마 게르만박물관으로 갔지만, 폐장 시간이 다 되어 들어가지는 않았단다. 대신 성당 주변을 한 번 더 돌면서 성당 보수 공사가 이루어지고 있는 작업장과 빈터도 보고, 여기저기 널려 있는 반쯤 마감된 조각들과 첨탑, 아치, 타일 따위도 보았어. 그런 다음 라인강을 따라 걸어 내려오면서 본으로 배를 타고 돌아갈까 잠깐 생각했지만, 본으로 가는 배는 찾지 못했지.

할아버지는 너무 많이 돌아다니셔서 꽤 피곤하셨는지, 시차를 겪으실 법도 한데 간밤에 아주 잘 주무셨어.

오늘 아침에는 본 시내 구경을 조금 더 하기로 하고 베토벤 생가에 갔어. 바로 베토벤이 태어난 집이란다. 화려한 옛날 시

삶이라는 우주를 건너는 너에게

의회 건물 앞에 있는 광장에서 여러 골목길 중 하나로 들어가면 있어. 베토벤은 여기서 워즈워스가 영국에서 태어난 해인 1770년에 태어났지. 청년 시절에 유학을 가서 남은 평생을 빈에서 살았지만, 그래도 본 사람들은 베토벤을 자기 고향 사람으로 아끼고, 그가 여기서 태어났다는 사실을 아주 자랑스러워한단다. 베토벤 생가는, 이 방 저 방 돌아다니면서 베토벤이 직접 쓴 악보와 그가 쓴 편지, 초상화들, 그 밖에 흥미로운 것들을 볼 수 있도록 꽤 잘 꾸며져 있더구나. 악기도 몇 개 전시되어 있어서 베토벤이 10대 시절, 전에 말한 교회에서 보조 연주자로 활동할 때 쳤던 오르간도 있고, 어렸을 때 켠 비올라도 있고, 뒷면을 직소퍼즐처럼 맞대놓은 그랜드피아노도 두 대 있었어.

베토벤의 아버지가 자기 아들이 모차르트처럼 어린 나이에 훌륭한 음악적 성과를 이루기를 바랐다고 했던 글을 어디선가 읽은 기억이 나. (모차르트가 고작 다섯 살 때 피아노를 아름답게 연주했음은 물론, 직접 피아노 콘체르토까지 작곡했다는 건 잘 알려진 사실이지!) 하지만 베토벤은 그런 아이가 아니었어. 그는 아이치고는 음악적 재능이 뛰어나긴 했지만 모차르트처럼 정말 아주 예외적일 정도는 아니었지. 베토벤은 음악적 아이디어를 발전시키는 데 시간이 오래 걸렸고, 그래서 더 큰 인내심이 필요했어. 사람들이 말하길, 모차르트는 머릿속에 곡이 이미 만들어져 있어서 본인은 그저 받아 적을 뿐인 반면, 베토벤은 작품을 계속 고치면서 끊임없이 실험하고 수정했다고 해. 그래서 베토벤의 악보에는 전에 썼던 음을 자꾸 지우고 다시 쓰니까 구멍이 많이 나 있다고 하더라. (이제 생각해보면 그 이야기는 좀 의심스럽구나. 당시 베토벤은 아마 묵직한 잉크로 악보를 그렸을 텐데 그건 지울 수 없잖니.)

사실 아빠는 음악적 경험의 세계에 대해서는 베토벤이 모차르트보다 훨씬 깊이 탐구해 들어갔다고 생각해. 우리 나중에 음악을 직접 들어보면서 이 문제에 대해 토론해보자. 물론 베토벤은 모차르트보다 오래 살았기 때문에 더 많은 아이디어들을 시도해볼 수 있었겠지. 내가 앞서 편지에서 언급했던 우울한 부류들(낭만주의자들)은 아마 모차르트가 그토록 이른 나이에 그토록 좋은 음악을 많이 만들었으니 일찍 죽을 수밖에 없는 운명이었다고 말할 거야. 아름다운 장미가 초여름에 활짝 피었다가 빨리 시들어버리는 것처럼 말이지. 어쨌든 모차르트의 음악이 언제나 아이의 음악처럼 들린다면, 베토벤의 음악은 삶의 더 깊고 어두운 질곡을 훨씬 많이 담고 있는 것 같아. '순수의 노래'와 '경험의 노래' 같은 차이라고나 할까?

베토벤은 오래 살았고 유럽 사람들에게 큰 인정을 받았지만, 청력이 안 좋아지면서 거의 평생을 무척 힘들어했지. 그래서 그렇게 괴팍했던 것 같아. (물론 더 심한 신체적 고충이 있어도 친절한 성품을 잃지 않는 사람들도 있지만.) 베토벤 생가의 어떤 방에는 베토벤이 생전에 썼던 거래 계약서와 청구서(그러니까 영수증), 동전과 지폐 같은 게 그득하더구나. 베토벤은 유럽 최초의 '프리랜서' 작곡가였어. 이 말은 베토벤이 왕이나 대주교, 귀족들의 지원을 받은 게 아니라, 자기에게 음악을 의뢰하는 사람들에게 곡을 써주는 걸로만 생계를 유지했다는 뜻이야. 심지어 음악가들이 CD나 테이프를 만들어서 전 세계에 팔수 있는 지금도, 의뢰받은 곡만 작곡해서 생계를 유지하는 사람은 꽤 드물지. 그래서 사람들은 베토벤이 자기 돈을 어떻게 관리했을지 궁금해했어.

너는 베토벤의 데스마스크에도 관심이 있을지 모르겠구나. 데스마스크는 사람이 죽은 직후에 그의 얼굴을 석고로 본떠 만든 건데, 내 눈에는 사뭇 평화로운 얼굴로 보였어. 베토벤의 시신은 빈에 안치된 걸로 알고 있어. 언제 그의 묘지에 가게 되거든 살아 있는 동안 왜 그렇게 괴팍하게 굴었냐고 한번 물어보자. 생가에는 베토벤 기념품을 파는 멋진 상점도 딸려 있어서 우리도 조그만 것으로 몇 개 샀단다. 기대해도 좋아. 그렇게 우리는 어린 베토벤의 영혼에게 작별인사를 하고 간단히 점심을 먹은 다음 서둘러 기차역으로 갔어. 그리고 앞서 말한 것처럼 할아버지의 기차 칸을 찾지 못하는 예상치 못한 상황이 벌어져서 마지막에 좀 애를 먹었지.

할아버지는 지금 본의 남쪽, 마인강변에 있는 대도시 프랑크푸르트에 계셔. 너에게 말한 것 같지는 않은데, 올가을에 거기서 열릴 프랑크푸르트 도서전이라는 큰 축제에 참여하시거든. 도서전은 세계 여러 나라 사람들이 자기네 나라에서 가장 중요한 책들을 가지고 한자리에 모여서 다른 나라 사람들한테 보여주는 축제야. 말하자면 엄청 큰 학급 발표회랄까. 음악 공연이나 연극, 오페라, 저자와의 만남처럼 여러 문화 행사와 함께 진행돼. 할아버지는 이 도서전의 한국 부문을 기획하게 되셔서, 이 준비로 무척 바쁘시단다. 한국의 어떤 책을 전시할지, 어떤 연극과 음악을 보여줄지 결정하셔야 하고, 전시 공간이 제대로 설치되었는지, 혼선이 빚어지지 않도록 이 일에 참여하는 모두가 사전 교육을 잘 받았는지도 확인하셔야 하지. 오늘 서둘러 가신 건 독일에 사는 한국 작가가 쓴 연극을 보셔야 했기 때문인데, 아마 도서전 준비 과정에 함께할 작가인가 봐. 그리고 이왕 나오신 김에 스코틀랜드에 있는 고모에게도 며칠 들렀다가 한국으로 들어가실 것 같아. 여기 계시는 동안 구경시켜드린다고 할아버지를 너무 힘들게 한 건 아니었으면 좋겠구나. 할아버지는 아직도 할 일이 많으시니까.

지난번에 엘리엇의 「재의 수요일」 일부를 네게 보내주고 나니까 처음과 끝에 관한 그의 다른 시도 네가 좋아할 것 같다는 생각이 들더구나. 그래서 네게 줄 만한 좋은 시를 좀 골라봤어. 엄마에게도 몇 번 큰 소리로 읽어드리렴.

당신이 이 길로 온다면
아마 이리로 오겠지 싶은 그 길로 온다면

아마 여기서 오겠지 싶은 그곳에서 온다면

오월에 당신이 이 길로 온다면,

관능적으로 달콤한 새하얀 울타리를 보게 될 겁니다

여행의 끝은 전과 같을 겁니다

당신이 몰락한 왕처럼 밤에 온대도

왜 왔는지도 모른 채 낮에 온대도

전과 똑같을 겁니다, 거친 길을 떠나

돼지우리 뒤에서 무감한 현관으로

그리고 묘지로 몸을 돌릴 때. 그리고 당신이 여기 온 이유라고 생

각하는 그건

껍데기, 의미의 껍질일 뿐입니다

다 채우기만 하면 물거품이 되는 그것 말이지요

아니오. 당신에게 아무 목적이 없든

목적이 당신의 길 끝 너머에 있어

충만으로 바뀌어 있든. 다른 장소가 있습니다

역시 세상의 끝, 바다가 입을 벌린 곳,

아니면 어두운 호수 위, 사막이나 도시 —

하지만 여기가 가장 가까운 곳입니다, 그때와 장소는

바로 지금, 여기 영국

　사람들은 이 시를 무척 어려운 시라고 생각하는데, 어떤 면
에선 사실이지. 하나하나 무슨 뜻인지 정확하게 이해하려고
한다면 꽤 어려울 거야. 예를 들어 '몰락한 왕처럼 밤에 온다'
는 게 무슨 뜻일까? 나는 시인이 왜 영국의 5월의 숲 울타리가

관능적인 달콤함으로 가득 차 있다고 말하는지 알 것 같아. 하지만 왜 그게 하얄까? 그저 꽃 색깔일까, 아니면 더 깊은 의미가 있을까? 아니면 다른 차원에서 시 안에 설명이 되어 있나? 하지만 꼭 의미를 정확하게 이해해야만 말의 소리와 단어의 근사한 조합을 즐길 수 있는 건 아니란다. (심지어 가끔은 그런 게 아예 없기도 해.) 이 시의 미묘한 느낌을 모두 이해하지는 못하지만, 읽을 때마다 시가 더욱 투명해지는 느낌은 든다. 내게 이 시는 무척 밝은 느낌을 주는구나. 이 시가 실린 시집은 엘리엇의 『사중주 네 편』이라는 시집이니까, 시인은 분명 이 시들을 음악적인 맥락으로 썼을 거야. 한 행, 한 행 부드럽게 읽어 본다면 자장가처럼 들릴지도 모르지.

　　잘 자렴, 오 군.

아빠가

마지막에 부르는 노래는
아름답기 마련이란다

슈베르트가 인생 마지막에
하이네의 시를 우연히 알게 된 건
정말 행운이라고 생각해.
그 시를 읽고 만든 노래들이
그의 작품 중에서도 가장 강렬하거든.

오신에게

계절이 바뀌고 있는 아주 더운 저녁이구나. 아빠가 본에 도착한 뒤로 더운 날은 별로 없었는데 오늘이 바로 그날인가 보다. 날이 어두워졌는데도 열기가 꽤 남아 있구나. 아빠는 저번처럼 책상 앞의 커다란 창을 활짝 열어놓고, 시원한 바람과 함께 나뭇잎이 바람에 쓸리는 듣기 좋은 소리를 즐기고 있어. 창문을 열어놓으니까 바깥에서 나는 소리들도 바람에 실려서 같이 들어오는구나. 방금 전에는 커다란 기차 소리가 몇 초간 아파트 전체를 흔들고 지나갔어. 창문으로 여름 밤의 잔치 같은 분위기도 같이 실려 들어와서, 지금은 사람들이 늦은 밤까지 이야기 나누는 소리, 여기저기서 터지는 웃음소리가 들려온다. 좀 전에 연구소에서 집으로 걸어올 때가 밤 10시가 지난 시간이었는데도 많은 사람들이 벤치에, 교회 근처 낮은 돌담에, 광장의 분수 주변에 앉아 있더구나.

아르바이츠타궁 때문에 요 며칠은 꽤 바빴는데, 내일이면 끝날 거야. 어제는 연구소에서 회의 참석자들끼리 단체로 짧은 배 여행을 다녀왔어. 사실 조금 피곤했지만 다녀오면 네게 편지 쓸 거리가 생길 것 같아서 같이 다녀왔단다. 목적지는 롤란제크Rolanseck(롤랑의 모퉁이)라는 곳이었는데, 본에서 라인강변을 따라 조금만 내려가면 나오는 데야. 기사 롤랑에 관한 짧은 전설이 있는 곳이지. 너도 아마 기억할 텐데, 기사 롤랑은 샤를마뉴의 조카이자 가장 사랑받는 기사이기도 했지. (휴! 방금 지나간 기차는 엄청 큰 거였나 보다. 아빠 이가 덜덜 떨릴 정도야.)

중세 프랑스어로 쓰인 「롤랑의 노래」라는 서사시에서 보면 롤랑은 지금의 스페인 론세스바예스라는 곳의 유명한 전투에서 무어족과 싸우다 죽었어. 이야기는 십자군 원정 이야기와 비슷해. 무어족은 유럽의 다른 국가들이 전부 고전을 면치 못할 때 이베리아반도에 놀라운 이슬람문명을 세운 민족인데, 이 이야기에서는 좀 비열하게 그려지지. 이 시에는 용맹과 배신도 들어 있지만 주요 주제는 롤랑이라는 인물 자체라고들

한단다. 롤랑과 부하들이 론세스바예스에서 전멸한 것은 롤랑이 자기를 너무 믿은 나머지 구조를 요청하는 뿔나팔을 불지 않았기 때문이라지. 뿔나팔 소리가 아헨으로 먼저 출발한 샤를마뉴의 귀에 들어갔다면 그가 돌아와서 롤랑을 도와주었을 텐데 말이야. 롤랑의 믿음직한 친구 올리비에가 뿔나팔을 불

롤랑의 이야기 중 여덟 장면을 한 장에 담은 15세기의 그림.
가운데 뿔나팔과 함께 죽음을 맞이한 롤랑의 모습이 보인다.

라고 여러 번 간청하지만, 자신감이 넘쳤던 롤랑은 거절하고 결국 장엄하게 전사해.

하지만 여기 라인강 지역에서는 이야기가 조금 변형되어서 롤랑은 심하게 다쳤을 뿐 전장에서 죽지는 않은 것으로 전해져. 결국 어떤 농부의 손에 거두어져서 건강을 회복하고 독일로 돌아오는데, 독일에는 롤랑이 남겨두고 간 사랑하는 여인인, 드라헨펠스 지주의 딸이 있었지. 그곳을 네가 기억하는지 모르겠구나. 쾨닉스빈터라는 마을의 언덕에 폐허만 남은 성인데, 작년 여름 본에 있을 때 앙헬라와 같이 갔던 곳이잖아. 아무튼 롤랑이 죽었을 거라고 믿었던 여인은 이미 수녀원에 들어가버린 뒤였어. 그 여인이 살았던 수녀원이 드라헨펠스에서 멀지 않은 곳, 라인강 한가운데의 작은 섬에 있었다는데 지금도 남아 있다고 하더구나. 롤랑은 라인강 맞은편 언덕 꼭대기에 성을 짓고 날마다 그 수녀원을 바라보았어. 그렇게 절망에 빠져 있던 두 연인은 결국 상사병으로 죽었다지. (반면 롤랑의 노래 시에서는 롤랑이, 이름은 지금 잊어버렸는데 올리비에의 누이와 약혼을 해. 그 여인은 샤를마뉴가 롤랑의 장렬한 전사 소식을 전하자마자 그 자리에서 죽었대.) 지금 롤랑의 성에 남아 있는 것은 롤란스보겐Rolandsbogen이라고 하는 돌 아치뿐이란다. 담쟁이덩굴이 두껍게 뒤덮여 있어서 돌벽은 밑 부분만 조금 보이고, 나머지는 모두 짙푸른 초록색이지.

우리가 언덕 꼭대기까지 올라가서 본 게 바로 이거란다. 타

삶이라는 우주를 건너는 너에게

고 갔던 배에서 내려, 부두에서 북쪽으로 한 20분 정도 올라갔지. 참, 부두는 19세기 초에 지어진 우아한 기차역 바로 앞에 있더구나. 언덕 꼭대기에서 내려다보는 라인강의 전경은 정말 근사했는데, 그만 수녀원을 찾아보는 걸 깜빡했지 뭐야. 어쨌든 섬은 아주 잘 보였어. 다들 요기를 한 다음 잠깐 쉬려는지 롤란스보겐 옆에 있는 식당에 자리를 잡고 앉더구나. 하지만 나는 네게 말해줄 것들을 최대한 많이 보고 싶어서 주변에 재미있는 게 없나 하고 혼자서 좀 돌아다녔지. 그러다가 커다란 야생공원을 발견했어. 꽤 많이 걷다 보니 기차역이 나오고 남서쪽으로 언덕을 또 하나 올라가니까 공원 입구가 나오는 거야. 색색의 염소들이 매표소 바로 옆의 담장에 서 있는 걸 보니 잘 왔다 싶더구나. 들어갔더니 아빠 말고는 아무도 없다시피 해서 더 좋았단다. 우리가 여행을 간 날이 화요일 오후였기 때문에 그 시간엔 다들 직장에서 일을 하고 있었을 거야. 덕분에 공원을 혼자서 마음껏 즐겼지.

걷다 보니 등에 흰 점이 있는 사슴 두 마리가 날 둘러싸고 인사를 하더구나. 아마 내가 먹을 걸 줄 거라고 기대했나 봐. 하지만 안타깝게도 줄 만한 게 하나도 없었어. 게다가 안내 표지판의 규정도 잘 읽어보지 않았기 때문에 동물에게 먹을 것을 줘도 되는지도 알 수 없었고. 그러니 아마 나는 사슴들에게는 무척 실망스러운 관람객이었을 거야. 하지만 마침 좋은 생각이 떠올랐어. 바로 노래를 부르면서 공원을 돌아다니기로

롤란제크야생공원.

한 거지. 할아버지가 며칠 전에 이야기해주신 게리 스나이더 Gary Snyder라는 시인의 지론이 생각났거든.

　스나이더는 캘리포니아 산속에서 혼자 사는 멋진 시인이란다. 아빠는 그의 시는 잘 모르지만, 그가 꽃과 동물을 정말 사랑한다는 것은 잘 알고 있어. 아빠가 읽어본 스나이더 시의 주제가 바로 꽃과 동물이었거든. 그는 인간 문명이 이기적인 목적으로 동물을 이용하면서 위협하고 있다고 무척 염려하는 사람이지. 또 사람들이 산업과 기계에 지나치게 의존하고 자연과 다른 생물에 손쉽게 해를 가하는 현대의 생활 방식도 별로 좋아하지 않고. 그래서 산속에서 혼자 사는 게 아닌가 싶다만.

아무튼 할아버지가 이야기해주신 건, 인간이 동물에게 어떤 이득을 주고 있는가 하는 스나이더의 질문이야. 이건 참 흥미로운 질문인 게, 세상은 결국 좋은 곳이고 어떤 관계도 일방적이기만 하진 않다는 스나이더의 세계관을 잘 보여주거든. 인간이 일방적으로 동물을 이용, 그러니까 먹거나 짐을 부릴 가축으로 이용하는 것 같지만, 그래도 동물들 역시 이 관계에서 이득을 얻는 게 있다고 생각하는 거야. 자, 그렇다면 동물들은 인간에게서 어떤 이득을 얻고 있을까? 우선 떠오르는 답은 우리가 동물들에게 가끔씩 먹이를 준다는 것? 반려동물을 잘 돌보기도 하는 것?

하지만 그건 스나이더의 답이 아니야. 스나이더는 동물들이 사실 인간이 부르는 노래가 좋아서 인간에게 다가온다고 말하더구나. 그래서 동물들이 두려우면서도 위험을 무릅쓰고 다가온다는 거야. 어때, 생각해볼 만한 의견이지? 오르페우스 신화를 떠올려본다면,✢ 이건 어쩌면 스나이더가 선조에게 물려받은 오래된 견해인지도 몰라. 아무튼 이런 생각으로 아빠는 동물원을 걸어 다니면서 노래하기로 했단다. 안 그래도 아름다

✢   그리스 신화 오르페우스 이야기에서 그가 리라를 연주하자 숲속 모든 동물들이 다가왔다는 대목이 유명하다.

운 곳을 거닐 때면 보통 노래를 부르고 싶어지니까, 상당히 근사한 일이었지. (그러니까 스나이더 말이 맞다면 말이야.)

독일에 사는 동물들이 친근하게 느낄 수 있도록 독일 민요를 주로 불렀어. 그중에 이런 노래도 있었지. "나를 받아주오, 나의 여인이여. 그대의 정원으로. 거기서 장미가 얼마나 아름다운지 보겠네." 또 이런 노래도 불렀어. "안녕, 잘 자요. 이제 끝이 왔으니 나는 가야 하오. 여름이면 클로버가 자라고 겨울이면 눈이 나리네. 그때 나 다시 오리." 동물들이 얼마나 좋아했을지는 잘 모르겠지만, 호기심 어린 눈으로 나를 바라보면서 이따금씩 귀를 쫑긋거리기는 하더구나. 사슴 옆에 토끼와 다람쥐도 있었고, 여러 종류의 조랑말도 있었는데 그중에는 다리가 아주 짧고 털이 검은 녀석도 있었어. 염소도 아주 많았고. 하지만 무엇보다 눈에 가장 띄던 건 바로 유럽들소들이었지. 유럽들소는 아주 널찍한 뿔에, 짧고 붉은 털이 빽빽하게 난, 커다란 솟과 동물이란다. 내가 유심히 들여다보는 동안 그 커다란 콧구멍을 씰룩거리고 거센 콧김을 내뿜으면서 담장 밑의 건초더미를 열심히 먹고 있더라. 아주 귀여운 송아지들도 돌아다니면서 풀을 뜯고 있었어. 동물들의 날카로운 뿔을 조심하라는 경고판이 있기에 멈춰 서기도 했지. 혹시라도 들소가 내 노래를 너무 좋아할 경우를 대비해서. 걸어가면서 "안녕, 또 보자" 하고 큰 소리로 인사했더니 가장 몸집 큰 녀석이 나를 보고 크르렁 거리면서 대답하더라.

공원을 다 둘러보는 데 한 시간은 족히 걸려서, 본으로 돌아갈 배의 출발 시각이 거의 다 되었더구나. 언덕을 서둘러 내려가는 대신에 여유로운 산책을 즐기고 기차를 타고 돌아가기로 했단다. 기차역은 지역 미술 갤러리로 운영되고 있었는데, 시간이 좀 남아서 갤러리도 둘러보았어. 전시된 미술품에 굉장히 감명을 받았다고는 못하겠지만, 안내 봉사하는 분 중에 아주 멋진 아주머니가 계셨어. 이 역의 역사에 대해 열정적으로 설명해주셨지. 언제 이 역이 지어졌는지, 어떻게 해서 신고전주의 양식으로 지어지게 되었는지, 어떻게 하다 일부분이 갤러리로 바뀌었는지 같은 것 말이야. 그분이 자기 마을을 자랑스러워하는 걸 보니 참 좋았어. 그곳에서 정기적으로 열리는 음악 공연을 소개하는 광고 전단도 받았는데, 정말 재미있어 보였어. 하지만 내가 이미 본을 떠난 뒤에 열리는 공연이라 나중에 다시 올 때를 기약해야 했단다.

떠나기 전에 들른 역사 화장실은 여러 벽화로 장식되어 있었는데, 그중에는 다비드가 그린 대관식 그림 속의 나폴레옹 얼굴도 있었어.✤ 가보니 아빠처럼 기차로 돌아가기로 한 수학자들이 몇 분 더 계셔서 또 이것저것 같이 이야기를 나누며 돌아왔어. 거기까지 배로 가는 데 한 시간 반이 걸렸는데 기차로

✤ 루브르박물관에 가면 자크 루이 다비드의 〈나폴레옹 대관식〉 그림이 아주 커다란 원본으로 있다. 원본의 일부분을 복제한 그림들은 여러 곳에서 쉽게 볼 수 있다.

삶이라는 우주를 건너는 너에게

15분이면 본 중앙역에 떨어지더구나. 사실 그날은 상당히 많이 걸었기 때문에 꽤 피곤했어. 그래도 남은 일정이 하나 더 있었으니 바로 독일어 수업이었지. 너에게 깜빡하고 말을 안 했는데, 본에 머무는 동안 저녁에 독일어 집중 강습을 받기로 했단다. 그래야 여기서 조금은 독일어가 늘었다는 기분이 들 것 같아서. 두 시간을 또 열심히 보내고 나니 정말이지 녹초가 되더구나. 해서 간밤에는 죽은 듯이 잘 잤어.

이튿날 아침에는 일찍 일어나서 포펠스도르퍼 알레를 따라 회의장까지 걸어갔단다. 포펠스도르퍼 알레는 중앙역에서부터 남서쪽으로 길게 뻗어 있는 아름다운 가로수 길이야. 아이들 데리고 산책하는 사람들이나 자전거 타는 사람들이 늘 있지. 가로수 그늘이 길을 따라 쭉 나 있기 때문에 무더운 날에도 산책하기가 정말 좋거든. 길 끝까지 가면 예전에 쾰른 선거후의 소유였던 오래된 대저택이 나온단다. 그 안에는 멋진 식물원도 딸려 있지.

걷다 보니 길에 책이 몇 권 들어 있는 플라스틱 상자가 있더구나. 그 앞에 표지판이 있어서 읽어보니 사람들이 다른 사람이 읽으면 좋겠다 싶은 책을 기증한 거라고 했어. 책을 읽고 싶으면 누구나 꺼내 가서 읽고 다시 제자리에 돌려놓으면 된다고. 그렇게 가로수 길을 따라 오래된 저택까지 가서 오른쪽으로 돈 다음, 조약돌 길을 따라가면 바로 대학교가 나오지.

오늘은 회의장에서 오전 강연을 한 뒤에 플로리언 팝 교수와 점심을 먹었어. 전에 편지에서 이분의 이름을 소개했을 거야. 팝 교수는 드라큘라의 고향이기도 한 루마니아 출신이시란다. 알고 보니 드라큘라의 성이 있었다는 카르파티아산에 농장이 있다고 하시더구나. (이제 생각해보니까, 어떻게 보면 팝 교수는 네가 상상하는 드라큘라랑 조금 닮은 것 같기도 해.) 몇 년 전에 여기 본에 와서 본대학교에 계셨고, 지금은 필라델피아로 가서 준형 큰아버지하고 같은 대학에서 가르치고 계셔.✣ 대화 나누고 이야기 들려주기를 좋아하는 정말 쾌활한 분이지. 우리는 루마니아와 독일, 필라델피아에 대해서 이야기하고 지구 온난화로 생기는 기후 변화가 북유럽에 빙하기를 가져올지 모른다는 이야기도 나눴어. 점심을 먹고 나서는 팝 교수가 본대학교를 구경시켜줬단다. 아직도 구석구석 잘 알고 계시더구나. 구경은 다 재밌었는데, 특히 플뤼커와 하우스도르프라는 이름의 두 개의 세미나실(교수와 대학원생들이 고급 강의를 하는 강의실이야)이 아주 재미있었어.

플뤼커Julius Plüker와 하우스도르프Felix Hausdorff는 오래전 본에서 태어난 수학자인데, 강의실 벽에 두 분의 흑백 사진이 걸려 있었지. 강의실 바닥은 나무로 되어 있고 회반죽 천장에는 꽃

✣ 나의 형인 김준형은 지금 펜실베이니아대학교 생물학과 학과장으로 있다.

하우스도르프수학센터의 정원.

이 그려져 있어서 좀 고풍스럽고 예스러워. 삭막한 콘크리트 강의실하고는 다르단다. 심지어 하우스도르프 강의실에는 곧 무너질 것 같은 문이 하나 달려 있는데 그 문을 여니, 건물 뒤 잡초가 우거진 개인 정원이 나오더구나. 팝 교수는 하우스도르프가 생전에 책을 거의 내지 않았지만, 그래도 아주 영향력 있는 수학자였다고 했어. 하우스도르프는 문학과 철학에 대해 글을 쓰는 것도 무척 좋아했다고 해. 재미있는 건 출간되지 않은 그의 개인 노트를 지금 어떤 사람들이 편집하고 있는데 그 양이 1만 6000쪽에 달한다더구나. 상상이 가니? 컴퓨터도 타자기도 없던 그 시절에 모든 걸 펜과 잉크로 썼을 텐데, 정말 인내심이 대단한 분이었나 봐.

　하우스도르프는 안타깝게도 유럽에서 세계대전이 일어났

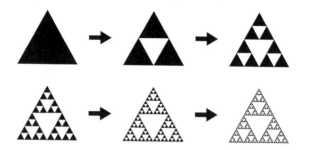

하우스도르프 차원으로 형성한 공간으로,
시에르핀스키 삼각형이라고 부른다.

을 때 세상을 떠났어. 그 당시 아인슈타인은 유럽에서 빠져나
와 미국으로 무사히 피신했지만, 하우스도르프는 그만큼 운
이 좋지는 않았나 보더구나. 많은 사람이 그를 가장 합리적인
공간의 성질을 공리화한 사람으로(지금은 그걸 '하우스도르프
공간'이라고 하지), 그리고 공간 차원에 관해 아주 희한한 개념
을 고안한 사람으로 기억한단다(이건 '하우스도르프 차원'이라고
해). 현대에 와서 중요한 개념이 됐지.

흠, 오늘도 벌써 졸려서 재미있는 편지를 쓴 것 같지 않구
나. 그래서 공원에서 불렀던 다른 노래 한 편을 네게 번역해주
면서 편지를 마칠까 한다. 곡은 프란츠 슈베르트Franz Schubert가
지었고(마왕을 비롯해 많은 노래를 쓴 사람이지), 가사는 우리가
사랑하는 하이네의 「바닷가에서」라는 시란다.

　　　　　　　　　삶이라는 우주를 건너는 너에게

저 멀리서 빛나는 바다

마지막 저녁노을 속에

우리 외로운 낚시터에

말없이 덩그러니 앉았네

안개 피어오르고 물이 차오르네

갈매기 부산히 날았네

네 눈동자 속에는 사랑이 가득 차

흘러내리네, 한 방울 눈물로

네 손에 떨어지는 눈물방울 보았지

그리고 나 무릎을 꿇었지

거기 네 작은 하얀 손에서

나는 그 눈물 한 방울 마시네

그 순간부터 내 몸은 불타올라

내 영혼 그리움으로 죽어가네

비운의 여인이여

그 눈물을 내게 독약으로 주었나 보오

'백조의 노래'라고 이름 붙은 CD를 찾아보면 이 노래가 12번 트랙에 있을 거야. 감정을 풍부하게 불러일으키는 멜로디는 정말 아름답고 가사도 무척 낭만적이야. 보다시피 주인공은 누가 봐도 이 여인과 막 사랑에 빠졌어. 하지만 누군가를 아주 많이 사랑한다는 건 마치 그 사랑이 눈물로 전해지는 독약이라도 되는 듯 고통스러운 거라고 말하고 있구나. 이게 바로 독일 낭만주의자들이 즐겨 쓰던 극적인 표현이지. 하이네가 때로 이런 종류의 극적인 효과를 일부러 과용했다고 하는 사람들도 있어. 진짜 낭만주의자들을 비웃어주려고 말이야. 하지만 아빠는 그런 건 전혀 못 느끼겠어. 하이네가 조금 재미있는 성격이었다고는 해도 사람들이 생각하듯 일부러 누구를 놀리려고 했을 사람 같지는 않아. 예를 들어 하이네가 지은 나폴레옹 시는 누가 봐도 정말 진지하잖니. 단, 그건 어쩌면 내가 독일어를 잘 몰라서 그런 것일 수도 있고. 아무튼 그 음반은 이름이 〈백조의 노래〉야. 음반 제작사에서 그렇게 붙인 모양인데 슈베르트가 마지막에 작곡한 노래를 모아놓은 거라서 그렇단다. 이건 어디서 나온 말인지 아빠도 잘 모르는 전설 같은 이야기지만, 백조가 유독 아름답게 노래하는 건 죽기 바로 직전이라고 하더구나.

슈베르트는 모차르트보다도 더 젊은 나이에 죽었어. 베토벤 음악을 정말 사랑했지만 그와는 사뭇 다른 음악을 만들었지. 슈베르트가 인생 마지막에 하이네의 시를 우연히 알게 된 건 정말 행운이라고 생각해. 그 시를 읽고 만든 노래들이 그의 작품 중에서도 가장 강렬하거든.

슈베르트에 대한 나머지 이야기는 다음 편지에 하마.

잘 자렴, 오 군.

아빠가

동물을 위한
노래

추신

내가 시인으로서 믿는 가치관은 세상에서 가장 오래된 종류의 것들이다. 구석기 시대부터 전해 내려오는 가치관 이야기다. '토지의 풍요로움, 동물들의 마력, 고독한 성찰의 위력, 생명의 무시무시한 시작과 부활, 춤의 사랑과 희열, 부족끼리 나누는 노동의 힘.' 나는 역사와 황야를 마음에 품고 내 시가 모든 물건의 진가를 파악하며 이 시대의 불균형과 무지에 대항하게 하려고 노력한다.

이 편지를 읽으면서 라인강가의 야생공원 길을 걸었던 기억이 생생하게 다시 살아났다. 그러면서 개리 스나이더의 동물론을 되새겨볼 기회도 가졌다. 스나이더는 위 인용구에 나타나듯이 과격한 원시주의자였다고 보아야 할 것이다. 그럼에도 불구하고 낭만주의자들과는 달리 그의 대부분 시에는 현대문명에 대한 비판이 쉽게 나타나지 않는다. 인간과 자연을 잇는 상호 작용의 흐름을 정확하게 포착하는 순간들 그 자체가 그의 비판과 찬양을 한꺼번에 나타낸다.

제비갈매기는 헤엄치며 실룩거린다
거품 같은 파도와

둥그런 바위 사이로
유목을 걷어 모아 장작 삼아
불을 지펴
달팽이 네 마리를 삶는다

미국 서북부에서 태어난 그는 어릴 적에 목재 산업 때문에
고향의 숲이 없어지는 모습을 목격하면서 자연과 조화롭게 사
는 방법을 찾아나서게 됐고, 대학에서 인류학을 공부하면서
북아메리카 원주민 문화를 흡수했다고 한다. 많은 면에서 그
의 원시주의는 18~19세기의 낭만주의보다 현실적이다. 그는
물질문명의 단점들을 극복하는 구체적인 방안에 관심이 많았
고 장-자크 루소 같은 사상가에 비하면 자신의 신념과 부합되
는 삶의 철학을 평생 강하게 실천해서 수십 년 동안 캘리포니
아 시에라네바다 산중의 작은 집에서 단순하게 살아왔다.

그가 '아이들을 위하여' 쓴 시의 마지막 세 줄은 다음과 같다.

흩어지지 말고
꽃을 공부하며
가볍게 다녀라

오신이의 할아버지가 굉장히 좋아하는 구절이기도 하다.
동물들이 인간의 노래를 좋아한다는 주장은 많은 현대인에
게 일종의 농담으로 들릴 것이다. 물론 과학적으로 검증될 가

능성은 희박하다. 그렇다면 이런 종류의 신화적인 세계관이 주는 교훈은 무엇일까? 이 문제는 나도 꽤 오랫동안 고민해온 것 같다. 최근 들어서 과학이 정치적인 이념과 복잡하게 엮여버린 분위기 속에서 신화와 과학이 조화로운 평형을 찾기는 점점 어려워진다. 그래도 아이들의 마음속에 현대의 과학적인 지혜가 마술적인 우주와의 연결점을 잃지 않게끔 나 나름대로 아이들이 어릴 때부터 꽤 많이 노력해왔다. 그래서인지 둘 다 어른이 된 지금도 동물들을 위한 노래를 가끔 부르곤 한다.

우리는 모두
서로 다른 것을 지니고 있어

세상의 다양성을 받아들이는 거란다.
비단 가족뿐만 아니라,
각기 다른 사람들이 서로 다른 것을
가지고 있음을 깨달아야 해.

오신에게

    방금 전화로 너랑 나일이랑 엄마 목소리를 다 들었네. 여기
는 토요일 저녁 8시쯤이고, 아직 바깥이 훤해. 오늘은 온통 푸
르고 빛나고 상쾌했어. 날이 정말 아름답더구나. 하지만 밖에
는 별로 나가지 않았어. 어제부터 여기 와 있는 아빠 제자 서
준규 아저씨랑 같이 한순간도 쉬지 않고 생각 중인 수학 문제
가 있었거든. 준규 아저씨는 몇 시간 전에 쾰른공항으로 가는
버스를 타고 갔어. 지금까지 꽤 여러 번 만났지? 몇 년 전에 한
국에서도 그렇고, 지난해와 지지난해 여름 프랑스에서도 만났

고. 준규 아저씨는 처음에 한국고등과학원에 있던 해에 아빠랑 같이 공부를 시작해서, 지금은 미국의 프린스턴대학교라는 데서 공부하고 있어. 아빠는 안 갔지만 준규 아저씨는 올해에도 프랑스에 가서, 파리 고등과학연구원과 오르세 사람들하고 그동안의 연구에 대해 토론하고 왔다더구나. 준규 아저씨가 거기서 만나고 싶었던 분 중에 뤼크 일뤼지Luc Illusie 교수라는 분이 계신데, 너도 분명 기억할 거야.✥ 참 다정하시고, 프랑스 역사책에 있는 내용을 네가 말씀드렸더니 무척 감동하셨던 분, 기억나지? 네가 작년에 일뤼지 교수님의 이름을 발음하는 데 애를 먹었었잖아.

사실 이번 달 말에 일뤼지 교수님의 60세 생신을 축하하는 회의가 뷔르쉬르이베트에서 있어. 그때면 아빠는 집으로 돌아가야 하고 여행은 이미 많이 한 것 같아서, 아빠는 거기에 갈 계획은 없어. 하지만 준규 아저씨 말로는, 일뤼지 교수님이 아빠가 참석하냐고 물으셨다고 하니 기분이 개운치 않기는 하다. 그래도 그분의 다른 친구들이 아주 많이 갈 테니까 아빠가 빠져도 괜찮을 거야.

어쨌거나 준규 아저씨가 프랑스에 왔다가 아빠가 지금 독일에 와 있는 걸 알고 딱 하루밖에 시간이 없는데도 여기까지 비행기를 타고 와주었어. 유럽에서는 도시들이 가까이 있어

<hr />

✥ 서준규는 지금 캘리포니아대학교 교수로 있고, 뤼크 일뤼지는 파리대학교 명예교수다.

서, 비행기만 타면 한 도시에서 다른 도시로 쉽게 갈 수 있으니까 얼마나 좋은지 몰라. 즐거운 만남이었고, 무엇보다 준규 아저씨가 얼마나 잘해나가고 있는지를 볼 수 있어서 아빠는 좋았단다.

한국에서 처음 만났을 때 준규 아저씨는 이제 막 공부를 시작하고 있었고, 고급 수학에 대해서는 아는 게 별로 없었지. 그런데 이제는 여러 주제에 대해서도 어렵지 않게 토론할 수 있고, 직접 아주 흥미로운 발견을 해내기도 했더구나. 플라톤의 세계인 기하학의 성질에 대해 공부하고 있는데, 3이 0과 같아지는 수 체계 속에서의 기하학을 연구 중이야. 또 하나, 7이나 31이 0과 같아질 수 있는 가능성도 생각 중이지. 그런 세계에서는 도넛처럼 아주 복잡하게 생긴 형태도 구처럼 단순한 모양과 비슷해질 수 있단다. 이런 신비한 것들에 것에 대해 준규 아저씨는 아주 열심히 연구하고 또 생각하고 있더구나. 무척 겸손하고 꼭 할 말만 하는 친구라서 같이 이야기하거나 그가 하는 질문에 답을 찾아보는 게 아빠는 무척 즐거워.

오늘은 검은숲으로 떠날 준비를 해야 해서 그렇게 긴 편지는 못 쓸 것 같구나. 하지만 엄마가 전화로 말한 것에 대해서는 한마디 하고 싶어. 너랑 나일이가 서로를 질투한다고 해도 아빠는 너희 둘에게 똑같은 편지를 보내지 않을 거야. 앞으로도 네게는 편지를 쓰고, 나일이에게는 엽서를 보낼 생각이다. 이렇게 한번 생각해봐. 내가 너희 둘에게 똑같은 걸 보낸다면 너는 많은 것 중에서 절반만 갖게 되는 거야. 하지만 아빠가 각각 다른 걸 보낸다면 너는 편지도 읽고 엽서도 읽는 즐거움을 맛볼 수 있잖아. 그러니까 서로 인내심을 갖는 법만 알아낸다면 지금처럼 하는 걸 너도 훨씬 좋아할 거라고 봐. 아빠 말 이해했기를 바란다. 모두가 다르다는 게 얼마나 좋은 건지 학교에서 배울 거야. 모두가 베토벤 같은 음악만 쓴다면 라파엘로처럼 그리는 사람도 한 명도 없을 테고 아르키메데스처럼 재미있는 도구를 만드는 사람도 안 나타날 거야.

그리고 사람들이 서로 다른 언어를 쓰니까 똑같은 시를 영어로도, 한국어로도, 독일어나 일본어로도 읽을 수 있잖니. 이걸 깨닫는 게 곧 세상의 다양성을 받아들이는 거란다. 비단 가족뿐만 아니라, 각기 다른 사람들이 서로 다른 것을 가지고 있음을 깨달아야 해. 그리고 재능이 되었든 장난감이 되었든 자기 것을 다른 사람과 즐겁게 나눠야 하고. 모두가 다른 사람하고 똑같은 그림을 그리고 노래를 부르고 생각을 한다고 상상해봐, 얼마나 지루하겠니.

이건 아주 중요한 이야기야. 하지만 학교에서 다양성에 대해 아무리 배웠어도 많은 사람들이 대개는 까맣게 잊어버리고 살다가 다른 이를 마냥 부러워하는 실수를 저지르지. 너희는 그래도 형제 사이니까, 차이를 즐기는 게 얼마나 쉬운지 분명히 알 거라 믿어. 이게 아주 현명한 방법이라는 걸 네가 나일이에게 잘 설명해주기 바라. 그리고 네가 무엇을 받든 나일이와 함께 보고(물론 나일이는 이해하기 좀 힘들겠지만).

수학 연구에서도 다양성이 얼마나 중요한지 다른 사람들은 잘 모를 수도 있겠구나. 이전 편지에서 러시아 수학자들의 독특하고 창의적인 관점에 대해서 이야기했지? 아마도 소련 사회가 외부로부터 좀 고립된 상태였기 때문에 가능했을 것 같아. 그 때문에 다른 나라에서 무엇을 하는지, 어떻게 해야 유명해질지에 대한 생각이 덜 필요했을 것 같거든. 일본 수학자 가토 씨가 전에 이런 걱정을 하더라. 전 세계가 하나가 되어 좋으면서도, 여러 지역에서 조금씩 다른 수학을 하면서 다 같이 풍부한 수학 세계를 다양하게 창조해나가는 일은 줄어들지 않을까 한 것이지. 어떻든 굉장히 많은 종류의 사람들이 서로 다른 관심과 강점을 가지고 각자 좋은 일을 하면서 인생을 살아가는 것은 중요한 것 같아.

자, 이제는 자러 가야겠다. 기차 안에서 편지 쓸 시간을 내보도록 할게. 그동안 독일 시인 크리스티안 모르겐슈테른 Christian Morgenstern의 「쥐덫」이라는 시를 읽어보렴. 재미있게 읽기 바란다.

팔름슈트룀 씨 집에는 베이컨이 없고
대신에 쥐가 있다
그래서 코르프 씨는, 그의 불평에 신물이 나서
그를 위해 울타리로 방을 하나 짓는다

삶이라는 우주를 건너는 너에게

거기에 빼어난 바이올린을 한 대 갖다놓는다
친구를 들여보낼 방 안에
밤이고 별들이 반짝인다
팔름슈트룀 씨는 어둠 속에서 음악을 연주한다
한창 연주 중에
쥐가 나타난다, 살금살금 기어서
그의 뒤에서, 비밀스럽게
문 앞으로 떨어진다, 참으로 가볍고 부드럽게
그의 앞에, 얼른 떨어져 죽은 척,
팔름슈트룀 씨의 고요한 실루엣이 보인다
아침에 코르프 씨가 짐 꾸러미를 갖고 온다
아주 쓸모 있는 장치
그러니까, 말하자면
중간 크기만 한 가구 트럭이랄까
흥분해 있는 튼튼한 말이 끌고
숲속으로 달려갈
그 깊은 외로움 속에서
그는 그 독특한 짝꿍을 놓아준다
처음에 쥐가 걸어나가고,
그다음 팔름슈트룀 씨가 따라 나온다
동물은 신이 나 즐겁다
새집에 어떤 두려움도 없으니
한편 팔름슈트룀 씨, 행복으로 변모해서,
코르프 씨와 함께 차를 몰고 집으로 간다

이 시를 보니까 짝꿍으로 딱 떠오르는 사람들이 있는데, 그게 누군지 알겠니?❖

잘 자렴, 오 군.

아빠가

❖　그때쯤 〈패트와 매트〉라는 체코의 스톱모션 퍼핏애니메이션 시리즈를 아이들과 같이 자주 보았다. 그들은 엉뚱한 발명품을 이용해서 단순한 문제를 복잡하지만 즐겁게 해결하곤 했다.

　　　　　　　　　　　　　　　삶이라는 우주를 건너는 너에게

여행의 즐거운 순간마다
네가 생각난단다

기차가 들판을 가로지르기 시작했어.
군데군데 여러 가지 색깔의 수확한 곡식 더미가
쌓여 있고, 나무들이 여기저기
몰려 서 있네.

오신에게

아빠는 지금 검은숲으로 가는 기차 안에 있단다. 이 기차는
사실 마인츠까지밖에 안 가. 거기서 만하임으로 가는 기차를
갈아타고 오펜부르크로 가서, 오펜부르크에서는 다시 볼파흐
로 갈 거야. 볼파흐에 도착하면 택시를 타고, 수학연구소가 있
는 오버볼파흐라는 산속의 작은 마을까지 갈 거란다. 기차를
갈아타느라 잠깐 내리는 것이긴 하지만 마인츠에 들를 수 있
다니 참 좋구나. 하이네의 근사한 시에 나오는 도시잖니.

오래된, 사악한 노래들이여
사납고 무서운 꿈들이여
이제 모두 여기 묻기로 하자
커다란 석관을 가져오라
그 안에 많은 것을 넣으리
그게 무엇일지 아직은 말하지 않으리.
석관은 커야 하네
하이델베르크의 술통보다도.

하이네의 시에 등장하는 19세기 마인츠의 모습.
마인츠 구시가지는 19세기에 석판 인쇄한
이 그림 그대로 남아 있다.

그리고 장례식 상여를 가져오라
두껍고 튼튼한 것으로.
상여는 또 길어야 하네
마인츠의 다리보다도.
열두 거인도 데려오라.
거인은 힘이 세야 하네
라인강변 쾰른의 성당에 있는
저 힘센 성 크리스토퍼보다도.
거인들이 석관을 지고 가서
저 바다에 떨어뜨리리.

그렇게 큰 석관에는
무덤도 거대한 것이 어울리니.
석관이 왜 그리 크고 무거운지
그대는 아는가?
그 안에 내가 묻었기 때문이라네
내 모든 사랑과 고통을. ✣

이 시에 쾰른대성당의 크리스토퍼 성인이 나와서 아빠는
이 시가 자주 생각나. 아마 마인츠 어딘가에 긴 다리가 있는 모
양이야. 라인강과 마인강이 만나는 지점 어딘가에 있나 봐. 마
인츠는 켈트족이 대규모로 정착했던 곳이고, 그다음엔 로마인

✣   이 시는 슈만이 곡을 붙여 연작 가곡 〈시인의 사랑〉으로 재탄생했다.

들이 대거 정착했던 곳이라고 알고 있어. 그리고 활판 인쇄술을 발명해서 출판 인쇄를 쉽게 만든 구텐베르크가 태어난 도시이기도 하지. 루터가 자기 생각을 독일 전역에 그렇게 빨리 퍼뜨릴 수 있었던 것은 때맞추어 나타난 이 발명품 덕분이라고 이야기한단다.

다시 시로 돌아가 보자면 하이네는 늘 그랬듯이 조금 과장되게 표현하고 있는 것 같지. 이 시에서도 사랑을 커다란 고통과 연관시켜 생각하고 그것을 바다에 묻어버리고 싶어 해. '배'라는 뜻의 독일어 '자르크Sarg'는 대개는 그냥 '관'이라는 뜻이야. 하지만 '석관sarcophagus'이라는 낱말에도 분명히 연결이 되니까 일부러 그 단어로 번역했단다. 네가 좋아하라고 말이야.✤ 아하, 기차가 벌써 로렐라이가 앉아 있었다는 바위가 있는 도시, 코블렌츠역으로 들어서고 있구나.✤✤ 기차가 역으로 들어서니까 작은 번화가가 눈에 들어온다. 뾰족하게 솟아오른 예쁜 첨탑들이 많고, 빈의 엽서에나 있을 법한 색색깔의 오래된 건물들이 보이는구나.

오늘 본역에서 기차를 탈 때 처음으로 눈여겨본 건데, 여러

✤ 대개 고대에 사용되었음 직한 아주 크고 장식이 화려한 석관을 가리킨다. 오신은 루브르박물관 같은 데서 볼 수 있는 이집트와 페르시아의 석관을 특히 좋아한다.

✤✤ 로렐라이는 독일 민담에 나오는 인어로 라인강이 내려다보이는 절벽에 앉아 노래로 뱃사공들을 꾀었다고 한다. 결국 뱃사공들은 배의 방향을 잃어버리고 바위에 부딪혀 죽었다는 전설이 전해 내려온다.

삶이라는 우주를 건너는 너에게

코블렌츠의 라인강변.

종류의 기차 그림이 그려져 있는 멋진 표지판이 있더구나. 숫자에 따라 각 기차 칸의 위치를 보여주고, 몇 번 칸에 타려면 어느 플랫폼에서 기다려야 하는지 알려주는 거였어. 할아버지와 내가 좀 수고스럽더라도 이 표지판만 읽었더라면 지난번 그 웃긴 고생은 하지 않았을 텐데 싶었지. 코블렌츠역에서 올라탄 명랑한 여자들 무리가 아빠 자리 대각선 방향의 가운데 테이블이 있는 4인석에 앉았네. 조그만 비닐봉지에서 간식을 꺼내 먹으면서 즐겁게 담소를 나누고 있구나. 그러는 동안 기차는 라인강 서쪽 둑을 따라 계속 남쪽으로 내려가고 있다.

아빠 자리에서는 강 맞은편이 아주 잘 보여서, 봉긋하게 솟은 초록색 언덕 하며, 강가를 따라 때로는 듬성듬성, 때로는 줄을 맞춰 나 있는 버드나무와 포플러나무들이 눈에 들어온다. 지금은 언덕 꼭대기에 자리 잡은 하얀 성이 보이는데, 꼭 바이에른의 루트비히 왕이 지은 노이슈반슈타인성을 간단하게 만들어놓은 것 같네.✣ 왜 우리가 같이 읽은 책에 나온 성 있잖니. 성 본체에서 우뚝 솟은 높은 탑이 하나 있고, 요새 주변으로 회색 원뿔형으로 생긴 더 작은 첨탑들이 둘러싸고 있구나. 가다 보니 강가에서 물고기를 낚고 있는 사람들이 많이 보인다. 우리가 지나가는 작은 마을들은 대부분 아주 활기차고도 우아해 보여. 마을마다 기름한 첨탑이 달린 예쁜 교회도 하나씩 보이고 말이야. 강물이 아주 잔잔하게 흘러가네. 잔잔한 수면을 방해하는 건 이따금씩 지나가는 커다란 산업용 배, 아니면 관광객을 태운 작은 페리 정도야. 갑판에서는 사람들이 반팔 옷을 입은 채 해를 가리는 모자를 쓰고 앉아서 차를 마시고 있구나. 오늘은 하늘이 정말 구름 한 점 없이 깨끗해서, 애리조나만큼 쨍하게 밝다.

아, 이제 풍경이 변해서 언덕이 꽤 많아진다. 이 중에 로렐

✣ 노이슈반슈타인성은 19세기에 루트비히 2세가 지은 바이에른 남서부의 이국적인 성이다. 영화에 자주 등장하는 이 성은 디즈니랜드의 '잠자는 숲속의 공주'의 모델이 되었다고 한다.

삶이라는 우주를 건너는 너에게

라이 언덕도 있겠지만, 이렇게만 봐서는 뭐가 로렐라이 언덕인지 모르겠는걸. 그나저나 로렐라이에 관한 시는 아빠가 잘 아는 하이네나 아이헨도르프가 쓴 것 말고도 참 많더구나. 최근에는 클레멘스 브렌타노Clemens Brentano가 쓴 아주 슬픈 시를 알게 됐는데,✤ 조만간 네게도 번역해줄게. 브렌타노는 마법피리를 갖고 다니는 소년의 이름을 따서 독일의 민속 시집을 낸 사람이야.✤✤ 우리가 같이 들은 말러의 해골 군대에 관한 노래 있잖아.✤✤✤ 그 곡의 가사가 이 시집에서 나온 거란다. 기차가 강줄기를 따라 크게 방향을 틀고 있는데, 짙푸른 산그늘 속에 유독 새하얀 마을이 하나 보여. (언덕이 점점 높아지고 커다래지고 있어. 이제는 언덕이 아니라 다르게 불러야 할 것 같다.) 가파른 경사면을 반쯤 올라가니까 무너진 요새의 흔적이 보인다. 앞서 보았던 것보다 훨씬 중세 느낌이 나네. 사실 여기까지 오면서 벌써 성을 꽤 많이 지나쳤지만, 네게 일일이 말해줄 수가 없었단다.

✤　　브렌타노가 1801년에 쓴 서정시 「라인강변의 바하라흐」는 현대판 로렐라이 전설의 원천으로 보인다. 그러나 우리나라에는 하이네의 시가 더 잘 알려져 있다.

✤✤　'소년의 이름을 딴 민속 시집'이란 아힘 폰 아르님과 클레멘스 브렌타노가 함께 독일의 민간 전승문학을 엮은 시집 『소년의 마술피리Des Knaben Wunderhorn』를 말한다. 이 책은 독일 낭만주의 문학과 음악에 지대한 영향을 미쳤다.

✤✤✤ '해골 군대에 관한 노래'는 『소년의 마술피리』에 나오는 연가곡 「기상나팔Revelge」을 말한다.

로렐라이 언덕에는 전설 속 여인을
형상화한 석고상이 있다.

　지금 눈에 들어오는 광장이 하나 있는데, 광장 남쪽으로 두
툼한 원통형 탑이 우뚝 솟아 있어. 이 탑과 성벽은 특히 더 복
잡하게 만들어졌구나. 방금은 바위가 울퉁불퉁한 언덕을 지나
쳤는데, 사진에서 보았던 로렐라이 언덕과 꼭 닮았네. 하지만
아무래도 확실히는 모르겠어.

　잠깐 창밖을 내다보며 말없이 풍경을 감상했단다. 강 한가
운데 작은 섬이 있는데, 놀랍게도 섬 전체가 검은색 돔 지붕의
교회로 이루어져 있네. 강물이 교회 기둥 발치에 거의 닿을 듯
해. 비가 많이 내리면 물에 종종 잠길 것 같긴 하지만 보존 상

　　　　　　　　　　삶이라는 우주를 건너는 너에게

태가 꽤 좋고 어떤 식으로든 쓰이고 있는 것 같구나. 누가 교회를 저런 곳에 지었을지, 그리고 누가 저기를 사용할지 궁금해진다.

계속 라인강에 맞닿아 있으니, 라인강이 로마제국의 국경으로 쓰였다는 것을 짚고 넘어가지 않을 수 없네. 아빠가 지금 앉은 쪽은 로마 요새가 있었던 곳이고, 맞은편은 튜토니족과 수에비족 같은 게르만 민족이 많이 살았던 곳이야. 마르쿠스 아우렐리우스^{Marcus Aurelius} 같은 황제들은 제국의 국경을 지켜내기 위해 게르만족과 싸우며 이곳에 많은 공을 들였지. 오늘날 역사가들은 게르만족과 로마인들의 복잡했던 관계에 관심이 많단다. 사실 둘 사이에는 단순히 싸움을 넘어서 교류도 많았거든. 게르만족은 로마인들에게 가죽과 먹을 것, 호박 같은 값비싼 보석을 팔았고, 로마인들은 고급 도자기, 유리 식기, 금속 세공품을 팔았지. 그래서 둘은 서로 싸우면서도 점점 서로에게서 배워갔고 차이점들을 공유하기 시작했어. 두 민족의 작은 정착지 사이에는 광활하게 뻗은 황무지와 숲밖에 없는데, 당시 서로 어떻게 교역을 했을지 상상이 되니? 그때의 라인강은 지금과 사뭇 달랐을 거야. 아마 지금처럼 마냥 평화롭진 않았겠지.

갈수록 땅이 울퉁불퉁해지니까 산 사이의 비좁은 계곡에 마을이 형성되어 있구나. 마을 교회의 첨탑이 꼭 조그만 산봉우리처럼 보인다. 4인석에 앉은 여자들이 작은 아이스박스에서 꺼낸 백포도주 한 병을 따고 있어. 아주 시원해 보이는구나. 와인을 홀짝이며 창밖을 내다보느라 이제는 조금 조용해졌다. 기차 안은 에어컨을 켜지 않았는지 조금 더운데, 그래도 아직 불쾌하지는 않아. 몇 분 후면 마인츠에 도착할 거야. 강가 어딘가에 긴 다리가 있는지 한번 찾아보마. 하지만 마인츠역에는 딱 7분만 있다가 다시 만하임으로 가는 기차를 타야 해서 서둘러야 할 것 같아. 이제 잠깐 편지 쓰기를 멈추어야겠다. 차장이 역에 다 왔다고 알리고 있어.

기차는 아주 순조롭게 갈아탔어. 바로 맞은 편 승강장으로 가니까 기차가 몇 분 거리에 있었거든. 독일의 기차는 시간을 칼 같이 지킨다고 들었는데, 겪어보니 정말로 그래. 아빠 맞은 편에 앉은 부부가 영어로 대화를 하고 있어. 남자는 아주 유창하고 여자는 적절한 단어를 찾느라 조금 더듬더듬하네. 남자는 미국 사람 같구나. 이 기차는 이전 기차보다 더 시원하다. 우리는 조금 서쪽으로 방향을 틀었다는 것만 빼면 계속 라인강을 따라 내려가고 있고, 땅이 이제 조금 평평해졌어. 기차 노선도를 보니 빈까지 한 번에 가는 기차도 있더구나.

빈은 오스트리아에 있는 도시고 18세기와 19세기 음악의 중심지였어. 그래서 베토벤이 성인이 되자 음악을 공부하러 빈으로 간 거지. 빈까지 한 번에 가는 그 기차가 아마 베토벤이 갔던 길과 비슷한 경로를 따라갈 거야. 당시에는 여행이 얼마

삶이라는 우주를 건너는 너에게

나 걸렸는지 모르겠어. 일주일, 아니면 보름은 걸렸으려나. 바위투성이의 울퉁불퉁한 지역을 지나야 하니까 그렇게 쉬운 길은 아니었을 거야. (그래도 몇 년 전에 이탈리아 가던 길처럼 그렇게 산이 많진 않아.) 그때는 말이 끄는 마차로도 이동을 했지. 아름다운 도시에서 온갖 멋진 것을 공부할 수 있다는 기대에 부푼 채, 그 험한 길을 지나 빈에 도착했을 때 베토벤이 얼마나 신이 났을지 상상해보렴.

아빠는 빈에 가본 적이 없지만 정말로 아름다운 도시라고 하더구나. 몇백 년 전 빈이 신성로마제국의 수도였을 때 왕정 건축가와 정원사 들이 지은 건물이 그대로 남아 있대. 빈에는 도나우강이 흐른단다. 도나우강은 특히 한국인에게 더욱 낭만적인 의미가 담겨 있는 이름이지. 빈과 도나우강 하면 자동적으로 호화로운 궁전에서 열리는 가면무도회, 그리고 강물의 반짝이는 잔물결을 따라 흘러가듯 우아하게 박자를 맞추는 왈츠를 떠올리잖아. 도나우강 역시 로마제국의 또 다른 국경이었고, 로마인에게는 기본적으로 라인강과 똑같은 역할을 했단다.

화장실에 다녀왔어. 이 기차는 화장실 벽이 나무로 되어 있고 정말 쾌적하고 깨끗하구나. 네가 왔다면 네가 만든 청결 기준에 따라 '루이 14세' 화장실이라고 불렀겠어.❖ 자리로 돌아

❖ 여행을 다닐 때 아내와 아이들은 화장실이 얼마나 깨끗하냐에 따라 등급을 매기곤 했다. 가장 낮은 점수를 받는 곳은 '훈족의 아틸라 왕', 가장 깨끗한 곳은 '루이 14세'라고 이름을 붙였다.

오다가 책을 읽어주고 있는 젊은 엄마와 그 곁에 찰싹 달라붙어 있는 아이들 옆을 지나쳤단다. 가슴이 또 시큰해졌어. 하지만 집에 돌아갈 날이 점점 가까워지니까 더 이상 그렇게 많이 아프지는 않아. 이제 라인강을 떠나는구나. 기차가 들판을 가로지르기 시작했어. 군데군데 여러 가지 색깔의 수확한 곡식 더미가 쌓여 있고 나무들이 여기저기 몰려 서 있네.

베토벤은 아마 모차르트가 죽고 얼마 안 있어 빈에 도착했을 거야. 곧 모두가 그의 아름다운 피아노 소나타와 영웅적인 교향곡에 감동했지. 베토벤은 황제의 막냇동생 루돌프 대공 같은 빈 귀족의 자제들에게 음악을 가르쳐서 돈을 벌기도 했어. 귀에 문제가 있긴 했지만 전반적으로 빈에서 꽤 안락한 생활을 했단다. 모든 유럽 사람들이 베토벤의 음악을 듣고 싶어 해서 저 멀리 런던에서도 음악을 의뢰받을 정도였어. 나폴레옹이 일으킨 전쟁으로 유럽 대륙이 그렇게 바빠지지만 않았다면 베토벤은 더욱 사랑받았을 거라고 생각하는 사람들도 있어. 그렇게 베토벤의 삶은 모차르트와는 꽤 달랐단다.

모차르트는 아주 젊은 나이에(35세) 죽었고 마지막에는 무척 가난했지. 어려서부터 음악 천재로 그렇게 널리 알려졌으면서도 빈의 귀족들과의 우정은 형편없었어. 결국 아주 가난해진 모차르트는 극빈자들의 무덤에 묻혔고, 무덤이 정확히 어디인지는 아무도 몰라. 그와 반대로 베토벤의 장례식에는 2만

삶이라는 우주를 건너는 너에게

명이 모였어. 도시의 권력자들은 다 모였지. 장례 행렬에서 앞장선 사람 중에는, 전에 우리가 이야기했던 프란츠 슈베르트도 있었어. 슈베르트는 빈의 작곡가였는데 모차르트보다 일찍 죽었고(31세) 아마 가난하기도 훨씬 더 가난했을 거야. 하지만 세계에서 가장 아름다운 가곡들을 작곡했단다. 슈베르트는 훌륭한 피아노 작품과 오케스트라 작품도 많이 썼고 현악 사중주도 멋진 게 많지만, 무엇보다 노래로 가장 널리 알려졌지. 이런, 이제 만하임에 도착했구나. 다시 기차를 갈아타야겠다. 좀 있다가 이어서 이야기해줄게.

자, 아빠는 지금 만하임 중앙역 벤치에 앉아 있다. 오펜부르크로 가는 기차가 아빠가 방금 내린 플랫폼으로 들어올 거라, 여기 벤치에 앉아서 기다리는 중이야. 기차가 역에 들어올 때 잠깐 보았는데 만하임은 내가 지금까지 말한 도시들보다 훨씬 현대적이고 산업적인 도시 같구나. 내가 앉은 자리에서 가장 눈에 들어오는 풍경은 전면이 파란 유리로 된 삼각형 기둥 모양의 번쩍거리는 고층건물이야.

아빠 CD를 찾아보면 엘리자베트 슈바르츠코프Elisabeth Schwarzkopf라는 가수가 부른 가곡집이 있을 거야. 아빠가 코네티컷 뉴헤이번에 있을 때, 가장 처음으로 산 CD란다. 아빠가 공부하러 미국에 온 지 얼마 안 되었을 때야. 그 음반을 산 가게는 요새는 더욱 찾기 힘들어지는 구식 음반점이었는데 커틀러

씨라는 할아버지가 운영하는 곳이었단다. 음악을 정말 사랑하는 분이었지. 마른 체구에 머리와 콧수염을 단정하게 빗어 넘기고, 언제나 앞에 단추가 달린 단정한 청회색 스웨터 차림이셨어. 특히 슈바르츠코프의 노래를 아주 좋아하셨단다. 계산대에 서서 그 CD에 대한 열정을 거침없이 쏟아놓으실 때 흐뭇한 표정이며, 곧 눈물로 바뀌던 그 미소가 아직도 기억나는구나.

할아버지의 극찬은 전혀 과장이 아니었어. 그 음반은 노래 절반 정도가 모차르트 곡이고 나머지 절반은 슈베르트의 곡이라서, 두 작곡가가 살았던 그 잠깐 사이에 음악 양식이 어떻게 변했는지를 쉽게 비교할 수 있지. 모차르트가 훌륭한 음악을 썼다는 건 누구도 의심하지 않지만, 아빠가 보기엔 음악의 결을 짤막한 시와 함께 짜 넣는 데 무엇이 필요한지 별로 고민해보지 않은 것 같더구나. 언제나처럼 음악은 그 자체로 좋아. 화창한 봄날에 활짝 핀 아름다운 꽃을 노래하면 음악이 활기차지지. 하지만 이상하게도 모차르트의 음악은 그 이상으로 더 나가지는 않아. 어쩌면 그 CD에 들어 있는 〈해 질 무렵의 느낌〉만이 유일한 예외가 아닌가 해.

모차르트의 노래들이 끝나고 첫 번째로 나오는 슈베르트의 노래가 아마 〈봄에Im Fruehling〉일 거야. 충격에 가까운 노래지. 노랫소리가 너무 커서가 아니라, 잔잔한 피아노 프렐류드에 이어 '언덕에 고요히 앉으니 천국이 참 가깝네'라는 가사가 흘러나오는 느낌 때문이야. 마치 이런 느낌이랄까. 2차원의 그림을 지그시 바라보고 있는데 꿈속에서처럼 흐릿하지만 점점 깊이가 생기더니, 따뜻한 햇살 속에서 향기로운 꽃밭이 펼쳐져 있는 언덕이 실제로 나타나는 듯한 느낌. 그 노래를 들어보면 알겠지만 손을 앞으로 뻗으면 푸른 초원의 따뜻한 봄 공기가 느껴질 것만 같단다.

기차가 역에 도착해서 승강장에 가 섰는데, 내 앞에 서 계시던 할머니 한 분이 짐을 좀 들어달라고 부탁하셨어. 그런데 할아버지랑 연출했던 웃긴 장면과 무척 비슷한 상황이 되었지 뭐니. 할머니가 당신 기차 칸이 어딘지를 모르셨거든. 기차 칸을 찾은 다음에는 할머니 자리를 찾느라고 또 북새통 속에서 한바탕 헤매야 했단다. 어떻게 보면 좀 웃겼던 게, 독일어를 유창하게 쓰는 건 할머니인데도 정작 자리를 찾아달라고 직원을 부른 건 아빠였거든. 세상에는 생각보다 도움이 필요한 사람들이 훨씬 많은 것 같구나. 할머니는 기차를 기다리는 동안 나랑 잠깐 이야기를 나누었기 때문에, 내 독일어 실력을 분명히 아셨을 텐데 말야. 하지만 나중에야 이제 몸이 많이 약해지신 우리 오신이 할머니가 떠오르더구나. 할머니도 말이 통하는 한국에 계실 때조차 직원의 도움을 자주 요청하실 수 있겠다는 생각을 했어. 아까 그 할머니는 스위스에서 오신 분이더구나. 베른이 고향이라고 하셨어. 정말 아름다운 곳 아니냐고 내가 말하니까, 바로 얼굴이 환해지시면서 전통 있는 근사한 건물들이며 매년 이맘때 산등성이에 무성하게 피는 히스 꽃이며 자랑을 늘어놓으셨지.

할머니 남편이 일 때문에 한동안 만하임에 계시는데 고향을 무척 그리워하신대. 할머니가 몇 번이고 독일어로 '하임뵈 heimweh(향수)'라고 발음하시는데 듣기가 아주 좋더라. 내가 한국인이라고 말씀드리자(처음에는 대개들 일본인인 줄 알지), 만하임 근처에 권이라는 한국인이 산다면서 아주 반가워하셨어. 중저음 목소리가 아주 멋진 가수래. 독일어 단어 '젱거 saenger(가수)'라는 발음도 아주 근사하던데? 이 기차는 스위스에서 가장 큰 도시인 취리히로 가는 기차야. 한국에는 스위스의 알프스 산을 보고 싶어 하는 사람들이 많지. 내가 할머니 자리 찾는 걸 도와드리니까 할머니는 기차가 출발할까 봐 무척 걱정하시더구나. 그제야 나도 이 기차를 타고 간다고 안심시켜드리고, 안전하게 여행하시라고 인사하고 내 자리로 돌아왔단다. 아빠는 매번 기차 탈 때마다 좌석을 예약하지만 좌석에 신경을 안 쓰는 사람들도 늘 있는 법이지. 이번에는 어떤 여자분이 내 자리에 앉아서 잠에 곯아떨어져 있었어. 나도 그냥 복도 맞은편 자리에 앉았단다.

슈베르트로 잠깐 돌아가볼까. 슈베르트의 노래가 충격적일 정도로 아름다운 이유가 또 있는데, 그건 바로 그가 피아노 파트를 아주 진지하게 여겼기 때문이지. 그래서 그의 가곡을 '예

삶이라는 우주를 건너는 너에게

빈에 있는 슈베르트의 묘지.
그의 음악에서 우리는 절망과 그리움,
세상에 대한 진정한 사랑을 만난다.

술가곡'이라고도 해. 그림으로 치자면 박물관에나 걸릴 법한 깊이가 있다고 할까. 그 봄 노래를 주의 깊게 들어보면 피아노 반주가 아주 풍부하다는 걸 알 수 있을 거야. 목소리가 부드럽게 미끄러질 수 있도록 전체 노래를 받쳐주는 톤과 배경이 아주 섬세하지. 〈마왕〉에서는 피아노의 광적인 박자감이 극적인 멜로디와 맞물려서 처음부터 끝까지 우리를 옴짝달싹못하게 하잖아. 〈보리수〉에서는 훨훨 날리는 멜로디 때문에 저 먼 고향 집의 익숙한 나무 그늘 아래에서 쉬고 있는 듯한 기분이 들고. 노래를 이렇게 정교하게 공들여 만드는 게 낭만주의의 특징이란다.

낭만주의 시는 인간의 가슴에 깊이 파고들기 때문에, 슈베르트 같은 작곡가들이 시를 읽고 낭만주의의 원천인 어둡고도 숭고한 에너지를 공유했다고 하지. 물론 무엇이 아름다운 노래를 만드는지는 딱 잘라 말하기 어려워. 그 과정을 잘 안다면 이미 노래 만드는 기계를 발명했을 거야! 슈베르트가 낭만적 아이디어가 넘쳐나는 문화적 격동의 유럽 한가운데 살았다는 건 분명 사실이란다. 유럽의 왕과 황제, 귀족정치 같은 낡은 질서들이 불확실한 미래의 전망과 계속 충돌했으니, 정치적 격동도 공존했지. 프랑스혁명으로 고취된, 멋지고도 폭력적인 자유와 평등이라는 가치가 대륙의 곳곳으로 퍼지고 있었고, 나폴레옹은 여기저기서 낡은 제도를 무너뜨리고 있었어. 마르크스와 공산주의에 대한 진지한 토론도 이 시점에서는 이미 그리 먼 미래가 아니었단다. (내 옆의 여자가 이제 일어났다. 친구들과 창밖으로 보이는 아름다운 언덕에 대해 이야기하고 있어. 취리히의 산들과 비교하고 있구나. '분더쇠엔Wunderschoen'이라는 말을 연발하네. 놀랍도록 아름답다는 뜻이야.)

슈베르트는 어느 기록에서 보아도, 언제나 아주 성품이 좋은 사람이었다고 나와. 친구들을 위해 연주하는 걸 무척 좋아했고, 그 짧은 생애 동안 작곡한 노래들을 친구들에게 거의 주었대. 다 합치면 600곡 정도 된다지. 슈베르트의 친구들은 그를 내성적이고 수줍음 많은 사람으로 묘사했어. 아마 그래서였겠지만 그는 자기 음악을 적절한 장소에서 중요한 사람들에게 연주해 들려주는 일 같은 처세에는 영 소질이 없었던 모양이야.

슈베르트는 베토벤을 엄청나게 존경했지만, 유명세는 베토벤을 조금도 따라가지 못했어. 하지만 그의 음악이 전 세계에서 사랑받는 지금, 우리는 겸손한 성격 밑에 숨겨져 있었던 그의 진심을 볼 수 있구나. 그의 절망과 그리움, 세상에 대한 진정한 사랑을 말이야. 슈베르트도 분명 하이네처럼 세상을 깊이 사랑했기 때문에 어떤 고통을 느꼈던 모양이야. 그는 모차르트와는 다른 방식으로 표현했고, 베토벤과도 또 달랐지. 내가 이렇게 설명해도 네가 그 차이점을 느끼는 데 도움이 되지는 않을 테니 그만 써야겠다. 아빠는 이 노래들을 부르는 것은 정말 좋아하는데, 피아노 파트를 제대로 치기가 어렵더라. 그

러니 네가 피아노를 더 잘 치게 되면 우리 같이 노래하고 연주
해보자.

　이제 기차는 오펜부르크에 도착했단다. 역에서 아빠랑 같
은 곳으로 가는 다른 수학자들을 만나서 볼파흐로 가는 작은
기차를 함께 탔어. 일본에서 온 도쿄대학의 다케시 사이토 씨,
이스라엘에서 온 암논 베서 씨와 에후드 데 샬리트 씨, 그리
고 파리에서 온 장 네코바 씨 등 여러 분들이 계시더구나. 기차
가 산 속으로 들어가면서는 풍경이 또 정말 아름다워졌단다.
맑은 시냇물이 철로 바로 옆에서 햇빛을 받아 반짝거렸지. 볼
파흐에 도착해서 다 같이 택시를 타고 산으로 올라오니 늦은
오후가 되어서야 드디어 연구소에 도착했어. 연구소로 들어
와 보니 영국에서 온 앤서니 숄Anthony Scholl 씨와 그의 아내 궐
신 오나이 씨가 계셨어. 궐신 씨를 다시 보니 정말 반갑더구나.
2001년 한국고등과학원에 갔을 때, 경영대학원에서 운영하던
그 작은 식당에서 모두를 위해 연주해주었던 터키의 피아니스
트 말이야.✢ 만나자마자 바로 네가 이제 몇 살이 됐는지, 얼마
나 컸는지, 네 안부를 물으시더구나. 여기 연구소에 앉아서 네
게 편지 쓰는 지금도 궐신 씨가 도서관에서 어려운 피아노곡

✢　2001년, 한국고등과학원에서 내가 프로그램을 진행할 때 초대된 강연자 중
　에 케임브리지대학교의 앤서니 숄 교수도 있었다. 그의 아내 궐신 오나이는
　터키의 유명 피아니스트로, 한국고등과학원의 바로 옆에 있는 카이스트 경영
　대학원 아트리움 식당에서 연구원들을 위해 연주를 해주었다. 주한 터키대사
　관 직원은 물론 교직원들과 그 가족이 모두 참석한 아주 흥거운 자리였다.

을 연습하고 있는 소리가 들려온다. 이런 음악을 수학 회의에서 들을 수 있다는 게 얼마나 큰 영광인지 몰라. 퀼신 씨가 한 주 내내 마음껏 연습하면 좋겠어. 연구소와 그 주변에 대해서는 다음 편지에 더 쓸게.

잘 자렴, 오 군.

아빠가

짧은 편지로도
진심을 전할 수 있단다

가끔 아주 간단한 몇 줄이 더 좋을 때가 있지.
특별한 순간을 그저 즐기고 싶으니까 말이야.

오신에게

여기 와보기 전까지는 왜 여기를 검은숲이라고 하는지 몰랐어. 하지만 숲이 빽빽한 산으로 가까이 갈수록 왜 그런 이름이 붙었는지 알겠더구나. 다른 나무들보다 확연하게 색이 짙은 나무들이 있거든. 그 나무는 바로 전나무란다. 우리가 크리스마스 때 세우는 트리와 같은 나무인데, 애리조나에 있는 것보다 잎이 훨씬 촘촘하고 키가 커. 물론 새카만 나무는 없어. 하지만 잎이 빽빽한 나무들이 산을 가득 메우고 있는 걸 보니, '검은숲'이라는 이름이 충분히 만들어지고도 남겠더구나. '개

검은숲은 전나무, 너도밤나무, 호두나무 등 각종 나무들이
빽빽하게 자라나 '나무의 바다'라고도 부른다.

렷과 리넷' 이야기에 나오는 검은 풀밭의 검은 기사도 떠올랐
지.❖ 그 이야기에서 보면, 풀밭이 검은 건 어두운 색을 띠는 식
물 때문이라는데(지금 이름이 기억나는 건 검은 산사나무뿐이네.)
얼핏 보면 정말 검은색에 가깝게 보인다지.

❖   '개럿과 리넷' 이야기는 로저 랭클린 그린이 각색한 아서왕 전설에 나오는 이
      야기다. 이 이야기에는 그린, 레드, 블랙 등 여러 색깔의 기사들이 등장한다.

이런 식의 '시적 허용'은 민담이나 관용구에서 자주 나와. 또 전 세계 곳곳에서도 홍해나 흑해, 화이트산맥처럼 과장법이 아주 멋지게 쓰인 자연물 이름을 볼 수 있지. 한국에서 아빠가 기억하는 건, 잔디밭을 가끔 하늘처럼 '푸르다'고 표현한다거나, 기분에 따라서(아니면 계절에 따른 것일지도 모르겠다.) '황금빛'으로 표현하는 것 정도야.

꼭 색깔뿐 아니라 여기 숲은 정말 빽빽하고 종도 다양하단다. 지천으로 널린 전나무 사이로 너도밤나무, 호두나무, 소나무, 떡갈나무, 단풍나무가 곳곳에 섞여 있어. 아빠 방 창문에서 보이는 것만 꼽은 게 이 정도란다. 3층에 있는 아빠 방은 한쪽 벽 전체가 유리라서, 가운데 노란 꽃이 있고 사방에 나무들이 둘러싼 공터가 훤히 내려다보이거든. 건물 안내 데스크에서 가져온 안내 책자를 보니 이 지역을 '나무의 바다'라고 표현해 놓았더라. 숲에 사는 야생동물들도 적혀 있던데 사슴, 멧돼지, 오소리 같은 게 있었어. 그러고 보니 택시를 타고 올라올 때 초원에서 풀을 뜯고 있는 소 떼도 봤구나. 독일인들도 여기로 휴가를 와서 숲속에서 하이킹을 많이 한대. 볼파흐와 오버볼파흐의 마을은 그림책이나 요정 이야기책에서 볼 수 있는 그림 같은 독일 마을과 정말 비슷하단다.

사실 많은 독일 민담이 여기 검은숲에서 나왔다는 이야기를 들었는데, 정확히 어떤 이야기인지는 모르겠구나. 아마『헨젤과 그레텔』같은 걸까? 숲을 보니까 정말 도깨비나 마녀가 언제라도 튀어나올 것 같은 느낌이 들긴 해. 여기 집들은 정면에 고동색 들보를 십자형으로 교차시켜 놓은 하얀색 집체에, 계단식으로 지어진 삼각형 지붕에 작은 창이 나 있는 집들이 많아. 이 지역은 뻐꾸기시계로도 꽤 유명한 것 같더구나. 유럽 어디라도 그렇듯이 오버볼파흐에서 멀지 않은 여기 검은숲에서도 바덴바덴Baden-Baden(말 그대로 '목욕목욕'이라는 뜻)의 온천을 비롯해 로마의 잔재를 많이 볼 수 있어(로마인들은 목욕탕을 좋아했잖아). 바덴바덴은 지금도 온천으로 유명한 마을이라서,✣ 우리 가족이 언제 독일에 다 같이 오면 꼭 들르려고 기억해뒀단다.

여기 연구소에서 정말 좋은 건 바로 도서관이야. 나일이에게 보내준 엽서는 밤에 불을 다 켜놓은 도서관 모습이란다. 우리가 묵고 있는 곳이 도서관 바로 위층이기 때문에 언제든 편하게 내려가서 연구할 수 있어. 낮이나, 노을이 멋진 저녁에 창밖으로 저 빽빽한 나무숲과 파란 하늘을 바라보고 있으면 나도 모르게 백일몽에 빠져들곤 하지. 여기 도서관은 수학자가 읽고 싶을 만한 책과 잡지 들이 모두 있을 정도로 아주 잘 갖춰져 있어. 책들은 신선한 솔향이 풍기는 소나무 책장에 꽂혀 있단다. 지난번에 여기 피아노가 있다고 했잖아? 바로 지금 또

✣　호화로운 로마식 목욕탕 유적은 유럽에서 꼭 들러봐야 할 건축 명소로 꼽히며 인기가 좋다.

오버볼파흐수학연구소는 가장 가까운 슈퍼마켓도
5킬로미터 이상 걸어야 할 정도로 외진 곳에 자리해 있지만
수학자들에게는 천국과도 같은 곳이다.

컬신 씨의 피아노 소리가 들려온다. 베토벤 소나타를 반복해
서 연습하시는 모양이구나.

한 주 동안 여기 일정은 매일 똑같을 거야. 아침 여덟 시에
종이 울리면 아침을 먹으러 오라는 소리지. 둥근 식탁에 둘러
앉아서 보통 그라놀라와 빵, 요거트, 달걀을 먹는단다. 과일도
좀 곁들이고. 커피 한 잔을 다 마실 즈음이면 첫 강의가 시작
돼. 그리고 두 번째 강의가 끝나면 꽤 푸짐한 점심이 준비되어
있어. 점심을 먹고 나면 강의가 없어서 다들 삼삼오오 모여 수

삶이라는 우주를 건너는 너에게

수학자에게 필요한 모든 자료를 갖추고 24시간 내내 운영되는 오버볼파흐수학연구소의 도서관.

다도 떨고 수학적 아이디어도 나누지. 세 시쯤에 차를 마시고 나면 세 시 반에 오후 강의가 시작돼. 마지막으로 여섯 시 반에 저녁을 먹으면 하루 일정이 끝나지.

오늘 오전에는 장 마르크 퐁텐 교수를 만났는데 너와 엄마, 나일이 안부를 물으시더구나. 그분이 오늘의 첫 강의를 하셨어. 장 마르크 교수는 우리에게 들려주고 싶은 자료가 너무 많아서 강의할 때 늘 속도가 엄청 빨라. 교수님이 말하길, 당신과 오르세에 있는 몇몇이 파리 고등과학연구원의 부르귀뇽 씨와 의논을 했대. 내년 6월에 거기서 중국과 한국, 일본, 베트남의 아시아 학생들을 위한 여름 강좌를 열기로 했다는구나. 그런 일을 조직하는 게 보통 일이 아닌데, 덕분에 아빠의 한국 학생들이 정말 좋아할 것 같아. 파리 고등과학연구원에 있을 때 학생들이 불편함과 비싼 비용을 다 감수하고 아빠를 두 번이나 찾아왔던 것 기억나니?✣ 이제 그 학생들은 적어도 자기들이 직접 약속을 잡는 번거로움 없이 한 번 혹은 두 번 프랑스에 모일 수 있게 됐어. 장 마르크 교수와 다른 이들이 우리 학생들을 초대하는 수고를 마다하지 않다니 참 반가운 소식이지.

케임브리지대학교의 존 코츠 교수님도 단 하루이긴 하지만 여기 오셨어. 오후에 코츠 교수님과 인도 출신의 수자타 람도라이Sujatha Ramdorai라는 멋진 교수님을 만나서 지난달 이후 아빠 연구에 약간 진전이 있었다고 설명해드렸단다.✣✣ 코츠 교수님이 아빠 연구에 큰 흥미를 보이고 계셔서 우리 셋이 결국 뭔가를 발견할지도 모르겠구나.

만나서 정말로 반가웠던 사람이 또 있는데, 바로 아네테 베르너라는 친구야. 아네테는 13년 전쯤 보스턴에서 강의할 때 처음 만났지. 그때 아네테는 아빠가 재직 중이던 미국 학교로

✣ 2003년, 프랑스 파리 고등과학연구원을 방문했을 때 한국 학생 네 명이 한 달간 파리의 아파트에 머물면서 내 수업을 들으러 찾아왔는데, 그곳의 프랑스 수학자들이 한국 학생들의 학구열에 깊은 감동을 받았다. 이를 계기로 2006년 고등과학연구원에서 주최하는 아시아 학생들을 위한 여름 강좌가 대규모로 열리게 되었다.

✣✣ 인도 첸나이 출신의 수자타 람도라이는 현재 브리티시컬럼비아대학교 교수로 있다.

유학을 온 독일 학생이었고 나는 아주 젊은 선생이었단다. 그 이후로 세월이 많이 흘러서 그동안 그녀는 박사학위를 받았고, 여러 대학에서 잠깐씩 가르치기도 했더구나. 최근에야 남편과 함께 안정된 자리를 찾은 모양이야. 어느 나라에서든 비슷한데, 오래도록 공부하고 대학에서 자리를 잡고 싶어 하는 젊은 부부가 안정된 자리를 찾기까지는 시간이 꽤 걸리는 경우가 많아. 중세의 장인들이 그랬던 것처럼 도제식 훈련을 받는 견습 기간을 거친 뒤에 세계를 떠돌아다니는 세월을 좀 더 보내게 되거든. 아네테는 지금 슈투트가르트대학교의 수학 교수로 있어. 남편은 철학자로 프랑크푸르트대학교에서 가르친다고 해.

프랑크푸르트에는 1920년대와 1930년대에 아주 왕성하게 활동한 프랑크푸르트학파라는 철학자 집단이 있었단다. 막스 호르크하이머Max Horkheimer, 테오도르 아도르노Theodor Adorno, 에리히 프롬Erich Fromm, 헤르베르트 마르쿠제Herbert Marcuse 같은 이름들이 있지. 그들은 마르크스의 사상을 아주 깊이 공부했고, 그걸 철학적인 방식으로 활용해서 사회의 구조를 공부했어. 사회가 지금처럼 돌아가게 하는 기본 원리를 알아내서, 세계를 더 좋은 곳으로 만드는 데 그 지식을 적용하고 싶어 했지. 많은 사람이 세상을 더 좋은 곳으로 만들고 싶어 하지만, 프랑크푸르트학파처럼 매우 철학적인 방식으로 문제에 접근하면서 동시에 행동으로도 옮기려고 했던 사상가 집단은 무척 드물단다. 안타깝게도 세계대전이 일어나면서 어려운 시기가 닥쳤고, 이 학파의 철학자 대다수가 미국으로 피신해야 했어. 하지만 프랑크푸르트학파의 전통은 유산으로 남아 분명 지금까지도 그곳의 대학에 영향력을 미치고 있어서, 지금도 활발한 철학자 공동체가 유지되고 있단다.

아네테의 남편은 거기서 가르치게 된 걸 무척 행복해한다더구나. 그는 꽤 오랫동안 이른바 '과학철학'이라는 것의 다양한 방법론을 혼자서 공부했는데, 이제는 프랑크푸르트의 다른 철학자들과 함께 즐겁게 토론할 수 있을 거야.❖ 그동안 아네테에게는 아이가 둘이 생겨서 각각 여섯 살, 세 살이라고 해. 우리는 많은 얘기를 나눴단다. 수학 이야기, 애들에게 동화책 읽어주는 이야기, 독일과 미국의 학교가 어떻게 같고 다른가 하는 이야기….

그래서 대체로 네게 전할 게 거의 없는 차분한 하루였어. 하지만 어쨌든 너에게 편지를 써야겠다고 생각했단다. 어제 편지에서는 산속 나만의 아늑한 장소 이야기를 안 했거든.

괴테의 아주 유명한 시를 한 편 소개할게. 슈베르트가 곡을 붙인 가곡으로 많이 알려진 「방랑자의 밤 노래」라는 시야.

❖ 아네테의 남편 마르쿠스는 하버드대학교에서 박사학위를 받았다. 즉 분석철학 위주의 영미철학 전통에서 공부한 것이다. 보통 영미철학 전통은 프랑크푸르트학파가 속한 대륙철학과는 철학 언어와 목표가 사뭇 다르다고 이야기한다.

삶이라는 우주를 건너는 너에게

산 정상에는 평화뿐
나무 꼭대기에서도
숨소리 하나 느껴지지 않네
새들이 숲속에서 잠자네
이제 곧
그대도 쉬게 되리

방금 밖에 나가 잠시 산책을 하고 왔단다. 밤공기를 깊이 들이마시니 이 시의 영혼이 살아 나오는 것 같더구나. 시인은 은하수 가득한 아름다운 밤하늘이나 지평선 위로 환하게 떠오른 은빛 달을 계속 더 노래할 수도 있었을 거야. 하지만 가끔 아주 간단한 몇 줄이 더 좋을 때가 있지. 특별한 순간을 그저 즐기고 싶으니까 말이야.

잘 자렴, 오 군.

아빠가

세상이라는 책을
마주하기 위한 준비

추신

한 가지 고백하자면 이 책에 실린 편지들의 내용은 요즘 말로 표현해서 '선행학습'에 가까울 것이다. 아이들이 온전히 이해하기에는 너무 많은 정보와 내용을 담고 있기 때문이다. 책이 나온 이후로 항상 그것이 마음에 걸린 것이 사실이다. 선행학습이 정확히 무엇을 의미하는지 잘 이해하지는 못하지만, 많은 사람들이 걱정하고 많은 경우 아이들을 괴롭히는 관습인 것은 사실이다. 하나의 변명은 내 경우에는 아이들의 시험 점수나 학교 입학에 거의 관심이 없었다고 자신 있게 말할 수 있다. (물론 전혀 관심 없었다고는 할 수 없다.)

시작점을 되새겨보면, 일 때문에 다닌 여행이 앞서 익히는 습관의 주원인이었던 것 같다. 혼자 출장을 가야 할 때도 있었지만, 다행히 여름에 연구소를 방문하거나 한 학기 정도 방문 교수로 타 대학에서 지낼 때 같으면 가족이 동반하는 경우가 많았다. 그러다 보니 역사와 문화의 선행학습이 저절로 시작됐다. 다니고 보고 배웠다는 뜻이기도 하지만 여행 전의 공부를 강조하게 됐다는 말이기도 하다. 보통의 관광 여행을 생각해보아도 어느 정도 준비를 하고 갔을 때와 전혀 모르고 갔

264

을 때 무엇을 보든 이해하는 바가 상당히 다름을 모두 경험했을 것이다. 17세기 과학자 갈릴레오는 우주에 대한 이해를 책을 읽는 것과 비교하면서, 그 책이 쓰인 언어를 배워야 한다고 강조했다. 결국 내가 중요시하는 선행학습은 '세상이라는 책'을 마주쳤을 때 의미 있고 재미있게 읽는 데 필요한 언어의 학습이었다.

그에 반해 수학은 학교에서 하는 수준을 능가하는 선행학습을 거의 시키지 않았다. 세상에 대한 대화가 수학 이야기로 가끔 흘러간 것은 사실이지만 어려운 수학을 아이들에게 미리 공부시킨 일은 없었던 것 같다. 왜 그랬을까? 갈릴레오는 세상의 책을 읽는 데 바로 수학이 절대적으로 중요하다는 것을 강조했다. 그러나 내가 보기에 그것은 대체로 엄밀한 이해에 필요하다는 이야기다. 나도 궁극적으로는 수학을 기반으로 한 엄밀한 이해를 당연히 누구에게나 권장하고 싶지만 어린아이에게 그 정도의 집중적인 사고를 일찍부터 요구하는 것은 무리라고 느꼈다. 그래서 수학에 대해서만큼은 대체로 아이들이 스스로 학교에서 잘 배우도록 놔두는 편이었다. 예외가 하나 있다면 영국 학교에서는 효율적인 계산을 소홀히 하는 경향이 있기 때문에 계산을 무서워하지 않게끔 유도하면서 연습하도록 조금씩 도와주었던 것 같다.

물론 고등수학에서 선행의 효과는 사람에 따라 상당히 다르다. 뛰어난 수학자들 가운데 재능이 일찍 나타나서 초등학교 때 고등학교 과정을 다 공부해버린 사람들도 적지 않고, 미국 엘리트 대학의 수학과에서도 뛰어난 학부생들은 당연하다는 듯이 대학원 과목을 수강한다. 나처럼 별 재능이 없는 사람도 이해하지 못하는 내용을 미리 들어두는 것이 도움이 됐을 때도 꽤 많다. 누가 무엇을 언제 공부하는 것이 좋은가에 대한 판단은 너무 어렵기 때문에 그에 대해서 내가 함부로 의견을 표할 수 없다. 단지 우리 아이들이 자랄 때 했던 선행학습을 요약해보면, 역사와 미술과 시와 문학이 수학보다 훨씬 자연스럽게 습득됐다고 말할 수 있다.

열아홉 번째 편지

진실은 결코
간단하지 않아

삶의 심오한 문제들에
쉬운 답이 없다는 사실을
알고 있는 것은 중요하단다.

오신에게

아빠는 지금 다시 본이란다. 집으로 돌아갈 날이 이제 정말 가까워져서 이 편지보다 내가 먼저 갈지도 모르겠어. 본으로 돌아오는 기차에 오르고 몇 시간 지나니 바로 집에 도착했구나.

아침에 검은숲의 연구소에서 남은 사람들이(간밤에 보니 많더라) 간단한 아침 식사를 마친 뒤 다 같이 택시를 타고 볼파흐역으로 왔어. 거기서 모두 오펜부르크로 가는 작은 기차에 올랐고, 검은숲의 그 빽빽한 숲과 초원, 은빛 강물에 당분간 작별

267

인사를 고했지. 거기서는 사람들이 세 무리로 나뉘었어. 대부분이 프랑스 지역인 알자스, 스트라스부르, 거기서 다시 파리로 가는 일행이었단다. 그들은 다 같이 뤼크 일뤼지 교수의 생신 기념 회의에 가는 거였어. 나는 그들이 이 성지에서 저 성지로 옮겨 다니는 중세의 순례자들 같다고 농담을 해줬지. 뤼크 일뤼지 교수는 정말 많은 사랑을 받는 수학자라서, 이번 생신 잔치는 아마 제대로 된 한바탕 축제가 될 것 같아.

어제 퐁텐 교수에게 들은 일뤼지 교수의 이야기를 들려줄게. 너랑도 조금 연관된 거니까. 지난 2년 정도 퐁텐 교수가 일뤼지 교수와 함께 베이징의 학생들에게 강의하기 위해 중국에 가 계셨다더구나. 2년 전에 일뤼지 교수가 중국어 수업까지 들으면서 아주 성실하게 준비하셨던 걸 아빠도 기억하지. 그분이 엄마에게 중국어로 열심히 이야기하시던 건 너도 기억날 거야.✤ 퐁텐 교수는 일뤼지 교수가 중국에 자주 가는 본인보다 벌써 중국어를 훨씬 잘하게 되었다고 하더구나. 한번은 베이징에 있는 아파트에서 마실 물이 다 떨어져서 생수 회사에서 와서 생수병을 교체해주어야 하는 상황이었대. 그런데 일뤼지 교수가 생수 회사에 전화를 걸더니 생수 몇 병이 필요한지, 어디로 오면 되는지, 자기가 누구인지 같은 내용을 정확한 발음으로 이야기하셨다지. 현지 사람들은 프랑스에서 온 노신

✤   아내는 어머니가 반은 중국인, 반은 러시아인이어서 중국어를 어느 정도 할 줄 안다.

사가 자기네 나라 말로 이야기하는 것을 듣고 아주 감명을 받았대. 일뤄지 교수는 뭐든 배우는 걸 정말로 좋아하셔. 피아노도 아주 잘 치시는데, 일 년에 한 번은 당신보다 한참 어린 사람들과 함께 집중 교습을 받으신단다.

파리로 가는 무리 중에 도쿄에서 온 다케시 사이토라는 교수가 있었어. 다케시 교수는 18년 전 아빠가 청년이었을 때부터 알고 지냈고, 그 사이에 여러 번 만나기도 한 동료란다. 처음 그를 보았을 때가 지금도 기억이 나. 아빠가 보스턴에 있는 하버드대학교에 있었을 때인데, 그도 도쿄에서 방문교수로 와 있었지. 당시 아빠는 아직 학생이었고 그는 도쿄에서 그보다 몇 년 앞서 박사학위를 마친 상태였어.

아빠는 그의 강의를 처음 들었을 때를 잊을 수 없단다. 그가 말하는 수학 이야기도 정말 재미있었지만, 무엇보다 그의 자신감에 감동을 받았어. 당시 그는 무척 젊었고 아마 내가 알기로 미국에도 처음 온 거였어. 그런데도 전혀 머뭇거림 없이 말하고, 청중에게 조금도 기죽지 않고 자기 강연의 주제를 확실하게 전달하더구나. 그중에는 자기보다 나이도 경험도 훨씬 많은 교수들도 많았는데 말이야.

어쩌면 아빠도 그로부터 2년 뒤, 똑같이 그렇게 많은 청중 앞에서 강연해야 했고, 그리고 정말 못했기 때문에 다케시 교수의 강연이 오래 기억에 남았는지도 몰라. 아빠는 정말로 내성적인데다 수줍음이 많았고, 그래서 그렇게 큰 강의실에서 말한다는 게 무척 힘들었거든. 다케시 교수에게 내가 기억하는 그의 첫 강의 이야기를 꺼냈더니, 정작 본인은 기억을 못하더구나. 아무튼 지금 다케시 교수는 정말 쾌활하고 다정한 동료이고, 우리는 만나면 늘 즐거운 대화를 나눈단다.

내년 여름에 뷔르쉬르이베트에서 아시아 대학원생들을 위한 여름 강좌가 열린다고 네게 말했을 거야. 다케시 교수는 일본의 학생들을 데리고 거기 참석할 거고, 아빠도 한국 학생들을 데리고 갈 거니까 우리는 또 거기서도 재밌는 시간을 보낼 수 있겠지.

일행 중 몇몇은 크리스토퍼 데닝거 교수가 가르치는 뮌스터로 갔어. 그 무리에 엘마르 그로세-클뢰네라는 청년이 있었지. 오늘 아침에 그와 아주 즐거운 대화를 나누었는데, 조금 있다가 자세하게 이야기해줄게. 그와 대화를 나누면서 나는 내가 이런 회의에 올 때 사람들과 이야기하고 그들의 마음속 깊은 곳의 생각을 듣는 걸 얼마나 좋아하는지 다시 한번 깨달았단다. 어쩌면 수학보다 그걸 더 재미있어하는 것 같아. 이번에는 강의의 흐름도 따라가지 못할 정도로 내 연구에 아주 몰두해 있었기 때문에 더욱 그랬던 것 같다. 강연자가 칠판에 뭔가를 적고 있을 때, 뭔가를 말하거나 아니면 누군가와 이야기하고 있을 때, 아빠는 오로지 아빠 생각에만 빠져 있었거든. 하지만 식사 시간에는 연구를 잠시 잊고 사람들을 사귀었지. 때로 사람들과 이야기를 하려면 인내심이 필요해. 사람들은 대

살이라는 우주를 건너는 너에게

부분 그저 재미있는 말이나 하고 편안하게 있는 걸 좋아하거든. 물론 그것도 좋지. 하지만 고백하자면 이런 회의에서 아빠는 은근슬쩍 화제를 좀 더 심각한 쪽으로 돌리는 걸 좋아한단다. 다른 사람들이 그런 주제에 대해 어떻게 생각하는지 알고 싶거든.

내가 꺼내는 화제는 우리가 소크라테스에게서 배운 질문, 그러니까 정말로 잘 사는 삶이란 무엇인가 하는 질문과 연결되어 있지. 이 문제에 대해 세계 각지에서 온 다양한 사람들이 어떻게 생각하는지, 어떻게 나와는 다른 방식으로 그들의 구체적인 일상에서 그 생각을 실천에 옮기고 있는지가 아빠는 무척 궁금한 거야. 하지만 사람들은 그런 이야기가 식사 자리에서 나누기에는 너무 무거운 주제라고 생각하기 때문에, 아빠는 농담처럼 슬쩍 질문을 던진단다. 그래도 자기 속마음에 있는 이야기를 하지 않으려고 하거나, 그저 누구나 예상할 수 있는 이야기만 하려고 하는 사람들이 있어. 하지만 굽히지 않고 인내심 있게 계속 묻는다면 대개는 가치 있는 결과를 얻게 되지. 자주 벌어지는 풍경은 이래. 처음에는 모두가 그런 심각한 주제로는 말하기를 꺼려. 그러나 슬쩍 던진 한마디 말이나 질문에 한 사람, 두 사람, 그러다가 여기저기서 자신도 그런 문제에 관심이 있다고 인정하지. 그렇게 되면 가벼운 대화가 제대로 격을 갖춘 토론으로 발전한단다. 그러면 뒤로 물러나 앉아서 경청하기만 하면 되는 거야.

오펜부르크에서 아빠는 본으로 가는 기차를 갈아타기 위해 만하임행 기차에 탔어. 다시 한번 가방을 든 부인을 도와주게 됐는데, 이번에는 별다른 사고가 없었단다. 돌아오는 기차에서는 편지를 쓰지 않았어. 자리에 앉자마자 아래쪽 철로와 위의 전선을 눈여겨봤는데, 기차의 움직임과 함께 쉬지 않고 흔들리는 그 모습을 바라보고 있으니 속이 안 좋아지더라고. 그래서 좌석을 눕히고 그냥 풍경을 바라봤지. 덕분에 마인츠를 조금 지나 다시 라인강 계곡으로 들어섰을 때 풍경을 조금 더 자세히 바라볼 수 있었단다. 사람들이 수영할 수 있는 강변이 몇 군데 없다는 걸 알게 됐지.

전에 말했던, 작은 섬에 있다던 교회는 알고 보니 교회가 아니었어. 이번에 보니까 성 같더라. 그래도 왜 조그만 섬에 그런 건물을 지었을까 하는 의문은 남아. 강가를 따라가다 보면 강 한가운데 좁다란 땅덩어리가 많고 그 모래땅 위에 나무가 줄지어 심어진 곳도 있던데 말이지. 자연스럽게 뿌리를 내리게 된 걸까?

그리고 내려오면서 보았던 울퉁불퉁한 바위 언덕이 실제로 로렐라이 언덕이라는 것도 알게 됐단다. 두 가지 근거가 있었지. 우선 아빠가 저번에 말했던 브렌타노의 시가 "라인강변의 바하라흐에서"라는 구절로 시작하거든. 그래서 이번에는 기차가 바하라흐라는 작은 마을을 지나칠 때 로렐라이 언덕을 찾아보았단다. 그 이름은 『바하라흐의 랍비』라는 하이네의 시집

삶이라는 우주를 건너는 너에게

에서 본 거라 오래전부터 알고 있었으면서도, 지난번에 내려올 때는 표지판을 못 본 거 있지. 또 하나는 페터 슈나이더라는 수학자가 말해주기를, 언덕 바로 앞 강둑에 로렐라이라고 쓰인 표석이 있다고 했거든. 그래서 바하라흐 북쪽에 다다랐을 때 어느 절벽이 다시 시야에 들어오기에 잘 살펴봤더니, '로렐

윌리엄 터너의 〈바하라흐 근처의 성〉(1817년).
윌리엄 터너는 마인츠와 쾰른 사이의 라인강을 따라
여행하며 변화무쌍한 풍경을 그림으로 남겼다.
그림의 원경으로 바하라흐와 슈탈레크성이 희미하게 보인다.

라이'라는 검은 글씨가 적힌 콘크리트 표지가 정말로 보이더 구나.

로렐라이 표석을 본 다음에는 잠깐 졸았는데, 그래서인지 기차는 잠깐 새에 본 중앙역으로 들어와 있었어. 기차에서 느꼈던 메스꺼움은 집에 와서 할머니가 보내주신 매콤한 국수 한 그릇 먹으니까 사라졌지. 솔직히 일주일 내내 독일식으로 밥을 먹었더니 매콤한 음식이 그립더구나.

저녁에는 베토벤 생가 옆에 있는 한국 식당에 갔어. 전에 말했는지 기억이 안 나는구나. 지난번에 우리가 같이 본에 왔을 때는 없던 곳이야. 한국인 가족이 운영하는 곳인데 한국인 관광객이 여기 오면 베토벤 생가에 꼭 가니까 그 장소를 고른 것 같아. 잠시 동안인데도 본으로 돌아오니까 참 좋더구나. 막스플랑크연구소가 있는 이 근방은 자동차가 못 들어오는 보행자 구역이라, 저녁에 산책하기가 아주 좋단다. 날씨는 더웠지만 자갈이 깔린 보도를 천천히 걸으며 만끽하는 저녁 바람이 참 시원했지. 오늘도 역시 많은 가족들이 산책을 나와 걷기도 하고 앉아서 아이스크림을 먹기도 했어. 베토벤 동상이 있는 광장에 가까워졌을 때는 어두워지는 하늘을 배경으로 뮌스터성당의 높다란 첨탑이 어스름하게 빛나고 있었지. 연구소 건물 바로 뒤로는 키 큰 떡갈나무들이 줄지어 서 있어서 아주 예뻤고. 그 광경을 보니 또 하이네의 시가 떠올랐어.

살이라는 우주를 건너는 너에게

내게 한때 아름다운 조국이 있었네

떡갈나무

거기서 높이도 자라고, 제비꽃은 상냥하게 인사했지

그건 꿈이었네

독일어로 속삭이는 입맞춤을 받았네

믿을 수 없을 거야,

그 소리가 얼마나 좋던지, '너를 정말 사랑해!' 그 낱말이

그건 꿈이었네

네가 짐작했을지 모르겠지만 하이네는 파리에 살 때 이 시를 썼어. 하이네가 독일에서 어려운 일을 많이 겪어서 결국 파리에서 살아야 했다고 전에 말했지. 그때는 신성로마제국이 나폴레옹에 의해 막 무너진 시절이었어. 그 당시 황제를 옹호하던 정치가 집단(그중에 메테르니히 같은 유명한 정치가도 있었지.)은 귀족 정권을 무너뜨리려는 급진적인 시도를 아주 두려워했지. 그래서 일반 대중과 가난한 민중을 계속 통제할 수 있도록 몇 가지 일을 꾸몄어. 힘 있는 사람들이 대중을 통제하려고 할 때 어떤 책을 못 읽게 하거나, 혹은 어떤 교수의 강의를 못 듣게 하는 경우가 많아. 좋은 책과 좋은 강연은 사람들을 비판적으로 만들거나 불만을 느끼게 만드니까.

할아버지가 약 20년 전, 한국에서 감옥에 잠깐 계셨던 것도 바로 그런 이유고. 독일의 왕자와 공작들이 하이네의 시집을

못 읽게 하고 하이네를 독일에 받아주지 않은 것도 그래서였지. (참, 당시 독일은 지금처럼 단일한 나라가 아니었단다.) 독일 귀족들에게는 프랑스혁명에서 뻗어 나온 생각들이 너무도 위협적으로 느껴졌거든. 게다가 하이네는 잠시 마르크스와 친분이 있기까지 했어. 그래서 현대에는 조국에 대한 하이네의 그리움이 순수한 진심이라고 보지 않는 사람들도 있어. 그 역시 과장된 것이라는 거지. 심지어 떡갈나무가 나오는 이런 시에서도 하이네가 비열한 작자들이 통치하고 있는 조국 독일을 사랑하는 사람들을 비웃고 있다고 보는 의견도 있단다.

하지만 아빠는 그런 시각에는 동의하지 않아. 하이네는 독일에서 자랐고 독일어는 그가 쓰던 모국어였어. 하이네는 독일 정부의 '보수주의'(당시 스러져가는 제국의 구조를 붙잡으려 했던 시도를 가리켜)를 거세게 비판하는 정치적인 글에서조차 독일 산과 나무의 아름다운 풍경을 아주 사랑스럽게 묘사했어. 독일 정부의 관행을 비판했던 것은 그가 자라난 땅의 사람들을 정말로 사랑하고 그리워했기 때문이라고 생각해. 그래서 위에서 말한 시에서 나는 그가 독일의 떡갈나무, 그리고 모국어를 쓰는 사람들과의 우정에 대한 그리움을 조금도 과장하고 있다고는 느껴지지 않았어.

지난 며칠, 정말 즐거운 대화를 많이 나눴고 몇 가지를 배우기도 했단다. 어느 날 점심 자리에서 우리 회의 참석자가 아닌 러시아인 일행과 동석을 하게 됐어. 오버볼파흐의 연구소는 함께 연구하고 싶지만 같은 곳에 살지 않는 수학자들에게 공간을 제공해주기도 하거든. 그러면 신청한 사람들은 한 번에 두세 달은 연구소에 머물 수가 있지. 연구소에서는 그들에게 숙소와 방해받지 않고 작업할 공간을 마련해주고. 식탁에 함께 앉은 사람들은 드미트리 푹스 씨와 푹스 씨 부인, 세르게이 타바초니코프 씨였어. 푹스 씨 부부는 지금 캘리포니아에 살고, 타바초니코프 씨는 펜실베이니아에 살아. 그분들은 다들 러시아 모스크바에서 자랐는데 가브리엘로프 씨와 비슷한 시기에 미국으로 오게 되었더구나.

평소처럼 나는 러시아에서의 경험, 미국으로 건너온 사연 같은 그분들의 이야기를 즐겁게 들었지. 대체로 가브리엘로프 씨의 사정과 무척 비슷했어. 그분들은 러시아의 훌륭한 수학자 공동체의 일원이었지만 공산 정권 말기에 경제가 악화되면서 어쩔 수 없이 고향을 떠나게 되었지. 미국에서도 서로 아주 먼 곳에 자리를 잡게 됐는데, 이 먼 독일 땅에서 다시 만났으니 정말 반가워했어. 알고 보니 타바초니코프 씨는 전에 푹스 씨의 학생이었던 터라 러시아에서는 두 분이 정말 가깝게 지냈더라고. 타바초니코프 씨는 연구소에 이제 아홉 살이 되는 딸 샤샤를 데리고 왔더구나. 아버지가 연구하는 동안 건물 여기저기를 혼자 돌아다니면서 능숙하게 책도 읽고 다른 어른들이랑 대화도 하던걸.

수요일 오후에는 계속되는 강연 중에 짧은 휴식시간이 있었어. 아빠는 쉬는 시간 동안 오버볼파흐-키르헤 마을로 내려가서 몇 가지를 사왔단다. 원래는 샘물이 흐르는 아름다운 오솔길을 걸어서 내려갈 요량이었어. 그런데 안내직원 아네테 디쉬 씨가 상점이 문을 닫았을지도 모른다고 먼 길을 내려갔다가 빈손으로 돌아올 수도 있다면서 무척 염려하시더구나. 그러면서 한사코 차를 태워주겠다고 하셨어. 디쉬 씨는 정말 명랑하고 풍채가 좋은 중년 여성이야. 차에 탔더니 자기가 오버볼파흐에 살고 있긴 하지만 차는 일본 차를 몰고 있다고 반갑게 말씀하시더구나. 아주머니를 실망시키고 싶지는 않았지만, 아빠는 한국인이라고 고백했지. 그러자 이 마을에는 '현대'라는 회사가 만드는 한국 차도 많다면서 명랑하게 대꾸하셨어. 디쉬 씨는 평생 그 마을에서 사셨대. 아들이 거기서 태어났고 지금도 같이 그 집에 살고 있다더구나. 아들은 가까운 마을에서 차를 수리하는 수리공이라고 했어. 그러면서 "그 애가 학교에서 여간 힘들어했던 게 아니에요. 당신네들하고는 달랐죠. 하지만 손으로 하는 일은 정말로 사랑하는 아이지요"라고 힘주어 말씀하셨지. 디쉬 씨는 그 수학연구소에서 30년 넘게 일하셨더구나. 대도시 사람들이 쉽게 직업을 바꾸는 걸 생각하면 정말 놀라운 일이지. 해마다 세계 각처에서 오는 사람들을 만나고, 종종 자신의 도움이 필요할 때면 작은 도움을 주는 이 일이 정말 좋다고 하셨어.

내가 기념품 가게에 있는 동안 디쉬 씨는 근처 교회로 가서 부모님 무덤을 손보고 오겠다고 하셨지. 기념품 사는 일이 빨리 끝나서 나는 디쉬 씨가 가리킨 교회까지 걸어가 보았단다. 교회 뒷마당에 정말로 아름다운 묘지가 있었는데, 조그만 무덤들이 나란히 늘어서 있고 색색의 꽃들이 조그만 땅뙈기 사이에 많이도 자라나 있더구나. 공간이 정말 얼마 없었는데(각각의 묘지도 낮은 돌담으로 겨우 구분되어 있었어), 묘지를 화사하게 만들려고 사람들이 심어놓은 것 같았어. 무덤이 저마다 아주 잘 가꾸어져 있었지. 입구에서 머뭇거리고 있으니 마침 디쉬 씨가 들통을 들고 성큼성큼 걸어오셨어.

이 짧은 외출은 무척 유익했단다. 교회 맞은편 길의 선술집 앞에 꽃이 활짝 핀, 아주 크고 잎이 많은 나무가 있었거든. 설마 하는 마음에 디쉬 씨에게 물어봤더니, 정말 그게 보리수가 맞더구나. 독일에 여러 번 오고도, 보리수가 정확히 어떻게 생겼는지를 모르니까 확신할 수가 없었던 거야. 내가 아는 것이라고는, 역시 하이네의 시에서 읽었던 건데, 이파리가 하트 모양이라는 것 정도였지. 그게 나무를 구별할 만큼 도드라지는 특징은 아니었기 때문에, 나는 그 나무를 호기심 어린 눈으로 숱하게 바라보기만 했지 뭐야. 여기는 보리수가 무척 흔하다고 들었으니 아마 보고도 지나친 게 많았을 거야. 부풀어오른 씨앗들이 눈처럼 땅으로 떨어지고 있었는데 정말 장관이었단다. 보리수 그늘 아래서 쉬는 시인의 모습이 절로 그려졌지.

아빠가 지난 며칠간 나눈 대화와 생각들에 대한 얘기는 아직 시작하지도 못했는데 벌써 편지가 길어졌네. 아빠는 코츠 교수, 수자타 교수, 레겐스부르크에서 온 귀도 킹스 씨와 수학 대화를 즐겁게 나누었단다. 파리에서 온 네코바 씨, 역시 레겐스부르크에서 온 얀센 씨, 그리고 미국에서 온 두 청년 힐리 씨, 키신 씨와 나눈 대화도 즐거웠어. 하지만 그건 건너뛰고, 이스라엘에서 온 에후드 데 샬리트 씨와 어젯밤에 나눈 대화에 대해서 네게 이야기하려고 해.

예루살렘이 있는 나라 이스라엘에 관련해서는 늘 떠오르는 어려운 주제가 있어. 바로 이스라엘과 팔레스타인 사이에서 아직도 벌어지고 있는 전쟁이란다. 이 문제에 관해 이미 짧게 이야기했지. 이스라엘 사람들은 모세의 후손이고, 팔레스타인 사람들은 마호메트와 살라딘의 전통에 속해 있다고.✝ 오래전에 너와 내가 결론을 내렸듯이 둘은 모두 아브라함의 후손이니까 정말이지 싸울 필요가 없단다. 그런데도 그들이 싸우고 있는 건 땅 때문이야. 사람들 사이의 싸움이 결국은 고작 땅 때문이라는 게 정말 우습지 않니?

이 경우는 아주 오래된 이야기라서, 사람들은 이 문제에 대해서라면 화부터 내지. 그런데 데 샬리트 교수✝는 이스라엘과

✝ 살라딘은 십자군에 맞서 이슬람 저항군을 이끈 12세기 이집트의 군주다. 그는 특유의 군사 전략으로 유명하지만, 정직하고 현명한 통치 방식, 적군과 포로를 인도적으로 다룬 점 등으로도 잘 알려져 있다.

삶이라는 우주를 건너는 너에게

팔레스타인이 그저 어쩌다 보니 우연히 땅을 놓고 싸우게 된 것일 뿐, 본래는 아주 비슷한 사람들이라고 굳게 믿고 있더구나. 예를 들어 너와 나일이 같은 두 형제가 얼마든지 친하게 지낼 수 있는데 장난감을 놓고 싸우듯이 말이야. 그 역시 근본 문제는 팔레스타인이 이스라엘만큼 부자 나라가 되기 전까지 해소되지 않을 거라고 했어. 그게 바로 현실이란다.

팔레스타인과 이스라엘은 서로 등을 맞대고 가까운 데 살고 있지만, 대부분의 팔레스타인 사람들은 이스라엘 사람들에 비하면 무척 가난해. 반면 이스라엘 사람들은 어느 정도 욕심을 부리면서까지 제 나라를 발전시키고 있어. 그래서 데 샬리트 교수는 이스라엘이 자기들의 부를 나누어야 하고 전 세계가 이를 도와야 한다고 굳게 믿고 있지. 그래야 사람들이 평정을 되찾아서 서로의 다른 점을 찾기를 그만두고 비슷한 점을 다시 발견하게 될 테니까. 그때가 되면 누가 어느 땅을 가져야 하느냐 하는 구체적인 결정은 중요하지 않게 될 거야. 사실 데 샬리트 교수가 말을 많이 하는 성격이 아니기 때문에 아빠는 그의 말을 듣는 게 더욱 즐거웠단다. 그는 대중 앞에 자기를 달변가로 드러내는 것을 안 좋아해. 그래서 무척 진심 어리고, 주저하는 듯한 말투지.

데 샬리트 교수는 이스라엘 사람이기는 하지만, 팔레스타

❖ 에후드 데 샬리트Ehud de Shalit 는 예루살렘에 있는 히브리대학교의 교수로, 지금도 팔레스타인 지식인들과의 공동 프로젝트에 자주 참여하고 있다.

인의 대학 교수들과 연합해서 팔레스타인 사람들에게 더 나은 교육의 기회를 제공하는 일에 아주 열심이더구나. 또 하나 근사한 점은, 이 대화도 처음에는 다소 피상적으로 시작됐다는 거야. 많은 사람들이 이 상황에 대해 뻔하고 단순한 견해만 표현하고는 농담으로 웃어넘겼지. 하지만 결국 토론으로 들어갔고 우리 모두 진지하게 생각하기 시작했어. 그리고 내가 볼 때 각자 배운 점이 있었지.

그래서일까 오늘 오전에 아침 먹으러 모였을 때는 아주 편안한 대화를 나눴고, 우리는 다시 여러 가지 재미있는 이야기를 했단다. 유럽과 아시아의 역사적인 관계라든지, 알렉산드로스 대왕의 성격, 이스라엘과 이집트의 고고학, 19세기 유럽 민주주의의 발전을 20세기 아시아와 비교했을 때의 차이 같은 것 말이지. 사람들은 일단 편안해지기만 하면 진지한 대화를 별로 힘들어하지 않아. 대화의 주제는 언젠가부터 프랑스, 독일, 미국 같은 서양 나라들의 종교 문제로 넘어가 있었지. 바로 그때 나는 그로세-클뢰네 씨와 아주 진지한 대화를 하게 됐어.

이제 보니 종교에 관한 복잡한 주제로는 너와 진지하게 이야기해본 적이 없구나. 하지만 너도 아이들이나 어른들과 사귀다 보면 명백한 질문에 맞닥뜨리게 될 테니, 언젠가는 이야기해봐야지 생각하고 있었단다. 어떤 종교든 마찬가지지만, 우리가 지내는 나라들에서 가장 중심이 되는 종교가 기독교니까 기독교에 국한해서 이야기해보자. 사람들이 아주 흔하게 저지르는 실수가 있는데, 그건 바로 기독교인이 되는 것과 그렇지 않은 것이 크게 달라야 한다고 생각하는 거야.

언젠가 아빠는 기독교인이냐고 네가 물었던 기억이 난다. 사람들이 많이 생각하지 않고 보통 대답하는 식으로 간단하게 말하면 답은 '아니야'일 거야. 하지만 여느 때처럼 진실은 그리 간단하지 않아. 이 질문은 결국 신을 믿는지 아닌지 하는 문제로 귀결된다고 하는 이들도 있겠지만, 더 깊이 생각해보면 믿는다는 게 무엇인지조차 확실히 규정하기 쉽지 않다는 게 드러나지. 이건 무척 복잡한 주제고 우리가 나중에 아는 게 더 많은 상태에서 대화하면 더 좋을 테니까 지금은 너무 깊이 들어가고 싶지는 않구나.

다만 삶의 심오한 문제들에 쉬운 답이 없다는 사실을 알고 있는 건 중요하단다. 그러니 일단은 너와 내가 기독교인이 아니라고 해두자. 그렇다고 해서 우리가 예수의 가르침을 받지 못한다거나, 성당에 갔을 때 성모 마리아께 촛불을 봉헌하지 못한다거나, 세계의 가난한 이들을 위해 진심으로 기도할 수 없는 건 아니야. 사람들이 우리를 불교 신자라고 하지 않아도 우리는 여러 절의 불상 앞에서 합장했고, 세상의 고통과 허망한 쾌락을 저버리는 게 무슨 뜻인지 오랫동안 생각하기도 했잖아. 기독교인이면서 동시에 불교 신자일 수는 없다고 생각하는 사람들도 있지만, 너는 그저 플럼빌리지의 네 베트남 친구를 기억하기만 하면 된단다.✢ 그러면 그런 견해가 옳지 않다는 게 분명해져.

진실은 이런 거야. 자연과 인간, 우리를 둘러싼 우주의 진정한 사랑에 대한 심오한 질문들은 우리 각자가 사랑하는 스승이 부처든 예수든 루터든 바오로 성인이든 마호메트든 소크라테스든, 언제나 사람들을 같은 지점으로 데리고 간다는 거지. 그러니 기독교인과 비기독교인이 근본적으로 다르다고 생각하는 사람들이 왜 그러는 건지 아빠 잘 모르겠어.

그렇게 생각하는 사람들이 있다는 것도 너에게 말해주지 말 걸, 하는 생각도 들어. 왜냐하면 그런 건 모르고 있는 게 더 나으니까. 하지만 네가 전에 했던 질문으로 미루어 본다면, 나는 너와 그 문제에 대해 토론하는 걸 피할 수 없을 것 같구나. 이유는 복잡하지만, 지금은 두 가지 대답을 할 수 있을 것 같아. 우선 사람들은 어려움을 겪을 때 누군가 탓할 사람을 찾으려는 경우가 많아. 고대 로마에 살았든 중세에 살았든 현대에 살고 있든, 착한 사람들도 이런저런 시련을 경험할 수 있잖아. 어려움에 처했을 때 인내심이 바닥나면 사람들은 쉽게 돌변해서 주변을 둘러보며 탓할 사람이 없는지 찾지. 이건 참 딱한 일

✢　오신이 엄마와 함께 틱낫한 스님이 남프랑스에 세운 명상센터 플럼빌리지에 갔을 때 사귄 베트남 비구니 스님이다. 가톨릭 수녀이기도 했던 그분은 전 세계 억압받는 이들을 위한 정치적 대의를 굳건하게 옹호했다.

　　　　　　　　　　삶이라는 우주를 건너는 너에게

이지만, 그게 바로 인간의 나약함이란다. 중세에는 농사가 잘 안 되어 기근이 오자 사람들이 아주 사소한 일로도 이웃을 쉽게 등지고는 했어. 현대에는 음식이 문제가 되지 않지만(혹은 되어서도 안 되지만) 우리 사회에는 아직도 많은 불안과 탐욕, 외로움과 환경 파괴, 예기치 못한 사고 같은 것들이 존재한단다. 물론 그렇다고 가슴속에 선의를 품고 사는 많은 사람들이 있다는 사실이 바뀌지는 않아. 다만 어려움이 닥쳤을 때 착한 사람들도 나약하고 비열해질 수 있다는 말이야. 지금 이 시대에도 서로 다른 신을 믿는 사람들이 세상의 문제를 놓고 서로를 탓하기도 해.

아빠의 두 번째 대답은 여기서 더 나아가는 거야. 아빠가 볼 때 사람들은 근본적인 차이를 사실 그렇게 강하게 믿지 않아. 적어도 가슴 속에서는 그래. 내가 겪은 바로는, 인내심 있게 진지하게 질문을 받았을 때도 그런 믿음을 고수하려고 하는 사람은 거의 없어. 그렇지만 사람들은 그냥 습관적으로 상처 주는 말을 하기도 하지. 이런 모습은 대학교 안에서도 자주 볼 수 있단다. 아빠는 세계 여러 대학에서 길게도 짧게도 가르쳐보았잖아. 너는 대학 내 사람들이 언제나 깊이 생각하는 사람들일 거라고 기대할지도 모르겠다. 하지만 안타깝게도 대학의 사람들 역시 사회가 던져주는 불안을 마주하면 엄청난 두려움과 단순함으로 대응하곤 한단다. 그래서 가끔 그들이 세상의 문제가 자기들보다 덜 교육받은 사람들 때문에 생긴다고 말하는 경우를 볼 수 있어. 딱한 일이지. (유감이지만 그들은 종교를 가진 사람들도 자주 비난해.)

물론 아빠는 배움의 중요성을 강하게 믿어. 그러나 우리가 더 많이 배울수록, 진정한 이해는 물질세계에 대한 지식 너머에 놓여 있다는 게 더욱 분명해지는구나. 여행 혹은 책을 통해 세계를 공부하는 것은 우리가 진실의 문으로 곧장 걸어가도록 도와줄 수 있지만, 마지막 발걸음을 떼려면 결국은 자기 가슴과 영혼을 들여다보아야만 해. 그래야 말과 개념이 전혀 의미를 갖지 못하는 신비스러운 곳으로 들어갈 수 있단다. 그러니 어떻게 사람들이 대학에서 공부하지 못해서 문제가 생겨난다고 단순하게 말할 수 있겠니? 사실 아빤 정말로 그렇게 믿는 사람도 없다고 생각해. 누군가 그렇다고 말한다면 그에게 진지하게 질문을 던지기만 하면 돼. 그들이 살면서 사랑하고 믿었던 사람들에 대해서, 그들에게 영혼으로 가까웠던 사람들에 대해서. 예를 들어 정민 엄마는 대학에 가본 적이 없지만, 그것 때문에 세상에 문제를 일으켰다고는 상상도 할 수 없잖아.✤ 디쉬 부인의 아들이 학교에서 공부를 못했고 한 번도 검은숲 계곡을 떠나본 적이 없다지만, 난 그 어머니를 보면서 그가 정말 좋은 사람일 거라고 짐작할 수 있었어. 사람을 유식한 사람과 무식한 사람으로 나누는 건 아주 어처구니없는 구분이라는

✤   정민 엄마는 나의 부모님 집에서 집안일을 돕는 분이다.

삶이라는 우주를 건너는 너에게

걸 대부분의 사람들은 금방 깨달아. 기독교인과 비기독교인을 나누는 것도, 종교와 세속을 나누는 것도 마찬가지야. 실제 삶을 구체적으로 들여다보면 대부분 사람들은 외면적인 구분과는 상관없이 다른 사람을 사랑하고 이해할 수 있고 실제로도 그렇게 하고 있단다.

물론 사람들은 생김새도 다르고 가진 재능도 다르고 말하는 방식도 달라. 하지만 삶에서 정말 중요한 문제에 관해서 이렇게 저렇게 사람들이 나뉘어야 할 만큼 커다란 차이는 없어. 그런 관점에서 아빠는 내가 기독교인인지 불교 신자인지, 그밖에 어떤 것인지 묻는 질문에는 별로 대답하고 싶지 않은 거란다.

오늘 아침의 대화로 다시 돌아가볼게. 그로세-클뢰네 씨는 호리호리한 몸집에 눈빛이 강렬한 청년이었어. 식탁에서 이야기하다 보니 사람들이 종교에 대해 말하는 방식에 그가 이의를 제기하게 되었어. 알고 보니 그는 독실한 천주교 신자였는데, 그건 수학자들 사이에서는 좀 드문 일이란다. 네게 말을 안 해준 것 같다만 대학에서는 종교를 가진 사람이 많지 않은 게 사실이거든. 그 청년이 그 사실을 알고 있었기 때문인지, 다소 불쾌할 수도 있는 논쟁을 시작할 마음의 준비가 되어 있었던 것 같아.

우리는 진지하게 얘기하기 시작했어. 그에게 내가 기독교에 적대적이지 않다는 사실을, 오히려 그 반대라는 사실을 믿게 하는 데 정말 시간이 많이 걸렸단다. 나는 한국에 있는 내 친구들도 대다수가 아주 독실한 기독교인이고, 우리는 우리의 믿음을 표현하는 인간의 언어가 어떻든 상관없이 삶의 심오한 문제들에 대해서는 비슷한 감정을 갖고 있는 경우가 많다고 말했지. 이건 정말 근본적인 이야기란다. 사람들의 말은 아주 비슷한 내면세계를 담고 있지만, 표현이 달라. 그래서 다른 이의 말을 번역해서 듣는 고통스러운 수고를 감수하지 않으면 쉽게 서로를 불신하게 돼.

그로세-클뢰네 씨는 처음에는 이런 가능성에 대해 생각하는 것조차 아주 꺼렸어. 내가 보기에 그는 기독교인과 비기독교인의 차이점을 부풀리는 데 익숙한 사람들 사이에서 자라서, 그와 내가 큰 공통점을 갖고 있다는 사실을 생각해보려고도 하지 않는 것 같았어. 자기도 그렇다고 여러 번 말했고. 그래도 나는 우리가 양쪽 모두의 입장에서 많은 진실을 말했다고 생각되더구나. 클뢰네 씨가 앞으로 수학계에서 종교가 없는 사람들을 많이 만나게 될 텐데, 이번 대화가 그들하고도 조금은 솔직하게 생각을 털어놓을 수 있는 계기가 되리라 믿어. 사실 아빠가 그 친구에게 어떤 영향을 미쳤을지는 알 수 없었지. 그저 갈 시간이 다 되는 바람에 한창 무르익어가던 대화를 마무리 지어야 했어. 하지만 그가 깊은 생각에 잠긴 건 분명해 보였어.

우리는 볼파흐역에 나갈 때 다른 택시를 탔고, 그래서 오펜부르크역에서 만날 때까지 다시 이야기할 기회가 없었지. 역에서 보니 그 친구와 슈나이더 씨가 만하임까지 나랑 같은 기차를 타게 되어 있더구나. 우리는 칸은 달랐지만 승강장에 서서 가벼운 주제로 수다를 떨었어. 그때 어떤 부인이 가방을 들어줄 수 있겠냐고 도움을 청하는 통에 잠깐 대화가 끊겼지. 슈나이더 씨는 본인 기차 칸이 5호인데 부인 자리가 3호에 있다면서 좀 꺼리는 눈치였어. 나는 얼른 내 좌석이 4호에 있으니 내가 부인을 돕겠다고 했지. 부인은 내게 고맙다고 말하고, 무거운 가방을 끌고 기차에 오르기 좋은 위치를 찾아다니더구나.

그때 기차가 멀리서 보였어. 나는 부인을 따라가는 게 좋겠다고 생각하고 둘에게 잘 돌아가라고 인사했지. 정말 뭉클했던 건, 악수를 할 때 그로세-클뢰네 씨가 내 눈을 들여다보면서 그 야윈 손가락으로 내 손을 30초 정도 꽉 쥐었던 거야. 뭔가 더 이야기를 나누고 싶다는 듯이. 기차에 오르면서 그 순간을 떠올려보지 않을 수 없었단다. 그 짧은 대화만으로도, 비록 내가 교회에 나가지 않아도 우리가 그리 다르지 않다는 걸 그가 수긍한 것이라고 생각되었어.

사는 게 그런 것 같아. 우리는 한 장소에서 다른 장소로 옮겨가면서, 서로를 전혀 이해할 수 없을 것 같은 때조차, 결국에는 같은 걸 찾고 있는 온갖 영혼들을 만난단다. 우리는 만나고, 기회가 주어지면 얘기하고, 서로 악수하고 아주 얇은 선이나마 한 번에 하나씩 연결점을 만들어가. 그리고 마침내 그 점들이 우리가 자주 이야기하는 하나의 세계라는 완성작을 만들어내는 거지. 물론 그로세-클뢰네 씨가 그때 무얼 생각했는지, 우리 대화가 그에게 정말로 중요하기는 했는지 아빠 정말 몰라. 하지만 그의 악수가 한동안 내 기억에 남을 거라는 건 잘 알겠구나. 검은숲에서 보낸 근사한 시간의 멋진 마무리로 말이야.

맞다. 이번 주에 아빠의 수학 연구에 좀 진전이 있었다고 말해주려고 했었지. 적어도 내가 생각하고 있는 문제에서 풀어야 할 지점이 정확히 무엇인지는 알아냈어. 난제를 점점 좁혀나가는 건 꽤 중요한 단계란다. 하지만 그건 다음 편지를 위해 아껴둘게.

잘 자렴, 오 군.

아빠가

인생을
사랑했기에

추신

한번은 담당 편집자에게 이런 질문을 받은 적이 있다. "교수님은 평생 공부한 것을 후회하신 적도 있나요?"

이 삶을 사랑하기에 저는 죽음 또한 사랑하렵니다.

앞서 인용한 타고르의 시 「기탄잘리」의 한 구절이다. 약간 엉뚱하게 들리겠지만 인생에 후회는 없다는 느낌이 요새 특히 많이 드는 것은 그야말로 죽음을 생각해도 별로 두렵지 않기 때문이다. 전혀 안 무섭다고 이야기하지는 못한다. 특히 인생의 끝에 몸을 제대로 쓰지 못해서 남에게 의존해야 하는 일이 생긴다는 것은 여전히 두렵다. 그런데 죽음 자체에 대해서는 편안한 마음이 어느 정도 가능해진 것 같다.

사실 이 편지들을 썼을 때에 비해 지금 물질적으로 풍요로워진 것도 사실이다. 그러나 그보다도 그 당시 어렸던 아이들이 건장한 젊은이들이 됐고, 둘 다 인생을 의미 있게 살 준비가 충분해 보인다. 그러면서 아이들과 항상 가깝게 지냈다는 사실에 대한 걱정도 없지는 않다. 오신이는 이제 대학을 졸업하고 둘째도 대학에 올해 들어갔는데, 요새도 나와 이야기하기를 너무 좋아한다. 이것은 자랑이기도 하지만 실제로 늙어가는 입장에서 걱정스럽기도 하다. 어른이 되면서 아버지와 거리가 생기는 것이 자연스럽지 않은가 하는 종류의 노파심이다. 물론 그렇다고 해서 후회한다는 뜻은 전혀 아니다.

2022년 지금 내가 일하는 에든버러의 국제수리과학연구소는 도시 중심부에 있는 아름다운 현대 건축물의 꼭대기 층을 차지하고 있다. 사방으로 창문이 많아서 교회들의 첨탑과 돌담 사이를 지나가는 대로가 발아래 펼쳐지고, 먼 바다가 검푸르게 보인다. 저녁때면 동녘의 산 위에 '아서왕의 왕좌'라는 별명이 붙은 분화구가 노을 속에 빛나고, 연구실 북쪽으로는 에든버러성의 컴컴한 돌벽이 붉어질 즈음에는 남동쪽 멀리 도니제티의 오페라에 나오는 람메르무어힐스에서 바람과 구름이 몰려오기도 한다. 이곳 환경에 대해서 최근에 쓴 신문 기사를 인용하겠다.

스코틀랜드의 수도 에든버러는 유럽에서 가장 아름다운 도시로 꼽힌다. 기괴하게 우아한 종교 건축과 다용도 석조 건물 가득한 중세 도시의 아담한 골격을 현재까지 보존하고 19~20세기의 급격한 경제·사회적 변화와 21세기의 진보적인 문화를 흡수하면서도 사방으로 푸른 자연에 여전히 둘러싸여 있는 분위기는 드문 미학적 평형을 성취하는 것이 사실이다. 시내에서 멀지 않은 해안 길을 따라가면 해산물이 풍부한 작은 마을과 거친 물결, 그리고 아기자기한 해양생물보호구역이 도시의 지형을 보완한다. 12세기에 처음 지었다는 장엄한 에든버러성은 높은 언덕 위에서 바다 방향을 내다보고, 그 주위로 기슭을 따라서 각양각색 건물들이 오밀조밀하게 모여 있다. 정상에서 구부러진 골목길을 따라 북쪽으로 내려가면 사람과 차량으로 혼잡한 프린스로가 나오고, 그 길을 건너면 18세기 말부터 19세기 중반 무렵까지 건설된 신도시 '뉴타운'이 시작된다. 조지언 양식georgian style의 계단식 건물들이 줄 서 있는 뉴타운은 스코틀랜드에서 특히 활발하던 계몽주의 경제의 산물로서, 그 당시 부흥한 상인과 장인 계층 시민들의 주거환경을 개선할 목적으로 널찍한 도로와 길쭉한 공원 몇 개를 평행으로 배치해 지금 봐도 도시 계획이 조화롭다.

뉴타운에 있는 물리학자 제임스 클러크 맥스웰James Clerk Maxwell의 생가를 방문하러 가면서 관찰한 전경이다. 이렇듯 커리어 말기에 아름다움에 둘러싸여서 일상을 보내며 살 수 있다는 것 또한 축복이다.

국제수리과학연구소의 주 업무는 세계 수리과학 커뮤니티의 학술 활동을 도와주는 것이다. 세계 아무 데서나 학자들이 수학과 관련된 주제로 학회를 개최하겠다는 신청을 하면, 그들의 제안 중 뛰어난 것들을 선정해서 1년에 학회를 약 25번 정도 개최한다. 그러다 보니 학자로서 지낸 일생 동안 알게 된 여러 사람들을 접대하면서 재회를 즐길 수 있고, 에너지 넘치는 젊은 연구자들을 새로 만나서 연구의 첨단 이야기도 대화를 통해 알아볼 수 있다. 배우는 즐거움과 함께 '유붕자원방래 불역락호有朋自遠方來, 不亦樂乎'가 저절로 생각날 때가 많다.

어떻게 해서 이 정도로 운 좋게 살 수 있었는지 잘 몰라 가끔 죄책감이 들기도 하지만, 계속 평화롭게 공부하면서 인생을 마칠 수 있다면 끝까지 후회가 없을 것 같다.

우리의 여행은
앞으로도 계속될 거야

각자에게 가장 잘 맞는 방식으로 여행은 계속돼.
그러니까 우리는 삶에서, 죽음에서,
그 사이에서도 늘 여행하고 있다는 말이지.

오신에게

　네 할머니 할아버지는 45년 전쯤 처음으로 한국을 떠나셨단다. 아빠가 오래전에 그랬던 것처럼, 공부하기 위해 미국으로 가셨지. 너도 짐작할 수 있겠지만 그때는 지금과 많이 달랐어. 가령 미국에서 한국으로 전화하는 것도 아무나 할 수 있는 게 아니었지. 대부분 연락은 이번 여름에 우리가 한 것처럼 편지로 주고받았고, 그것도 지금보다 훨씬 더 오래 걸렸어. 비행기도 지금보다 많이 느렸어. 그때 비행기는 지금처럼 연료를 많이 싣고 다닐 수가 없어서 연료를 채우러 태평양의 섬에 자주 내려야 했거든. 할아버지가 처음 미국에 오실 때 비행기로 사흘이 걸렸다고 하시더라. 비행기 삯은 지금보다 무척 비쌌지. 아마 당시 한국인의 일 년 치 봉급하고 맞먹었을 거야. 할아버지의 어머니도 할아버지 비행기 삯에 보태려고 오랫동안 돈을 모으셔야 했어.

누구 한 사람이 해외로 떠난다 하면 가족뿐 아니라 주위가 떠들썩했단다. 할아버지가 공부하러 두 번째로 미국에 가실 때는 아빠가 태어난 뒤였기 때문에, 아빠도 조금 기억이 나. 우리 가족 전체가 할아버지를 배웅하러 공항에 모였지. 할머니, 고모,✣ 삼촌들은 물론이고 할아버지의 부모님과 할머님, 누나와 조카들(그러니까 고모할머니네 가족이 되겠지), 그리고 할머니의 어머니까지 다 모이셨어. 그때 서울의 공항은 지금처럼 깔끔한 현대식 건물도 아니었어. 당시로는 큰 건물이었지만 그래도 상당히 소박했단다. 안전에 대해서는 별로 염려하지 않아서, 사람들이 공항 난간으로 나와서 출국하는 사람들에게 손을 흔들기도 했었지. 그때 한국 사람들은 대부분 의자에 앉는 게 익숙하지가 않았기 때문에, 많은 가족들이 돗자리를 갖고 와서 공항 바닥에 앉아 김밥도 먹고 수박도 갈라 먹고 그랬단다. 그러니까 말하자면 공항이 장터랑 비슷했던 거야.

우리가 루브르박물관에서 샀던 중세 역사 DVD를 보면, 프

✣   내 여동생 김윤형을 말한다. 지금은 글래스고대학교 전산언어학과 부교수로 있다.

랑스의 중세 역사가 마르그리트 고농Marguerite Gonon이 중세의 성당에 대해 이와 비슷하게 설명하지.✣ 고농은 중세의 성당이 우리가 지금 보듯이 엄숙한 곳이 아닌 경우가 많았다고 말하잖아. 미사를 드리러 온 사람들은 물론 마을 상인, 각종 연주자, 도둑들, 동네 미치광이까지 다 모였으니까. 그러니 아빠 어렸을 때에 비하면 한국의 공항도 정말 많이 깔끔하게 사무적으로 바뀐 거야.

처음 미국 오셨을 때 할머니가 비행기만 보면 그렇게 슬퍼지더라고 하신 말씀이 기억나. 지금까지 말한 것처럼 그때는 쉽게 왔다 갔다 하는 게 불가능했거든. 아빠가 공부하러 왔을 때만 해도 여행이 훨씬 쉬워졌지만. 그런데도 한국 사람들의 작별 의식은 옛날하고 별로 달라진 게 없는 것 같더구나. 누가 떠날 때마다 가족과 친구들, 친척들이 전부 공항으로 나와서 배웅하곤 했으니까. 공항에 가면 먼 타국 땅으로 가는 손자손녀들을 보내면서 우시는 할머니 할아버지들도 여전히 많았어. 그렇게 드라마 한 편을 찍어놓고 딱 일 년 지나 학생들이 여름방학이라고 돌아오면 얼마나 멋쩍었을까.

아빠는 지금 비행기 안에 있다. 집으로 가는 비행기. 이 편지는 네 손에 직접 전해줄게.

전에, 교통수단이 훨씬 원시적이던 시절에도 놀랄 만큼 많

✣ 마르그리트 고농은 중세 역사를 전공한 프랑스 사학자다. 특히 루아르계곡 포레 지역의 생활사를 전문적으로 연구했다.

은 사람이 여행을 했다는 이야기를 한 적이 있지. 너도 유럽 역사책을 읽어봐서 알 거야. 그런데 중세 유럽 이전의 동아시아에서도 일본이나 한국에서 저 먼 인도까지 몇 년이고 걸어서 여행한 승려들이 있었단다. 부처의 가르침이 담긴 책을 가져오기 위해서 혹은 유명한 스승을 만나기 위해 떠나는 순례 여행이 많았지. 달마대사처럼 거꾸로 온 사람들도 있었어. 달마대사는 인도에서 중국으로 건너와서 중국 선종禪宗을 창시했거든. 선종에는 유명한 수수께끼가 있어. '달마대사가 동쪽으로 간 까닭은?' 답을 찾는다면 너는 깨우친 거란다. 달마대사는 중국 황제를 만난 뒤에 동굴로 들어가서 벽을 바라보며 9년 동안 앉아서 수행을 했어. 이게 6세기의 일이니까 영국에서는 아서왕의 시대쯤 되겠구나.

본에서의 마지막 날, 아빠는 마지막으로 구서독 정부 청사 근처의 전시관에 갔어. 한 번에 세 개의 전시를 하고 있었는데, 하나는 '왕관과 베일'이라는 제목의 중세 여성 수도원에 관한 전시였고, 다른 하나는 최근 요르단에서 발견된 고고학 물품 전시였어. 하지만 시간 관계상 볼 수 있었던 건 '칭기즈 칸과 그 유산'이라는 전시 하나였단다. 1200년대 몽골 대정복의 역사와 그들이 광활한 유라시아 대륙에 미친 영향을 보여주는 아주 재미있는 전시였어. 몽골족은 스텝지대 유목 민족의 장구한 전통에 속한 민족이지. 쉽게 말하면 오늘날 몽골이나, 우즈베키스탄이나 카자흐스탄 같은 중앙아시아 국가들처럼 대류 한가운데를 누비고 다니면서 사막과 초원에서 사는 사람들이야.

그들의 삶은 대개 해안에서 발달한 문명화된 삶과는 무척 달랐어. 무엇보다 그들은 도시 생활이나 정착해서 농사짓는 삶의 편리함을 좋아하지 않았어. 그들의 삶의 방식은 아주 자유로웠지. 천막처럼 일시적으로 지은 집에서 살았고 염소와 야크, 말들에게 좋은 풀을 먹일 땅을 찾아서 일 년 내내 떠돌아다녔단다. 그밖에는 아빠도 딱히 아는 게 없지만, 유목민의 경제 구조는 아주 정교했던 것 같더구나. 땅과 동물을 효과적으로 사용하기 위한 여러 가지 계획들도 많았고. 정착해서 농사짓는 민족과 유목민 사이의 긴장감은 아주 옛날, 역사 이전 선사시대까지 거슬러 올라간다고 내가 말했을 거야.

많은 역사가에 따르면 농경시대 초기에는 수렵 채집 생활을 하는 사람들이나 유목 민족들이 농경 생활을 하는 사람들을 낮춰 보는 일이 많았다고 해. 예를 들어 성경에 나오는 아담의 두 아들, 카인과 아벨의 이야기도 그렇지. 카인이 하느님께 자기가 농사지은 곡식을 바치고, 목동이었던 아벨은 염소를 바치지. 그런데 하느님이 아벨의 제물을 더 좋아해서 결국 형제 사이에 큰 질투가 생기게 되잖아. 이 이야기는 초기 역사 시대(혹은 선사 시대) 유목민과 농경민 사이의 갈등을 상징으로 보여준 것이라고 본단다.

그 전시에서는 중국 북부와 대륙 전체에서 생겨난 거대한 유목 국가, 그러니까 흉노, 돌궐, 위구르 같은 나라들의 흥망성쇠를 보여줬어. 하지만 그 나라들은 칭기즈 칸과 그 후계자들이 다스린 몽골만큼 영향력이 크지 않았지. 몽골은 짧은 기간이었지만 세계에서 가장 넓은 제국을 다스렸단다. 로마제국이나 알렉산드로스 대왕의 제국보다도 더 컸어. 침략이 대개 그렇듯이 이 과정에서도 잔혹한 일들이 많이 일어났지.

유럽과 아랍 국가의 여러 전설에는 몽골 군사들의 끔찍한 침략 행위가 세대에 걸쳐 전해 내려왔어. 하지만 침략의 과정이 끝나고 나서는 다른 제국들처럼 몽골도 많은 교역을 했고, 그래서 아주 멀리 떨어진 지역의 상품과 사상들이 서로 교환될 수 있었지. 역사가 윌리엄 맥닐William Mcneill은 이런 업적을 두고 '유라시아 세계의 통합'이라고 했단다. 대륙 구석구석에 사는 사람들이 최소한 어렴풋하게라도 전체 대륙에서 어떤 일이 벌어지고 있는지 알 수밖에 없었으니까.

몽골제국이 이룬 이 엄청난 규모의 평화 덕분에 마르코 폴로Marco Polo가 베네치아에서 중국까지 그 먼 길을 여행하는 것도 가능했던 거야. 지금은 이름이 기억 안 나는 플랑드르 선교사도 있었는데, 칭기즈 칸의 아들 오고타이 칸 시대에 몽골 수도 카라코룸에 입성한 사람이었지. 그는 몽골제국의 왕실이 중국, 러시아, 미국, 프랑스 문화가 다 섞여서 말 그대로 범凡세계적이었다고 설명하고 있어. 몽골 왕실에 은으로 만들어진 아주 유명한 나무가 있었대. 프랑스의 금세공인을 데려다가

삶이라는 우주를 건너는 너에게

만든 것이라고들 해. 그 전시에 16세기 유럽의 화가가 그 나무를 상상해서 그린 그림이 있었는데, 왕실 안뜰을 가득 채운 은 나무가 한가운데 서 있고, 염소 젖과 꿀이 나뭇가지에서 흘러나오고 있었어.

지금 컴퓨터 배터리가 얼마 안 남았는데도 더 설명하고 싶을 만큼 재미있는 것들이 정말 많았어. 하지만 유리 진열장에 전시되어 있던 교황 인노켄티우스 4세의 편지만 말하도록 할게. 그 편지는 교황이 칭기즈 칸의 손자 귀위크 칸에게 기독교인들을 더는 공격하지 말라고 호소하는 편지였어. 리옹에서 카라코룸까지 프랑스의 한 승려가 전달했다고 해. 답장도 전시되어 있었는데, 협상을 원한다면 교황이 직접 몽골 왕실로 와서 만나자는 내용이었어. 그리고 러시아인과 다른 기독교인에게 몽골의 특사가 죽임을 당했다는 사실도 지적했지.

지금은 자세한 이유를 알 방법이 없지만, 귀위크 칸은 자기 왕실을 찾아온 기독교인들에게 상당히 호의적이었던 것 같아. 편지는 아주 오래된 양피지에 아름다운 필기체로 쓴 것이더구나. 특히 답장은 페르시아어로 썼는데, 당시 몽골족이 서유럽에서는 페르시아어로 말하면 이해할 거라고 추측했기 때문이래. 전시를 보면서 자유로운 유목민 생활이 어땠을지 전반적인 그림을 그려볼 수 있었는데, 아주 인상적이었어. 당시에 숱한 폭풍우와 피곤, 배고픔과 싸우면서도 그 척박한 땅을 지나 그토록 멀리까지 여행한다는 게 어땠을지 우리야 그저 상상해

볼 수밖에 없지. 하지만 그 와중에도 그들은 정치적으로 한동
안 세계의 정상에 있었지. 실제로 그들이 살았던 땅의 높은 고
도처럼 말이야.

사랑하는 사람들과 멀리 떨어져 있는 것은 여행이 아무리
편리해졌다 해도 여전히 쉽지 않은 일이구나. 너와 내가 겪었
듯이, 떨어져 있는 데서 오는 감정은 조금 익숙해질 수는 있어

16세기 유럽의 화가가 그린 상상도.
몽골의 수도 카라코룸의 왕실 안뜰에는
프랑스 금세공인이 만든 '은나무'가 있었다고 전해진다.
이 은나무의 가지 사이에서 염소젖과 꿀이 흘러나온다.

삶이라는 우주를 건너는 너에게

1246년 로마 교황
인노켄티우스 4세에게 보낸
귀위크 칸의 서한에 담긴 인장.

도 기본적으로는 예전 한국의 부모들이 자식을 멀리 떠나보낼 때 마음과 다르지 않을 거야. 멀리 떨어져 있으면 언제나 불안한 마음이 들고, 잠깐일지라도 지금 곁에 없다는 사실 때문에 힘이 들지.

　지난여름 동안 우리는 여행 다닌 사람들 이야기를 많이도 했구나. 베토벤, 하이네, 알렉산드로스 대왕, 몽골제국의 왕들, 한국의 승려들… 오늘 아침에는 요즘 사람들이 프랑스 어딘가에서 시작해서 스페인 산티아고데콤포스텔라에 이르는 중세의 순례길(야고보 성인의 무덤이 있다는 길)을 다시 걷고 있다는 신문 기사를 보았어. 중세와 르네상스 시대의 유럽에서는 젊은이가 목공이든, 제분소 일이든, 조각이나 그림이든, 어떤 기술을 충분히 공부하고 나면 일정 기간 여행을 했어. 독일어로는 이 기간을 '수련 여행Wanderjahre', 말 그대로 떠돌아다니는 시간이라고 하지. 어떤 일에 필요한 기본 훈련을 다 받고 나면, 세계를 보고 경험을 쌓으면서 이 세상 속에서 자기 자리를 찾아가는 거야.

지금 젊은 수학자들도 그런 여행을 하고 있다고 전에 말한 것 같구나. 기본 훈련을 요새 말로는 'Ph. D', 박사학위라고 해. 아빠가 뜻도 설명 안 해주고 벌써 여러 번 쓴 단어지? 어떤 사람들은 박사학위 과정을 기본 훈련이라고 보지 않기도 해. 왜냐하면 박사학위 과정은 성인이 될 때까지 학교 교육을 다 받고 대학교에서 4년 과정까지 마치고 나서야 들어갈 수 있는 것이거든. 대학에서 보내는 첫 4년을 '학부 교육'이라고 하는데, 아주 기본적인 것들을 배우지. 학부 과정에서 배우는 수학은 그냥 책 읽기나 다름없어. 학부 과정이 끝날 때 이 길을 계속 가고 싶은 마음이 있다면 대학원이란 데를 가게 돼. 대학원도 또 4년, 5년, 어떤 때는 6년은 족히 걸려. (고모는 케임브리지에서 억울하게도 10년을 공부했지. 하지만 그동안 고모가 얼마나 많이 배웠을지를 한번 상상해보렴!) 대학원에서는 더 어려운 것을 배워. 이 과정을 잘 마치면 '박사학위'라는 증명서를 받게 되지. 'Ph. D'라는 낱말은 원래 '철학박사(라틴어로 썼을 때)'의 줄임말인데, 우리가 잘 알다시피 모든 배움이 곧 철학이니까 그렇게 써. 그다음에 바로 '수련 여행'이 시작된단다.

검은숲으로 가던 도중 기차역에서 지금 막스플랑크연구소에서 일하고 있다는 니콜이라는 젊은 아가씨를 만난 적이 있어. 니콜은 일 년 전에 박사학위를 받았으니 '수련 여행'이 이제 막 시작된 셈이지. 막스플랑크연구소가 그 첫 정거장이고 말이야. 그래서 이제 다음엔 어디로 가야 할지 꽤 걱정하고 있더구나. 나는 격려해주면서 애리조나대학교에 지원서를 넣어보라고 말해줬어. 아빠는 니콜이 걱정을 좀 덜었으면 하는 마음이 들었지만, 그때는 사실 그렇게 겁을 내는 게 보통이란다. 무엇보다 니콜은 자신이 수학계에 어떤 식으로든 중요한 공헌을 할 그릇이 될 수 있을지 확신이 없어 보이더구나. 사실 이건 나이를 훨씬 더 먹어도 다들 이따금씩 하는 생각이란다. 그래서 사람들은 얼른 정착하고 싶어 한단다. 그러면 적어도 생계에 관해서는 안정을 느낄 테니까.

아빠는 사실 아빠의 '수련 여행'이 한 번도 끝난 적이 없다는 느낌이 가끔 들어. 20년 전, 미국에서 공부하기 위해 한국을 떠나면서 여행이 시작됐지. 지금도 한국에 돌아갈 때마다 할머니 할아버지 두 분만 그 큰 집에 사시는 모습을 보면 마음이 아파. 할머니 할아버지가 집을 사실 때, 다 큰 자식들이 넓게 쓰라고 그 집을 고르셨거든. 하지만 우리 모두 몇 년 안 되어서 집을 떠났지.

아빠 사실 아빠가 떠나게 될 거라는 걸 오래전부터 알고 있었어. 박사학위를 받고 나서는(그때도 이미 몇몇 대학을 떠돌았지만) 보스턴과 뉴욕을 오가며 공식적으로 5년의 수련 기간을 보냈지. 그 이후 애리조나에 정착했고. 이제 돌이켜보면 솔직히 아빠는 조금도 미래가 두렵지 않았단다. 그건 내가 니콜보다 특별히 용감해서는 아니었어. 그저 내 수련 여행이 끝날 거라고는 한 번도 기대해본 적이 없었기 때문이야. 결국 나는 세계를 알기 위해 집을 떠나기로 마음먹은 거였어. 그러니 오래도록 떠돌아다닐 거라고 기대할 수밖에! 어쩌면 언젠가 인도에서 한국으로 경전을 갖고 돌아온 승려들처럼 결국 나도 돌아올지도 모른다고 생각했단다. 하지만 정착하지 못한다고 해서 특별히 두려운 마음은 들지 않았어.

물론 지금 아빠에게는 사랑하는 너와 나일이, 엄마가 있으니 많은 게 달라졌지. 이제 다 같이 평생을 수련 여행으로 보낼 수 있으니, 이것도 참 멋지지 않니? 너와 나일이가 크면 아주 심오한 차원에서 더욱 재미있어질 거라고 생각한다. 너희 둘 모두 공부도 하고 건강도 유지하고 여러 가지 인내심을 배우면서 지금부터 그 여행에 준비해야 해. 그나저나 수련 여행이 단지 여기서 저기로 옮겨가는 물리적 과정이 아니라는 걸 이야기해둬야겠구나. 예를 들어 슈베르트는 평생 빈에서만 살았지만 사는 내내 음악의 세계 곳곳을 여행했어. 소크라테스도 그리스가 스파르타와 전쟁했을 때를 빼고는 아테네를 떠난 적이 없지만, 플라톤의 세계에서는 책상 앞에만 앉아서도 어디든지 탐험할 수 있단다. 그러니까 수련 여행이란 플라톤이 설명한 죽음과 환생 사이의 시간처럼, 영혼의 여행 같은 거라고 아빠 생각해.

삶이라는 우주를 건너는 너에게

그럼 영혼이 우주로 날아올라 새로운 세계와 은하를 만났을 때는 뭘 배울까? 그건 잘 모르지만, 아무튼 그 여행을 마친 영혼은 얼른 이 땅에 태어나서 부모에게 여행에 대해 전부 말해주고 싶어서 아주 신이 난단다. 바로 그래서 아기들이 그렇게 우는 건지도 몰라. 너는 다른 아기들보다 더 많이 울었는데, 그럼 이 세상으로 떨어지기 전에 다른 우주까지 한 번 더 갔다 온 걸까? 하지만 여행은 태어났다고 해서 끝나는 게 아니란다. 평생 같은 동네 한집에서 살든, 광대한 영토를 다스리며 살든, 성지로 끝없는 순례를 하든 각자에게 가장 잘 맞는 방식으로 여행은 계속돼. 그러니까 우리는 삶에서, 죽음에서, 그 사이에서도 늘 여행하고 있다는 말이지.

하지만 이제 당분간 아빠는 집에 있을 거란다. 어서 빨리 오늘 밤이 되어서 다 같이 껴안고 뒹굴고 싶구나. 어쩌면 이 편지를 직접 읽어줄 수도 있고, 아니면 아빠가 독일에서 가져가는 역사책을 같이 훑어볼 수도 있겠지. 나일이 주려고 동물 인형 몇 마리를 가져가는데 얼른 보여주고 싶어서 참을 수가 없네. 몽골에서 만든 낙타 인형도 있어. 그리고 로마 병사들 모양으로 만들어진 체스 세트도 있단다. 어쩌면 이 시를 같이 읽을 수도 있겠지.

한겨울 봄은 시간으로부터 독립된 계절,
해 질 무렵 언 땅이 녹아 질척거리지만

카스파르 다비트 프리드리히의
〈안개의 바다를 내려다보는 방랑자〉(1818년).

영원한 봄이 북극과 남극 사이에, 시간 속에 걸려 있다

짧은 낮이 서리와 불로 가장 빛날 때,

짧은 태양이 연못과 도랑의 얼음판을 불태운다

무풍無風의 추위지만 가슴에 불이 붙는다

햇빛이 물거울에 반사된다

이른 오후에 태양이 눈부시게 빛난다

불타는 황금빛 나뭇가지나 화롯불보다 더 작렬하는 햇빛이

벙어리 영을 깨운다: 바람은 없지만 오순절 성령의 불이

한 해의 어두운 시간에 불붙는다. 녹았다 얼었다 하는 사이에

영혼의 수액樹液이 진동한다. 땅 냄새도

생물 냄새도 없다. 때는 봄철이지만

시간의 계약 속에 있지 않다. 지금은 울타리가

한 시간 동안 잠깐 핀 눈꽃으로 하얗게 표백된다. 여름 꽃보다

더 갑자기 피는 꽃, 싹 틔우지도 시들지도 않는다

생성의 계획 속에 있지 않은 꽃

그 여름은 어디 있는가? 그 상상할 수 없는

영永의 여름은?✤

　이 시에 내가 이전 편지에서 했던 질문에 대한 답이 있다는
것, 알겠니? 인내심이 허락한다면 끝까지 한번 읽어보자꾸나.

✤　　T. S. 엘리엇의 『사중주 네 편』에 실린 시다. 여담이지만 엘리엇은 내가 최근
　　까지 일하던 옥스퍼드대학교 머튼칼리지의 학생이었다.

우리가 시작이라 하는 것은 자주 끝이니

끝냄은 시작함

끝은 우리의 출발점. 그러므로 딱 맞는

모든 문구와 문장 (모든 단어가 편안하고

다른 단어들을 받쳐줄 자리에 있고,

단어가 자신이 없지도 않고, 자랑하지도 않으며,

옛것과 새것의 용이한 교류,

속됨 없이 정확한 일상어,

정확하나 현학적이지 않은 문어가

더불어 춤추는 완전한 조화)

모든 문구와 모든 문장은 끝이며 시작,

모든 시는 하나의 묘비명. 모든 행동은

처형대, 불, 바다의 목구멍이나 판독하기 어려운

비석에 이르는 계단. 여기가 우리의 새로운 출발점

우린 죽어가는 이들과 더불어 죽는다:

보아라, 그들이 떠난다. 우리도 그들과 함께 간다

우리도 죽은 이들과 함께 태어난다:

보아라, 그들이 돌아온다, 그리고 우리를 데려온다

장미의 순간과 주목의 순간은

같은 기간이다. 역사 없는 민족은

시간에서 구원받을 수 없다. 역사는 영원한

순간들의 패턴인 고로. 그러니, 어느 겨울날 오후,

외진 곳 예배당에 저녁노을 질 때,

역사가 지금 영국에 있다,

삶이라는 우주를 건너는 너에게

클로드 로랭의
〈오디세우스의 귀환〉(1644년경).

하느님의 사랑의 이끄심과 부르시는 그의 음성으로

우리는 탐험을 멈추지 않으리
그리고 그 긴 탐험의 끝에
출발했던 그곳에 도착하리
그리고 그곳을 처음으로 알게 되리
발견해야 할 마지막 남은 땅이
처음에 있었던 땅일 때

미지의, 잊힌 문을 통하여
가장 긴 강의 수원지에서
보이지 않는 폭포 소리,
사과나무의 어린이들 소리,
찾지 않아 알지 못하나,
바다의 두 물결 사이의
고요한 순간에 들린다, 희미하게 들린다
지금 빨리, 여기, 지금, 항상
완전한 단순성의 상태
(모든 것을 희생해야 얻을 수 있는 것)
그러면 모든 것이 잘 되리라
만사형통하리라
불의 혓바닥들이 안으로 접혀
왕관 쓴 불의 매듭을 맺을 때
그러면 불과 장미가 하나

자, 이제 얼굴 보고. 이야기하자
잘 자렴, 오 군.

아빠가

삶이라는 우주를 건너는 너에게

어른이 된 오신에게

신문을 보니 어젯밤에 에든버러 하늘에 오로라가 빛났다고 하는구나. 북극 근처에서나 상상할 법한 초록색 광채가 친근한 모양의 도시 지붕 위에 아른거리는 모습을 사진으로나마 보니 참 신기한 곳에 살고 있다는 느낌이 든다. 네가 이제 나보다 훨씬 잘 알겠지만 오로라는 태양에서 분무하는 소립자들이 지구의 자기장을 통과해서 대기와 충돌하며 발하는 빛이란다. 이곳에서 오로라가 보인다는 것은 태양 대기의 폭풍이 거세서 특히 강력한 태양풍이 지구까지 들이친다는 것을 의미해. 그러니 대기와 자기장이 없었다면 우리에게도 아주 위험한 상황이었겠지. 인간이 타는 우주선은 그 때문에 온갖 보호막이 설치돼 있어. 독일 철학자들이 좋아하던 '숭고미'가 또 한 번 생각나는구나. 우리들 자신은 보호받으면서 음미할 수 있는, 위험한 아름다움의 절정이 어쩌면 오로라일 수도 있으니까 말이지. 그들은 바다의 폭풍 정도는 감상했겠지만 오로라의 정체는 잘 몰랐겠지?

기이한 자연이 지나가는 밤중에 너는 정열적으로 공부하고 있었겠구나. 메신저에 오른 글에 맥스웰의 방정식을 드디어 진짜 스스로 이해한 것 같다고 썼더구나. 참으로 반갑기도 하고 신기하기도 하다. 너로서는 좀 드물게 '아름답다'는 표현을 썼네. 전기장과 자기장, 그리고 빛 사이의 미묘한 관계를 처음으로 기술한 방정식을 네가 맥스웰의 도시에서 공부하고 있다는 것이 또한 즐겁게 느껴진다. 아인슈타인의 상대성이론을 공부하고 나서 보았으니 특히 깊은 깨달음이 있었을 거야. 맥스웰의 방정식이 좌표와 무관한 형태를 취하려면 상대성이론이 필요하다는 것이 아인슈타인의 큰 깨달음이었다는 사실을 이제 파악했지?

작년 이맘때쯤 졸업을 앞둔 너는 취직할 생각을 하고 있었지. 그 역시 좋은 결정이었다고 나는 생각했단다. 너는 아마도

삶이라는 우주를 건너는 너에게

내가 실망할까 걱정을 많이 한 것 같기도 하더구나. 그런데 나는 전혀 그렇지 않았어! 이 즐거운 세상에는 재미있고 의미 있는 삶의 길이 얼마나 많이 있는지 그 역시 감탄스럽지 않니? 너를 임용한 로이즈은행은 세계에서 가장 전통 깊은 금융기관 중 하나이기도 하지. 1765년에 창건됐다니 웬만한 나라보다 오랜 역사를 지니고 있어. 그래서 거기에서 힘차게 일하면서 아주 구체적인 경제, 정치, 사회와 세상사를 배우고 다양한 사람들과 어울리며 잘 살 것으로 나 역시 기대하고 있었단다.

그러다가 금방 휴직해버리고 대학원 준비를 한다고 했을 때 슬그머니 걱정스러웠지 뭐니. 혹시 내 영향으로 학문의 길만 좁게 바라보고 있는 것인가 스스로 의심해보기도 했단다. 그런데 어쩌겠니. 물어보니 네 소신이 강한 것은 분명한 것 같구나. 그래서 또 내 곁에서 공부하면서 앞날을 준비하는 신세가 되어버렸으니. 어쨌든 그 또한 반가운 일이다.

네가 대학교에서 약간 고생을 하면서 수학을 공부하고 있을 당시에는 혹시 다른 일이 네 적성에 맞는 것이 아닌가 아빠도 많이 생각했단다. 네가 소설과 미술과 영화를 너무 좋아하기 때문에 영화 제작을 하고 싶다는 말을 가끔 할 때면 내 심장이 다 두근거릴 정도로 흥미롭게 느껴졌어. 그래서 너와 내가 얼마나 많은 시간을 '명화'라는 이름이 붙을 만한 작품들을 감상하며 보냈니. 그렇게 느슨하게 공부하면서도 너는 4학년이 되니까 자연스럽게 상대성이론, 양자역학 등에 완전히 빠져버리더구나.

사실 그동안 네가 자라면서 너무나 많은 것을 이미 공부해버린 것이 아닌가 하는 걱정도 가끔 됐단다. 그래서 새로운 것을 깨닫는 흥분을 너무 일찍 잃은 것은 아닐까 말이지. 시카고 대학교의 앨런 블룸Allan Bloom 교수가 쓴 책에서 미국 학생과 유럽 학생을 비교하던 것도 생각났다. 미국의 전형적인 대학생은 고등학교에서 문화 공부가 부족했던 반면 새로운 지식을 대학교에 와서 접하면서 신선한 깨달음을 아주 깊이 있게 경험할 수 있었다는 주장이었어. 플라톤의 이름을 한 번도 못 들어본 아이들이 마치 금지된 열매를 맛보듯이 굶주린 마음을 채우며 소크라테스와 데카르트를 논한다든가, 실존주의에 대해서 고민하며 새로운 사고와 지식을 습득하게 해주는 과정이 선생으로서 너무 보람이 컸다는 이야기를 썼어. 그런 반면 유럽의 젊은이들은 너무 조숙해서 대학교에서 좋은 내용을 접하더라도 이미 들어보고 알고 있다고 착각한 나머지 오히려 수학 능력이 떨어진다는 이야기였지.

역사, 문화, 문학에 대해서 내가 너에게 가르칠 것은 이제 거의 없어져버렸고, 내가 오히려 너에게 이런저런 질문을 하기 시작한 지가 꽤 되었다. 그런데 사실 나는 네가 나에게 수학과 물리학을 가르쳐줄 날을 이제는 기대하고 있단다! 아무리 공부했어도 앞으로 공부할 것이 훨씬 많은 것은 물론이지.

대학원생, 연구원, 조교수… 이런 식으로 네가 또 학문적인

　　　　　　　삶이라는 우주를 건너는 너에게

커리어를 시작한다니 걱정이 되는 것은 그래도 별수 없다. 아무리 좋은 직업도 전통과 기관들이 정해놓은 틀이 있고, 그 때문에 약간은 자유로운 사고와 탐험을 어렵게 만드니까 말이야. 그런데 너는 정말로 창의적인 영혼을 타고난 것 같으니 좋은 방법을 반드시 발견할 거다. 어떻게 그렇게 됐을까? 나 같은 답답한 사람을 닮은 것 같지는 않고, 엄마의 정열을 물려받은 것 같기도 하고. 결국은 하늘이 정해준 실체겠지?

그런데 나는 정말로 네가 인생을 어떻게 살더라도 잘 살 것이라고 생각한다. 이미 잘 살 수 있는 능력을 지적으로나 영적으로나 다 갖추고 있다는 것이 너무나 잘 보이거든. 한 가지 후회스럽다면 튼튼한 몸을 키우고 유지하는 습관을 어릴 때부터 들이지 않았다는 것이다. 엄마가 운동을 열심히 시키려고 할 때 나도 좀 맞장구를 쳤어야 하는데….

아, 그런데 한 가지 걱정이 또 있긴 하다. 네가 실패를 두려워하지 않나 하는 것이다. 여러 해 미국의 예일대학교에서 교수로 일한 윌리엄 더리저비치William Deresiewicz가 그런 말을 하더구나. 미국 유명 대학의 학생들은 실패가 두려워서 창조적이고 모험적인 삶을 살지 못한다고. 아니겠지 하면서도, 네가 미래를 걱정할 때면 그의 말이 생각나기도 한다. 그런데 이번에 과감하게 직장을 그만두는 것을 보니 누가 보기에도 용기가 없다고 할 수는 없구나!

어쨌든 아빠는 네가 자랑스럽단다. 그리고 네가 모든 면에서 얼마나 탁월한 능력의 소유자인지, 또 얼마나 사려 깊은 사람인지, 얼마나 영적인 깊이가 있는 사람인지 아빠만큼 잘 아는 사람이 없을 거야. (네 여자 친구 소피가 아는 것 같기도 하더라만.) 몇 년 전에 축구선수 차범근의 인터뷰를 신문에서 읽었다. 너도 들어보았지? 박지성이나 손흥민보다 훨씬 일찍 유럽 축구계에 진출해서 각광받은 선수였지. 아빠가 어릴 때는 우리 모두의 우상이었어. 여러 해 전 우리가 쾰른의 어떤 파티에서 레버쿠젠 사람들을 여러 명 만난 것이 기억날지 모르겠다. 그들은 모두 차범근을 기억하며 칭찬했어. 그런데 그 신문 인터뷰에서 차범근은 자기 아들 차두리에 대해 아주 인상 깊은 이야기를 했어. 그러면서 신문 기자나 여러 사람의 평판에 대한 아쉬움을 표현하기도 했지. 사람들이 별 생각 없이 하는 '차두리가 차범근보다 못하다'는 종류의 이야기가 싫다는 것이야. 왜냐하면 자기한테는 아들이 너무 자랑스럽고 훌륭한데 왜 그런 비교를 하냐는 말이었어. 아빠는 차범근처럼 훌륭한 사람은 당연히 아니지만 그 말은 참 공감이 되더라. 앞으로 어떻게 인생을 살아가든 너와 네 동생 나일은 나에게는 완벽한 인간들이야. 그게 이 편지를 쓰면서 가장 하고 싶은 말이었단다.

때로는 사람들이 '아버지가 아들에게 보내는 편지'라고 하면 많은 조언을 기대하기도 하더구나. 그런데 나는 조언해줄 만한

삶이라는 우주를 건너는 너에게

능력은 아무래도 없는 것 같아. 뭐 한 딱 한 문장만 넣자면,

　자신을 믿고 자비로운 이 세상을 사랑하라

　이 정도? 너와 내가 같이 좋아하는 영화에 나오는 아이콘 화가 안드레이 루블로프Andrei Rublev처럼 아무리 주위가 회의와 불안으로 흔들리더라도 세상의 근본적인 자비와 아름다움을 잊지 말라는 말이야. 비판이나 비판, 회의가 더 똑똑해 보일 수도 있고 때로 필요도 하지만, 풍성한 아름다움의 존재 역시 인정하는 것이 훨씬 현실적인 관점이거든. (물론 내가 너무 편하게 살아서 그렇게 생각한다고 비판하면 또 할 말이 없네.)

　금요일 밤에 이 편지를 쓰기 시작했는데 벌써 토요일 아침이다. 북녘의 전형적인 어두운 초겨울 날이구나. 내가 젊을 때는 우울한 감성을 좋아했던 것 같기도 해. 독일의 낭만주의 시나 음악이 표현하는 감수성 이야기야. 지금의 아빠는 그런 시각을 이해는 하지만 어째서 그 사람들은 그렇게 슬픔과 향수에 대해서 많은 글을 썼는지 의아하기도 하단다. 젊을 때 같으면 이런 날에는 일부러 우울한 음악도 듣고 감정적인 시도 읽고 분위기를 잡았을 것 같다. 슈만이 노래를 붙인 아이헨도르프의 시 「낯선 땅에서」가 생각나지? 물론 지금도 할머니 할아버지나 형제들이 보고 싶다든지 하는 느낌은 자주 일어나지.

그런데 그런 일상적인 감정을 아주 우울하게 표현하는 것은 사실 스스로도 좀 유치하게 느껴지거든. 그래도 나도 고향 생각을 꽤 자주 하는 것 같다.

너와 나일이는 자신이 한국인이라는 말을 가끔 하더구나. 너희가 자랄 때 내가 그런 종류의 정체성을 거의 강조한 일이 없기 때문에 오히려 너희가 강한 느낌을 가지고 있다는 인상이다. 얼마 전에 글을 쓰기 위해서 화학자 찰스 피더슨Charles Pedersen이라는 사람의 전기를 찾아본 일이 있어. 한국에서 태어난 유명 과학자야. 그의 아버지는 노르웨이 출신 선박 엔지니어로 화물선을 타고 동양으로 왔다가 영국이 관할하는 조선 세관에서 일하게 됐다고 해. 그러다가 미국의 동양광업개발회사가 운영하는 평안북도 운산 금광에 엔지니어로 취직했고, 거기서 피더슨의 어머니 다키노 야스이와 만나서 결혼했어. 어머니는 그 당시 조선에서 무역회사를 운영하던 가족과 운산 근방에서 살고 있었다고 한다. 운산 금광에서는 영어가 통용됐기 때문에 피더슨은 한국어를 배울 기회가 없었어. 여덟 살때 영어로 교육받을 수 있는 일본 나가사키의 가톨릭계 학교로 보내졌고, 이어 미국 오하이오의 데이턴대학교로 진학했고 매사추세츠공과대학에서 석사학위를 받은 뒤 듀폰사에 취직해서 일생을 연구원으로 일했단다.

피더슨은 특이한 촉매 크라운 에테르를 발견한 업적을 인정받아 1987년에 노벨상을 받았어. 짧은 이력으로 판단하자

삶이라는 우주를 건너는 너에게

면 특정 국적으로 분류하기 어려운 종류의 사람이라는 인상이
고, 또 다분히 실용적인 시각의 소유자 같기도 하다. 그의 부모
역시 무역과 기회를 좇아서 세계를 돌아다닌 사람들이야. 정
체성에 대해서 이야기할 때 한국인, 영국인, 혹은 세계인 이야
기가 자주 언급되는데, 그 사람은 인생을 사는 데 주력했지 '나
는 누구인가'로 한참 고민하지는 않았을 것 같아. 그러고 보면
나도 젊을 때는 내가 누구인가를 꽤 자주 물어본 것 같은데 지
금은 그냥 사는 것 같아. 참. 이 점에서 아빠는 네 할아버지와
좀 성격이 다른 것 같아. 할아버지는 사람이 일생 동안 스스로
의 정체성을 가꾸면서 '잘 산다는 것이 무엇인가' 끊임없이 질
문하는 것이 중요하다고 생각하거든.

삶

산다는 것은 웃을 일이 아니다
인생을 심각하게 살아야 한다
예를 들자면 다람쥐처럼
삶 그 자체보다 더 높은 것
더 먼 것을 찾지 않고
그러니까 산다는 것이
전부여야 한다
인생은 결코 웃을 일이 아니다
심각하게 받아들여야 해

어느 정도인가 하면

예를 들어 손이 뒤로 묶이고

등이 벽에 눌린 채로

혹은 실험실에서

흰 실험복과 보호안경을 쓰고

남을 위해 죽을 수 있을 만큼 심각한 것이지

얼굴 한번도 안 본 사람들을 위해서야

사는 것이 진리이고

가장 아름다운 것임을 알면서도

그러니까 인생은 너무나 심각해서

나이 70이 돼서도 올리브나무를 심게 돼

자식을 위해 심는 것도 아니야

그냥 죽음이 무섭지만 죽음을

믿지는 않거든

삶이 더 무겁기 때문이지.

터키의 시인 나즘 히크메트의 시에서 몇 구절 인용해봤다. 다람쥐처럼 심각해야 한다는 구절이 특히 마음에 드네. 계속 읽으면 지겨워할까 봐 이만 줄일게.

2021년 11월

에든버러에서

아빠가

삶이라는 우주를 건너는 너에게

옮긴이 황근하

성균관대학교 철학과를 졸업하고 출판번역가로 활동하고 있다. 옮긴 책으로 『그리고 모든 것이 변했다』, 『바람의 잔해를 줍다』, 『레몬 케이크의 특별한 슬픔』, 『에고로부터의 자유』, 『웰컴 투 지구별』, 『뱃놀이 하는 사람들의 점심』, 『다 빈치와 최후의 만찬』, 『떠나기 전 마지막 입맞춤』 등이 있다.

삶이라는 우주를 건너는 너에게

초판 1쇄 발행 2022년 1월 28일

지은이 김민형
옮긴이 황근하

발행인 이재진 **단행본사업본부장** 신동해
편집장 김예원 **책임편집** 정다이
교정교열 정일웅 **디자인** 어나더페이퍼
마케팅 권오권 최지은 **홍보** 최새롬 **제작** 정석훈

브랜드 웅진지식하우스
주소 경기도 파주시 회동길 20
문의전화 031-956-7362(편집) 031-956-7127(마케팅)
홈페이지 www.wjbooks.co.kr
페이스북 www.facebook.com/wjbook
포스트 post.naver.com/wj_booking

발행처 (주)웅진씽크빅
출판신고 1980년 3월 29일 제406-2007-000046호

© 김민형, 2022

ISBN 978-89-01-25597-2 03810